TERREUR DANS LE DOWNTOWN EASTSIDE

Jacqueline Landry

LE CRI DU WEST COAST EXPRESS

Terreur dans le Downtown Eastside

ROMAN

Les Éditions David

Catalogage avant publication de Bibliothèque et Archives Canada

Landry, Jacqueline, auteur
   Terreur dans le Downtown Eastside : le cri du West Coast Express / Jacqueline Landry.

Publié en formats imprimé(s) et électronique(s).

ISBN 978-2-89597-381-2 (couverture souple). — ISBN 978-2-89597-410-9 (pdf). — ISBN 978-2-89597-411-6 (epub)

   I. Titre.

PS8623.A5184T47 2013   C843'.6   C2013-905867-2

                                         C2013-905868-0

Les Éditions David remercient le Conseil des Arts du Canada, le Secteur franco-ontarien du Conseil des arts de l'Ontario, la Ville d'Ottawa et le gouvernement du Canada par l'entremise du Fonds du livre du Canada.

Les Éditions David   Téléphone : 613-830-3336
335-B, rue Cumberland   Télécopieur : 613-830-2819
Ottawa (Ontario) K1N 7J3   info@editionsdavid.com
www.editionsdavid.com

*À ma fille Sophie, qui, la première, a cru
en mon livre, bien avant qu'il ne soit publié.*

*Merci d'avoir donné vie
à mes personnages en racontant leur histoire
devant tes camarades de classe.*

Toute ressemblance avec des personnes existantes
ou ayant existé ne serait que pure coïncidence.

La sirène retentit au loin, une longue plainte familière aux habitants du Lower Mainland habitués au passage régulier du West Coast Express le long du fleuve Fraser. Le son puissant, répercuté en écho dans la chaîne de montagnes côtière, avançait rapidement vers le Kanaka Creek, dont les eaux douces se mêlaient aux torrents du fleuve. Dans ce secteur, le chemin de fer traversait une sorte de jungle humide où les arbres étaient couverts de mousse. Les terres marécageuses grouillaient de bestioles. Un aigle plongea soudainement du haut d'un grand arbre en direction de sa proie, un gros rat noir affamé, qui laissa à regret l'os qu'il rongeait pour s'enfuir dans un trou. L'aigle reprit son vol devant le train qui fonçait à pleine vitesse. Les feux de la locomotive éclairèrent alors violemment la scène : une femme, étendue le long de la voie ferrée, fixait de ses yeux sans vie le conducteur du train qui se mit à hurler des ordres. Sa main blanche, reposant sur les rails, fut sectionnée au passage du monstre qui ne pouvait s'arrêter.

1

Rachel observait, le cœur serré, le visage aux yeux cernés de son mari, rentré il y a quelques jours à peine de la Saskatchewan, après de longs mois passés à Dépôt, l'école de formation des membres de la GRC. Six mois d'un dur entraînement avaient fait de son conjoint un autre homme. Étendue à ses côtés, silencieuse, elle regardait le corps décharné de celui qui avait partagé sa vie depuis toujours. Comme il avait maigri!

Il lui avait longuement parlé de sa vie à Regina, des exigences physiques, des courses à pied dans le froid implacable de la capitale. Les Québécois connaissent le froid mordant, ce froid qui vous pénètre jusqu'aux os, ce froid qui vous fait rentrer la tête dans les épaules, qui fait crisser les bottes sur la neige, une neige compacte, dure et glissante. Une fois dehors, ils ont l'habitude de respirer par petits coups, le nez enfoncé dans un foulard, pour s'épargner la brûlure de cet air glacé dans les poumons.

Mais le froid du Québec est un froid honnête, qui donne des avertissements avant les engelures. À Regina, les cadets se mesuraient à un froid sournois, trompeur, où l'humidité et le vent jouaient un rôle dévastateur. À moins 45 degrés, alors que la population désertait les rues et se réfugiait derrière les vitres à trois épaisseurs de leurs habitations, les cadets devaient courir dans une sorte de brume fantomatique, réverbération de ce froid intense. Chaudement habillés de la tête aux pieds, ils gardaient la cadence, dans le silence des silhouettes figées du paysage. Pendant des kilomètres, ils ne rencontraient pas âme qui vive, pas le moindre animal. Leurs pas résonnaient sur les eaux glacées de la petite rivière qu'ils longeaient, au rythme de leurs pensées. Un autre pas, un autre kilomètre vers l'insigne tant convoité. Leurs cils étaient maintenant complètement glacés, mais dans leurs yeux, seule partie du corps offerte à la morsure du vent, brillait la détermination.

François lui avait aussi raconté cette fatigue qui tombait à tout moment sur les membres de la troupe, comme une longue écharpe dont il aurait aimé s'envelopper pour dormir tout son saoul. Et chaque jour était un combat sans merci, un jour de plus vers le but à atteindre, un jour de moins à être séparé des siens. Entre les ordres aboyés de l'aube à la nuit tombée, les cours, les travaux, les tâches impossibles à accomplir en une seule journée, les repas avalés à la hâte et les séances de *drill*, François avait si peu de temps pour penser à ceux qu'il avait laissés au Québec.

Mais chaque soir, avant de sombrer dans un sommeil trop court, il ne manquait jamais de caresser du doigt les visages souriants d'une femme mûre et d'une fillette en robe rose, aux longs cheveux bruns et aux yeux noirs dans un cadre en bois, posé sur une table près de son lit, dans un dortoir où 32 hommes tentaient d'oublier leur isolement.

À ses côtés, François fit un mouvement brusque, murmura quelques mots incompréhensibles, son esprit agité semblant dérouler sans cesse le film des moments intenses qu'il avait vécus pendant ce long hiver.

Rachel scrutait son visage tourmenté qu'elle avait vu changer au cours des années et sur lequel s'ajoutaient maintenant de nouvelles marques du temps. Elle sourit doucement. Dès son arrivée à Regina, pour éviter d'écoper d'avis disciplinaires de ses supérieurs, qui contrôlaient continuellement l'apparence des cadets, François avait fait raser ses cheveux. Cela lui donnait maintenant un petit air juvénile, bien loin de l'image de l'homme à la calvitie naissante et aux tempes blanchies, tel qu'il apparaissait sur les photos d'avant le grand départ.

François Racine avait accompli un véritable tour de force, en s'enrôlant avec de jeunes hommes dont il aurait pu être le père, en réussissant les mêmes exploits, et en dépassant souvent plusieurs d'entre eux grâce à sa maturité. Et il venait d'obtenir, à 42 ans, son insigne de policier de la Gendarmerie royale du Canada. François avait été affecté au détachement de Burnaby, en Colombie-Britannique.

Au loin, le train hurla. Rachel se blottit davantage au creux des couvertures et profita encore quelques instants de la chaleur et de la protection de la couette qu'elle appréciait particulièrement en ce frisquet matin de mars. La neige était tombée en abondance au cours des dernières heures et elle pouvait entendre le va-et-vient des déneigeuses dans les rues du quartier.

Dans quelques heures, le camion-remorque stationnerait devant la maison. Les déménageurs envahiraient bruyamment toutes les pièces. Ils embarqueraient alors les meubles et les boîtes qu'ils avaient remplies à la hâte et sans ménagement au cours des derniers jours. Rachel avait déjà préparé les valises pour la longue traversée du Canada, quelque 5 000 kilomètres de route sur la transcanadienne. Il y avait les dernières courses à faire, quelques débranchements à prévoir, le nouveau propriétaire de la maison qui devait passer prendre la clé. Et il faudrait saluer aussi tous ceux qui avaient tenu à revenir au dernier moment, comme pour rendre plus difficile encore ces adieux qui n'en finissaient plus.

Rachel ferma les yeux et retint un sanglot qui lui montait à la gorge, comme chaque fois où elle revivait le dernier jour d'école de Sophie, à Saguenay.

La fillette était restée de marbre, sans expression, sans un mot, devant le désarroi de sa meilleure amie qui pleurait silencieusement contre un mur de la classe. C'était le dernier jour d'école avant la semaine de relâche. Pour Sophie, il n'y aurait pas de retour en classe, du moins pas dans cette classe. Il était prévu qu'à son arrivée en Colombie-Britannique, dans une dizaine de jours, la fillette terminerait sa 2e année dans une nouvelle école.

Rachel soupira. Ni elle ni François ne connaissaient le nom de l'école ni même la ville où ils allaient habiter, et encore moins l'adresse qui serait la leur. Ils auraient en effet trois jours, une fois arrivés à destination, pour trouver la maison idéale, dans le quartier idéal et dans la ville la mieux située par rapport au détachement de la GRC que François devait rejoindre. Et au milieu de toutes ces contraintes, ils devaient trouver une école qui ne soit pas trop différente de celle où Sophie avait été tellement heureuse.

Son esprit reprenait sans cesse le chemin de l'école Riverside.

Les derniers jours avaient été fébriles, les fillettes ne s'étaient pratiquement pas quittées, prenant tous leurs repas ensemble, jouant à tous leurs jeux préférés, jacassant à qui mieux mieux, à un rythme effréné, comme si le jour du départ n'allait jamais pouvoir les rattraper. Ce départ qu'elles n'avaient pas souhaité, ni l'une ni l'autre. Ce départ décidé par les adultes et contre lequel les deux fillettes ne pouvaient rien.

Au cours de la dernière semaine, l'enseignante, Mme Delage, avait adouci temporairement sa discipline et laissait les fillettes discuter à leur guise.

Pendant trois ans, depuis la maternelle, réunies par le sort dans la même classe, les deux petites filles avaient tout partagé, apprenant à lire et à écrire côte à côte, se découvrant des affinités que les gens autour d'elles n'arrivaient pas à percevoir, pas même leur mère, tellement elles étaient différentes l'une de l'autre.

Kathlyn était une petite fille blonde aux yeux bleus, douce et réservée. Elle parlait peu et montrait peu d'ambition. Elle ne soignait jamais son apparence, toujours vêtue de vêtements propres, mais sans élégance, souvent trop grands pour elle. Sophie, brunette aux yeux noirs, avait un caractère autoritaire et décidé. Elle avait une opinion sur tout et savait déjà l'exprimer haut et fort. Soucieuse de toujours bien paraître, déjà très féminine, elle choisissait avec soin ses vêtements et les coordonnait elle-même avec beaucoup de savoir-faire. Dans la cour d'école, lorsque les deux gamines jouaient ensemble, il n'y avait plus de style, il n'y avait plus de personnalité, il ne restait que cette étrange complicité. Entre elles, peu de mots, les regards et les sourires échangés suffisaient à créer ce lien harmonieux, unique, que leurs camarades enviaient, mais dont ils se sentaient la plupart du temps exclus.

Ce jour-là, il avait neigé dans la cour de récréation, maintenant déserte. Seules les traces de pas dans tous les sens sur la neige témoignaient encore des bousculades et des poursuites joyeuses qui avaient eu lieu quelques minutes plus tôt.

Derniers instants. À l'intérieur, en cercle autour de l'enseignante, tous les enfants, à tour de rôle, expliquent ce qu'ils vont faire au cours de leur semaine de vacances.

Sophie écoute distraitement, déjà loin de tous leurs projets, son esprit vagabondant vers ce voyage à Vancouver avec son père, bientôt de retour. Il lui a promis qu'ils ne seront plus jamais séparés, qu'ils dormiront tous les soirs dans des hôtels avec piscine intérieure où ils pourront nager ensemble, pendant de longues heures. Dans quelques jours, elle va enfin retrouver son papa.

Elle sourit.

Dans le corridor, les parents attendent. Sophie cherche sa mère des yeux, elle la voit, toute menue dans son manteau de drap vert péridot et lui envoie la main.

La cloche va sonner dans quelques secondes.

Dans le cercle, Kathlyn n'arrive plus à se souvenir de ses projets pour la semaine de relâche, ne sait même plus si elle en a. Elle balbutie quelques mots, regarde la grande horloge au fond de la classe, puis les parents dehors, puis son amie Sophie.

La cloche sonne. Comme une détonation dans un espace clos, dont le souffle va maintenant faire des ravages. D'un même élan, tous les enfants se précipitent au vestiaire, emportant leur sac à dos, se poussant, riant, criant des au revoir à la ronde.

Indifférentes à toute cette agitation, les deux fillettes restent dans la classe, dans un dernier effort pour déjouer leur destin. Kathlyn pose sa tête contre le grand tableau noir, comme si son chagrin pesait trop lourd sur ses frêles épaules. Secouée de sanglots, elle s'accroche au tableau, ne sachant ni comment cacher sa peine, ni comment s'en délivrer.

— Tu pars... tu ne reviendras pas... je t'ai perdue pour toujours... Vancouver... je ne sais pas où c'est... mon père dit que c'est au bout du monde...

Sophie pose sa main sur l'épaule de son amie, caresse ses cheveux fins et blonds. Elle ne dit rien, car il n'y a rien à dire.

En silence, quelques enfants reviennent dans la classe. Les rires se sont tus, l'excitation envolée.

Mme Delage intervient, tente de chasser cet air grave sur les petits visages ronds.

— Sophie a de la chance. Vancouver, c'est pas si loin… Vous allez communiquer par internet…

Mais à huit ans, on sait bien que les grandes personnes ne parlent souvent que pour chasser la tristesse et la crainte de l'avenir. Aucun enfant, ce jour-là, ne crut vraiment que Sophie resterait en contact avec eux. Tous savaient qu'ils la voyaient pour la dernière fois. Et chacun d'eux la regardait intensément, comme s'ils essayaient d'imprimer de leur mieux son image dans leur mémoire. Cette photo, qu'ils ne partageraient pas, montrait une fillette au visage décomposé, serrant les dents pour ne pas pleurer, avec à ses côtés, lui tournant le dos, inconsolable, son amie de toujours.

* *
*

Rachel chassa ce souvenir qui la hantait. Sophie, quelle grande maturité elle avait démontrée au cours des derniers mois !

La fillette n'avait pas pleuré lorsque son père était parti, en septembre. Le matin de son départ, elle n'avait pu l'accompagner jusqu'à l'aéroport, prise de vomissements au dernier moment. Son corps exprimait à lui seul toute sa détresse. Elle avait murmuré : « Papa, va vers ton rêve et reviens vite. »

Les semaines d'automne puis les mois d'hiver s'étaient écoulés au rythme des tâches à accomplir, des activités qui occupaient la mère et sa fille du matin au soir. Il y avait l'école, le travail, les cours de violon, de ballet, les devoirs, les repas, la maison, la voiture… Et toute cette neige à enlever jour après jour, dont l'ourlet se reformait continuellement. À l'aube, alors qu'il faisait encore nuit, sous les rafales de vent glacées, Rachel prenait sa pelle et traçait un passage jusqu'à la rue, cherchant à l'aveuglette les escaliers ensevelis sous les dernières chutes de neige. Elle entendait encore les reproches du chauffeur d'autobus lui disant : « Votre entrée n'est pas dégagée… C'est dangereux… La petite risque de tomber… Je pourrais ne pas la voir… Vous devez gratter… »

Et ce terrible matin où la ville entière s'était retrouvée emprisonnée sous une épaisse couche de glace, alors que de fortes pluies verglaçantes étaient tombées sans arrêt pendant toute la nuit. Aux premières lueurs du jour, Rachel savait déjà ce qui l'attendait dehors. De sa chambre, elle pouvait entendre les gens pester et s'acharner avec les grattoirs sur les vitres de leurs véhicules. Ils tentaient vainement d'enlever les plaques de givre de plusieurs centimètres qui collaient aux fenêtres, mais s'étendaient aussi à toute la carrosserie. Seuls les pneus avaient été épargnés.

Rachel s'était levée précipitamment, s'habillant à la hâte. Elle reconnaissait l'ennemie au son. Ces crissements répétés sur la glace qui indiquent qu'il n'y aura rien de facile. Une épaisse couche de verglas avait complètement obstrué les fenêtres, tamisant la lumière et donnant au paysage des formes étranges.

Rachel enfila ses bottes.

La première épreuve consistait à se rendre jusqu'à la voiture sans tomber. Sur le pas de la porte, la vision d'un monde fantastique avait surgi. Tout le paysage n'était plus qu'une immense patinoire figée sous une couche de glace aux reflets bleutés. Les rues, les trottoirs, les stationnements, les terrains avaient tous été coulés dans un même moule et on distinguait à peine les couleurs d'origine sous cette forme opaque.

Ici et là surgissaient quelques aspérités glacées. Du toit des maisons aux pointes des clôtures, rien n'avait été épargné.

Petit à petit, glissant ses bottes l'une après l'autre sur la glace sans soulever les pieds, comme elle savait le faire depuis son enfance, Rachel avait finalement atteint sa voiture. Il fallait la faire démarrer pour que la chaleur du moteur puisse faire fondre la glace sur les fenêtres. Aucun moyen de l'enlever autrement. Mais pour pouvoir démarrer la voiture, il fallait y entrer. Rachel regarda la poignée de la portière qui disparaissait entièrement sous la couche de glace, comme plastifiée.

Elle eut une brève pensée pour son mari, qui se trouvait à des milliers de kilomètres, et qui n'était pas là, à sa place, en train de faire ce qu'il avait toujours fait depuis qu'ils vivaient ensemble : dégager les véhicules et l'entrée le matin, avant l'école, pendant qu'elle-même préparait le déjeuner tout en savourant un café.

Mais il n'y aurait pas de café ce matin. La maison était plongée dans le noir. Le verglas avait causé une panne d'électricité.

Le voisin lui envoya gentiment la main, avec un sourire contraint qui en disait long sur son état d'esprit. Solidaires devant l'adversité. Cela lui fit du bien.

Elle s'attaqua à la poignée et aux rebords de la portière, tout doucement, pour ne pas abîmer la peinture. Il fallait frapper délicatement sur la glace, par petits coups, de façon à fragiliser la coquille et ensuite en retirer peu à peu les éclats, libérant ainsi l'ouverture. Elle n'avait pas songé à prendre ses gants et maintenant ses mains étaient rouges et glacées. Après une vingtaine de minutes d'un travail de moine, avec en écho les crissements des grattoirs des voisins furieux, Rachel réussit à ouvrir la portière, démarra la voiture et mit le chauffage à fond.

« Bon, pas si terrible, finalement, j'ai réussi et j'ai encore le temps pour un petit café. J'irai en chercher un au dépanneur, lorsque Sophie sera montée dans l'autobus. »

Soudain, pressée par le temps, en pensant à tout ce qui lui restait encore à faire, Rachel fit brusquement demi-tour en direction de la maison. Mais dans sa hâte de rentrer pour aller réveiller Sophie, elle commit une erreur : elle oublia l'ennemie.

À l'instant où elle leva son pied droit pour marcher, elle sut qu'elle n'allait pas s'en tirer aussi facilement. Tout se passa en une fraction de seconde.

Rachel perdit pied et tenta de se retenir maladroitement à la voiture. Peine perdue. Elle accrocha au passage le rétroviseur, qui lui entailla la main. La chute sur le dos fut inévitable. Le choc brutal. La débarque du siècle. Elle demeura sans bouger pendant quelques minutes. Le crissement des grattoirs s'était amplifié dans la ruelle. Étendue sur le dos, elle observait, fascinée, le ciel maussade d'un blanc laiteux dans lequel des nuages gris menaçants fuyaient à toute allure sous la force des vents. Un ciel de misère pour un jour de catastrophe.

Lentement, comme elle savait le faire depuis son enfance, elle se releva en essayant de garder son équilibre.

Prudemment, glissant ses pieds sur la glace noire, méthodiquement, jusqu'à la maison, elle traîna son corps douloureux à l'intérieur, jetant un coup d'œil furtif à sa main qui saignait.

Un dernier regard au paysage avant de refermer la porte… Rachel Saint-Laurent décida que l'hiver ne lui manquerait pas à Vancouver.

* *
*

Un mouvement interrompit Rachel dans ses pensées. Sophie se glissait maintenant sous les draps entre ses parents. François ouvrit les yeux, sourit, son regard fatigué s'éclairant de tendresse.

— Bonjour Princesse. Tu as bien dormi?

— Oui, papa. Et toi?

— Il me faudrait bien cent ans de sommeil pour récupérer ces six derniers mois. Mais c'est tellement bon de pouvoir te serrer contre moi, mon bébé. Je me sens déjà plein d'énergie. Et j'ai bien envie de vérifier si ma petite souris est toujours aussi chatouilleuse!

Sous les cris de protestation et les rires de sa fille, qui gesticulait dans tous les sens, Rachel décida enfin d'affronter cette journée en se levant d'un pas décidé. Assez de rêveries, il y avait des choses urgentes à faire avant l'arrivée des déménageurs.

Elle se félicita intérieurement d'avoir conservé sa cafetière jusqu'au dernier moment. Un bon café chaud, voilà qui l'aiderait à faire face à cette dernière journée en sol québécois.

«Rachel, combien de temps avons-nous avant l'arrivée du camion? Quel est le programme pour la journée?»

François et Sophie s'étaient immobilisés en la voyant se lever. Tous les deux la regardaient maintenant avec amusement. La mine étonnée, Rachel cherchait à comprendre ce qui les faisait sourire, tout en passant une main dans sa chevelure ébouriffée.

— Qu'est-ce qu'il y a? demanda-t-elle.

Sophie pouffa de rire.

— Maman, tes cheveux… et tes yeux.

Avec sa chevelure rousse en bataille, sa camisole grise défraîchie portée sur une culotte à fleurs et ces énormes pantoufles en peluche, Rachel avait déjà un naturel qui provoquait chez eux un fou rire irrésistible. Mais ce matin, avec ces longues traînées noires qui lui fardaient les yeux et lui donnaient l'allure d'un raton laveur, le fou rire devint rapidement hystérique. Rachel alla vitement se regarder dans le miroir, sourit à son tour, se rappelant combien elle était exténuée la veille, trop fatiguée pour se démaquiller.

— Voilà, bien contente de vous avoir fait rire… Tu disais, François? marmonna-t-elle, tout en faisant disparaître avec une serviette les dernières traces de son déguisement.

Elle s'allongea au pied du lit, souple et féline, souriante.

François observait sa femme, émerveillé d'en être si proche, de pouvoir respirer ce parfum aux huiles essentielles de bambou, dont elle aimait s'asperger jour après jour.

Rachel avait traversé les années d'une façon incomparable. Son corps d'adolescente, conservé à force d'entraînement, auquel s'étaient ajoutées quelques courbes féminines avec la maternité, la rendait terriblement attirante.

Elle levait maintenant ses yeux vers lui, de magnifiques yeux verts, les yeux d'un couguar, dont elle avait aussi parfois le caractère, se disait-il.

Rachel roulait méticuleusement entre ses doigts un bout de la couverture, savourant ce parfait moment de tranquillité, avant le chaos, qu'elle pressentait. J'ignore ce qui s'en vient, se dit-elle, et c'est certainement mieux ainsi. Je suis dans l'œil de la tempête et, pour l'instant, il n'y a pas de vent, pas encore.

Il caressa du regard son visage carré aux lèvres pleines, au nez parfait. La quarantaine n'avait fait que la rendre encore plus séduisante, pure beauté rousse où quelques lignes de maturité ajoutaient encore à son charme. Ce charme dont elle était la plupart du temps tout à fait inconsciente.

Combien de fois avait-il vu des hommes se retourner sur son passage, subjugués, tentant vainement de retenir son regard, son attention ? Elle ne les voyait même pas, absorbée en permanence dans ses pensées, ignorant totalement l'effet qu'elle produisait. Et même si elle l'avait su, avec quel mépris et quelle indifférence n'aurait-elle pas manqué de redresser fièrement la tête, de secouer sa chevelure aux reflets cuivrés et de continuer son chemin…

Rachel n'accordait d'importance qu'aux choses de l'esprit et à la nature. Le monde réel, avec ses désirs, plaisirs et volupté lui faisait peur. Et ce que Rachel craignait, elle s'en détournait.

Au cours des 20 dernières années, François avait cru pouvoir vaincre cette retenue et cette pudeur qui la rendaient si lointaine, détachée de la réalité, de son monde à lui, celui d'un homme qui ne rêvait que de la conquérir entièrement. Et chaque fois qu'il croyait la posséder enfin, elle s'échappait de nouveau, s'enfermant dans son univers.

Il y avait un prix à payer pour être l'amant d'une telle femme. Le prix de la solitude.

Sophie s'était maintenant lovée contre sa mère qui l'embrassait tendrement.

François prit un air grave, douloureux.

Il y a plusieurs mois, il avait pris le risque d'être séparé d'elle, de son corps, de son odeur, de sa voix, imaginant et modifiant sans cesse au cours des semaines d'émouvants scénarios de retrouvailles qui ne devaient pas avoir lieu.

Lorsque son avion avait atterri, la veille, à l'aéroport de Bagotville, c'est une étrangère qui se tenait dans la petite salle d'arrivée, plus mince que dans son souvenir. Il ne se rappelait pas l'avoir vue porter le chemisier ni le jeans dont elle était vêtue et qui mettait en valeur sa nouvelle silhouette. Elle était différente, mais pas comme il l'aurait souhaité. Elle semblait avoir plus d'assurance, plus de certitude aussi.

Un silence gêné s'était installé entre eux.

Déçu et peiné, François méditait avec tristesse sur cette séparation, qu'il avait vécue comme une épreuve et dont elle ressortait épanouie. Et toujours aussi inaccessible.

Rachel le regardait maintenant d'un air interrogateur, mal à l'aise.

— C'est déjà 10 h. Les déménageurs seront là dans très peu de temps. Que dirais-tu d'aller prendre le déjeuner chez Roberto, ce sera rapide ? De toute façon, il n'y a plus rien à manger dans le frigo.

Sophie bondit de joie.

— Youpii ! C'est mon resto favori !

— J'ai pensé que ça te ferait plaisir. Va vite t'habiller.

Sophie quitta la chambre en chantonnant et en exécutant quelques pas de danse.

François s'était ressaisi. Il chassa ses fantômes en passant la main sur son visage.

«François, au retour, il faudra que tu ailles faire un dernier tour dans le garage. Maxime va passer chercher la souffleuse à neige. On ne va pas l'emporter dans l'Ouest, ils n'ont pratiquement pas de neige là-bas en hiver. Tu pourrais aussi lui vendre la pelle pour déneiger le toit. On ne risque pas de l'utiliser non plus. Sinon, tout est réglé. Des employés d'Hydro-Québec vont venir chercher le frigo pour la récupération…»

François soupira. Rachel et son sens pratique à toute épreuve.

Il était tout de même impressionné par la tâche immense qu'elle avait accomplie en son absence, comment elle avait tout préparé en vue de ce grand déménagement, n'oubliant rien, ne négligeant aucun détail.

Au cours des dernières semaines, elle avait passé en revue toutes les pièces de la maison, tous les garde-robes, tous les tiroirs, triant d'un côté ce qui suivrait dans l'Ouest, vendant, donnant ou jetant par ailleurs des quantités impressionnantes de vêtements, de jouets, d'articles de toutes sortes. Sans compter tous les contenants déjà ouverts et tous ceux qui portaient la marque des produits toxiques et explosifs, la fameuse tête de mort, comme l'avait exigé le représentant de l'armée canadienne, qui avait la responsabilité du déménagement.

«J'ai encore un coup de fil à passer à Bell pour le débranchement. Les valises sont prêtes pour le voyage. Ta mère nous attend ce soir, nous coucherons dans sa chambre d'amis. Ta sœur vient souper. Il faudra nous lever tôt demain… Huit heures de route pour la première étape, Ottawa. J'ai mis les cartes et le plan de route dans le 4Runner.»

À regret, François se leva, étira son grand corps aux muscles saillants et se tourna vers sa femme. Elle n'allait pas s'arrêter là, il le savait. Il la connaissait trop bien. Autant en profiter pour aller discuter devant un solide petit déjeuner.

Tout en cherchant ses vêtements, Rachel n'arrivait pas à détacher ses yeux de son mari, de sa barbe naissante, de sa poitrine velue, contre laquelle elle avait fini par s'endormir, tard dans la nuit, après des heures d'insomnie. François avait maintes et maintes fois essuyé les moqueries et les critiques de ses jeunes camarades de la troupe 27 pendant son séjour à Dépôt. Il n'avait jamais cédé à leur insistance de se faire raser la poitrine pour « être dans le coup ».

Cette mode d'un corps imberbe, poli et lustré qu'avaient adoptée les jeunes hommes depuis quelques années la laissait parfaitement indifférente. Mais son homme, devant elle, provoquait un trouble qui la mettait sans défense. Elle allait chasser cette pensée de son esprit, lorsque leurs regards se croisèrent.

Pendant un très bref instant, François perçut le combat intérieur que semblait livrer sa femme. Il surprit l'éclair fugitif de désir qui alluma ses yeux.

Rachel, les joues en feu, détourna la tête, s'affairant à ranger autour d'elle.

Tout en la suivant des yeux, alors qu'elle s'empressait de quitter la pièce, François se dit que finalement, tout n'était pas encore perdu.

2

— *My goodness!* Il ne manquait plus que ça. Comme si j'avais les effectifs! Nick, pouvez-vous venir ici un instant? Regardez ce que vient de me faire parvenir le sergent Lucy Campbell, de la police de Vancouver.

Nicolas Higgins, absorbé dans la lecture d'un rapport, leva les yeux, déposa à regret le document et se leva sans faire attendre son supérieur immédiat, le sergent-major Greg McLeod. Il traversa à grandes enjambées la salle bourdonnante d'activités, où une quarantaine de policiers s'activaient en permanence. Un collègue lui décrocha au passage un coup d'œil de connivence, sans cesser de poser des questions à un invisible interlocuteur au téléphone, tout en jonglant avec un stylo et un café de l'autre main.

La cinquantaine avancée, McLeod arborait un air sinistre, sa figure des mauvais jours, pensa Nicolas, peu désireux de lui donner une raison de se montrer désagréable. Depuis un an qu'il avait été nommé aux enquêtes pour meurtre, au détachement de Burnaby, il avait appris à connaître celui que ses collègues appelaient en secret «le coupeur de têtes». McLeod était en effet très peu patient. Il ne gardait pas longtemps auprès de lui un policier qu'il jugeait incompétent ou inefficace. Nicolas avait traversé avec succès, mais aussi avec beaucoup d'appréhension, la période d'essai avant de se faire confirmer au sein de l'équipe. McLeod, un matin, lui avait dit brièvement : « Tu as le sixième sens d'un enquêteur. Tu as fait jusqu'ici du bon travail. Tu peux rester. »

Du travail, il n'en manquait pas. Et il avait multiplié les heures supplémentaires depuis que McLeod l'avait mis sur cette affaire de disparitions multiples. Plusieurs résidentes du Downtown Eastside, le quartier mal famé du centre-ville de Vancouver, avaient disparu au cours des derniers mois, sans laisser de traces. Et ce, bien après l'arrestation du tueur en série, Edward Clayton, soupçonné d'avoir commis près de 50 meurtres. Il avait finalement été reconnu coupable du meurtre de six femmes. Il devenait donc évident qu'un autre psychopathe avait pris la relève. Ces femmes étaient sorties de chez elle, un soir, pour ne plus jamais revenir. Leurs colocataires s'étaient d'abord inquiétées, puis des membres de leur famille avaient signalé leur disparition aux bureaux de la police de Vancouver.

Sur le coup, la police n'avait pas donné suite. L'ennui avec ces femmes, chuchotaient les enquêteurs entre eux, c'est qu'elles n'avaient pas d'adresse fixe ni d'emploi reconnu. En fait, ces femmes étaient des prostituées. Et les prostituées, c'était bien connu, changeaient souvent d'adresse, sans même en informer leurs proches, si toutefois elles avaient conservé des liens avec eux. Ce qui était rare. Alors, comment être absolument certain qu'elles avaient bel et bien disparu et qu'elles n'avaient pas tout simplement déménagé dans une autre province, attirées par l'offre d'un proxénète ?

Mais tout de même, pensait Nicolas en prenant le document que lui tendait son chef, il y avait quelque chose qui clochait dans toutes ces disparitions, un dénominateur commun : on a beau être une fille publique, on ne part pas comme ça sans emporter un minimum de bagages avec soi. Et tous les effets personnels de ces cinq femmes disparues avaient été abandonnés sur place.

La dernière en liste, une dénommée Sarah James, avait été vue il y a huit jours pour la dernière fois à l'angle des rues Hastings et Princess. Sa copine, Sylvia, l'avait quittée l'espace de quelques secondes, moins d'une minute, affirmait-elle, et, lorsqu'elle était revenue la retrouver, Sarah n'était plus là. Elle avait alors pensé qu'un client l'avait prise dans sa voiture. Mais Sarah n'avait pas redonné signe de vie depuis une semaine.

— Lucy Campbell a les médias sur le dos. Elle demande si on peut doubler les effectifs et mettre quelques gars sur la trace des dernières disparues du Downtown Eastside. Plusieurs d'entre elles viennent de familles de Burnaby, comme tu le sais, tu as d'ailleurs toutes les coordonnées ici. Il faudrait rencontrer ces gens, voir s'ils avaient encore des liens avec ces filles, vérifier tout ce qu'on peut trouver. Les moindres détails peuvent aider à expliquer ces disparitions. Pour l'instant, l'équipe de Campbell refuse toujours la thèse d'un tueur en série, et cela, malgré la pression d'une famille de Burnaby, qui a alerté les médias et dont les membres posent des affiches, depuis hier, d'un bout à l'autre de la région.

Nicolas jeta un coup d'œil aux photos qui accompagnaient le dossier. Une jeune femme à la peau foncée, aux yeux noirs et aux longs cheveux noirs et bouclés, style afro, aux traits tendus et fatigués, souriait sans conviction. Son regard était fuyant. Elle avait une tenue décente, jeans et chandail des Canucks. Cette photo datait déjà de quelques années.

— Sarah James. Elle n'a que 23 ans, mais elle en paraît beaucoup plus. Et cette photo n'est pas récente. Ses parents mènent leurs propres recherches. Ils n'ont pas tort, je ferais la même chose si j'étais à leur place. Quelqu'un peut l'avoir aperçue. C'est sa sœur qu'il faut rencontrer, elle aurait, semble-t-il, parlé avec Sarah quelques heures avant sa disparition. Qui pensez-vous mettre sur l'affaire, ici ?

McLeod inspira profondément et passa une main dans ses cheveux gris clairsemés. Les 25 années passées au sein de la Force* avaient durci son visage, creusé de longues rides entre ses sourcils broussailleux et tracé autour de ses lèvres deux lignes qui lui donnaient un air ironique en permanence. Même le bleu de ses yeux semblait avoir pâli depuis quelque temps. Les nombreuses heures passées au détachement, assis devant son ordinateur ou dans une voiture balisée à traquer les criminels, avaient ajouté à son corps, autrefois musclé, des bourrelets disgracieux dont il n'arrivait plus à se débarrasser malgré l'entraînement.

Une immense fatigue l'envahit.

— Tony et Marshall sont déjà débordés avec les gangs criminels, ils sont d'ailleurs sur une piste dans le Lower Mainland. Une dénonciation. Le gars est le chef des Red Scorpions. Il aurait abattu huit membres d'un autre gang, lors de fusillades à Surrey et ailleurs. Alors eux, on les oublie. Reste Pierre Levac, le Québécois, il se débrouille pas mal sur le terrain. Prends-le avec toi. Je vais voir si je peux vous assigner un autre membre. On n'a pas beaucoup de disponibilité en ce moment, entre la guerre des gangs criminels et la sécurité entourant les Jeux olympiques… Heureusement qu'ils sont terminés, mais les gars ont encore des rapports à faire… Me reste pas beaucoup d'hommes…

---

* Terme utilisé par les policiers à l'interne pour désigner la GRC.

— Mais Levac, c'est lui qui va accueillir le nouveau policier affecté au détachement, voyons, comment s'appelle-t-il déjà, François Racine. Ils doivent faire équipe pendant les six prochains mois.

— Racine n'arrivera pas avant une semaine, il a décidé de traverser le pays en voiture, avec sa famille. Cela vous donne amplement le temps de démarrer votre enquête. Et je verrai ensuite s'il peut se joindre à vous. Il est devenu policier dans la quarantaine, assez mature pour qu'on lui épargne les premières étapes d'un débutant. Il pourrait se révéler un bon élément dans cette affaire.

— Et comment ça se passe au bureau de Vancouver ?

Le sergent McLeod baissa la voix.

— Ils ont mis tellement de temps avant de se décider à faire enquête sur ces multiples disparitions. Il y avait déjà les 45 cas échelonnés sur près de 15 ans qui ont été enregistrés au quartier général, tu imagines, enregistrés, mais soigneusement ignorés et mis de côté. Et ces cas ont mené à l'arrestation et au procès de Clayton. Et maintenant, voilà que d'autres histoires de disparition s'ajoutent, un vrai cauchemar pour la police de Vancouver, qui ne peut donner aucune explication acceptable à la population pour tous ces retards. Crois-moi, ils sont dans l'eau chaude.

— La vérité, enchaîna Nicolas, c'est que ces femmes ne pèsent pas lourd dans la balance de la justice, si vous voulez mon avis.

Nicolas savait que le quartier Downtown Eastside — périmètre délimité entre Burrard Inlet et les rues Clark, Main et East Hastings — était le pire quartier de Vancouver. Il avait lu aussi qu'il s'agissait du ghetto avec la plus grande concentration de toxicomanes en Amérique du Nord. L'Organisation mondiale de la santé venait même d'annoncer que ce secteur, qui compte seulement 15 pâtés de maisons, et qui héberge environ 7 000 toxicomanes, pourrait bientôt être qualifié de zone d'épidémie de SIDA. 40 % des toxicomanes et des prostituées qui vivent là-bas, songea Nicolas, sont séropositifs, un record si l'on peut dire.

— Ce secteur est un trou hideux dans le paysage de Vancouver, et les citoyens en sont gênés. Plusieurs ne veulent même pas savoir ce qui se passe dans ce *no man's land*. Et les rares qui s'y intéressent n'éprouvent pas beaucoup de sympathie à l'endroit de ces débauchés. Une chose est sûre, personne n'accorde foi aux témoignages des prostituées qui parlent de disparition et de tueur en série. Et de toute façon, honnêtement, il faut bien reconnaître que cela prend bien plus que quelques prostituées disparues pour émouvoir l'opinion publique et forcer les autorités à entreprendre des recherches.

McLeod hocha la tête en se frottant le menton.

«Ce qui fait de ce quartier un véritable terrain de chasse pour ceux qui violentent les travailleurs du sexe. Ils ont le champ libre. J'ai pu le constater depuis 25 ans. Les prostituées, les toxicomanes, les transsexuels, en fait toute cette faune est absolument sans protection. On peut blâmer la police de Vancouver de n'avoir pas encore agi dans ce dossier, et je suis le premier à le faire, mais on peut aussi comprendre leurs motivations. Ces filles qui ont disparu, elles ont choisi de faire un métier à haut risque...»

— En fait, répliqua Nicolas, elles disent ne pas avoir choisi cette vie de violence, d'agressions sexuelles...

McLeod l'interrompit impatiemment, en balayant l'air du revers de la main.

— Agressions sexuelles, mais quoi encore, que s'imaginent-elles? Que c'est la société qui les a forcées à prendre leur première dose d'héroïne ou de crack...

Voyons donc, il y a toujours une première décision de laquelle découle le reste de notre vie, et elles n'échappent pas à cette règle. Pour l'instant, le problème n'est pas là. En fait, si on revient à cette enquête qui n'a jamais été faite selon la procédure, l'explication est bien simple. Ces filles, elles n'existent pas. Elles ne font pas partie de la société. Comme elles n'existent pas, elles ne peuvent pas avoir disparu. C'est cruel à dire, mais c'est la réalité.

Nicolas demeura un instant silencieux, habité par l'horreur de la situation dépeinte froidement par son supérieur. Son regard se posa de nouveau sur le visage triste de cette Sarah, une photo prise alors qu'il était probablement déjà trop tard pour la sauver de son sort.

— Bien, on va faire de notre mieux pour aider nos collègues de Vancouver. Mais on ne fera pas de miracle. Il y a quelque chose de hideux derrière ces disparitions et on a beaucoup de retard et très peu d'éléments d'enquête, pas même de point de départ, à part le cas James.

— Quelque chose de hideux, ou plutôt quelqu'un… Un psychopathe qui a trouvé un moyen facile d'assouvir ses passions, c'est signé depuis le début. Il faut faire parler les filles. Il y a peut-être un habitué qui passe régulièrement dans le secteur.

Gred McLeod fit un signe de tête, signifiant que l'entretien était terminé.

Avant d'entrer dans son bureau, il jeta un coup d'œil rapide dans la salle, puis sur le policier Higgins qui s'était arrêté un instant au poste de Pierre Levac. Grand, athlétique, cheveux rasés, bonnes manières, dévoué, efficace, toujours à son affaire, sensible, mais pas trop, juste assez pour déceler ce qui se cache derrière les mensonges. Un bon policier celui-là. Il était bien content de l'avoir dans son équipe. À 28 ans, il irait loin. Il avait été nommé meilleure recrue à Regina. Meilleur coureur aussi, mais il n'était pas attiré par un poste de maître-chien. Tant mieux. Ce gars-là était trop intelligent pour passer son temps à courir après des petits bandits. Il fallait le mettre sur les enquêtes qui mènent à des arrestations massives ou au démantèlement d'un réseau. Il était bâti pour affronter un chef de gang… et peut-être pour faire face à un tueur en série. Il lui faudrait suivre une trace à peine visible sur les trottoirs du Downtown Eastside, usés par la marche désespérée des filles à talons hauts.

Greg McLeod retourna lentement dans son bureau, prit le téléphone, se demandant s'il existait des paroles magiques pour changer de vie.

Il composa le numéro de la maison. Si seulement il réussissait à s'entraîner trois fois par semaine comme avant et à garder le rythme, quoi qu'il advienne…

Il pourrait peut-être secouer cette torpeur, ces premiers signes de vieillesse qui l'avaient atteint il ne se souvenait plus quand…

Si seulement il pouvait se libérer ce week-end, passer du temps avec Debby, seuls tous les deux… retrouver cette intimité qui les unissait auparavant. Quand donc avaient-ils commencé à faire chacun leurs activités ?

— Oui, qui est à l'appareil ?

C'était Mae, leur nanny.

« Bonjour Mae, Debby est à la maison ? »

— Non, Monsieur McLeod. Elle avait un rendez-vous avec Emily, chez le dentiste.

— Ma fille va bien ?

— Oui, Monsieur. Ce n'est qu'un examen de routine. Vous pouvez joindre votre femme sur son cellulaire ou je peux faire le message.

— Merci Mae, je vais lui téléphoner. Vous avez des nouvelles de votre fille ?

— Je n'ai pas réussi à joindre mon mari depuis plusieurs jours. La connexion internet est mauvaise. Je vais tenter de leur parler ce soir.

Greg sentit de l'inquiétude et de la tristesse dans la voix de celle qui travaillait pour le couple depuis près de trois ans. Elle était bien plus pour eux qu'une femme à tout faire. Avec le temps, ils s'étaient attachés à elle, la considérant comme un membre de la famille.

Il essaya de la rassurer.

— Oui, ce sont certainement les tours qui ne fonctionnent pas. Vous allez pouvoir leur parler sous peu, j'en suis certain. Je dois vous laisser. On se voit ce soir.

Dans la salle, l'ambiance s'animait, des policiers déballaient leur lunch et s'interpellaient les uns les autres en riant. Greg prit son manteau et se dirigea vers la sortie.

Dehors, c'était déjà le printemps. Le soleil était haut dans un ciel bleu magnifique. L'édifice de la GRC faisait face au parc Deer Lake, qui longeait l'avenue du même nom. Le lac était en fait un immense sanctuaire naturel où la population aimait pratiquer différents sports nautiques ou simplement pique-niquer le long des sentiers verdoyants.

Il fit quelques pas en direction de sa voiture, puis se ravisa. Plusieurs promeneurs profitaient de cette exceptionnelle journée de mars. Ils déambulaient sans hâte le long du lac, le visage tourné vers les chauds rayons du soleil, savourant ces instants de liberté. On entendait au loin le rire en cascades des enfants. Les mésanges virevoltaient au-dessus des grands arbres. Dans les pins, des geais de Steller, véritables souverains de l'Ouest canadien, au plumage noir et bleu royal, la huppe dressée, l'œil hautain et agressif, faisaient entendre leurs longs cris perçants avant de s'élancer vers les sommets. Tout n'était que paix et sérénité.

Greg sourit.

Il savait ce qu'il devait faire maintenant. Et surtout ce qu'il ne devait plus faire. Un jour, il n'aurait plus la volonté de changer quoi que ce soit. Non, il n'irait pas à ce restaurant situé juste à côté, avec sa voiture, avaler en quelques minutes un repas lourd suivi d'un café fort pour tenir encore quelques heures. Il n'allait pas, comme à l'habitude, rentrer et s'enfermer dans son bureau à regret, en laissant derrière lui une autre journée s'écouler exactement de la même manière que les précédentes. Et les autres avant elles…

Greg respira profondément, redressa le torse, rentra le ventre et prit la direction du parc d'un pas décidé. Il se passerait de repas. La nature l'interpellait et lorsqu'il huma l'air frais aux odeurs de fougères humides, il se sentit déjà mieux. Le premier pas était fait. Il allait changer de vie.

3

— Lâche-la, salaud, tu m'entends, arrête, tu vas finir par la tuer!

Des cris déchirants résonnèrent dans la rue Cordova, paisible à cette heure de l'après-midi. Quelques passants levèrent la tête sans s'arrêter vers le 2ᵉ étage d'un immeuble délabré. Appuyées contre le mur décrépit de l'établissement, des prostituées se regardaient et hochaient la tête. «C'est Eddy qui remet ça... La pauvre, elle va passer un mauvais quart d'heure. La dernière fois, il l'a salement amochée... lui avais dit de ne pas le provoquer.»

En haut, recroquevillée sur le plancher dans un coin de la pièce, Sylvia hurla en tentant vainement de se protéger des coups que lui assenait l'homme, debout devant elle, avec ses grosses bottes à cap d'acier. Il hésita, se retourna et regarda la femme en colère qui lui faisait face, haussa les épaules, puis quitta la chambre en ajoutant simplement à l'intention de sa victime :

— T'as intérêt à fermer ta grande gueule, la prochaine fois, avec les flics. Je veux pas de ça dans ma *business*. Et sois prête dans une heure, j'ai un client qui s'amène.

Sylvia se mit à sangloter doucement, le visage enfoui entre ses genoux, serrés sur sa poitrine. Inga s'approcha d'elle et lui caressa les cheveux, reconnaissant les premiers signes du désespoir. Ce sentiment qu'elle ne ressentait plus depuis longtemps, mais dont elle se souvenait. Pourrait-elle jamais oublier le jour où elle avait cessé de croire qu'il existait une sortie, quelque part? Une vie loin de cette violence, de cette saleté, de cette indécence.

— Là, c'est fini, il est parti, il ne te fera plus de mal. Regarde-moi ça, ce qu'il t'a fait, ce lâche. Laisse-moi laver tes blessures, tu en as une vilaine à la tête, cette fois il ne t'a pas ratée. Montre tes jambes et tes bras… Bon, c'est pas trop grave… Tu vas avoir des bleus, mais on va mettre un peu de glace pour diminuer l'enflure.

Inga prit une serviette qu'elle trouva près de l'évier, l'imbiba d'eau et la posa sur la tempe de la jeune fille qui avait cessé de pleurer. Elle ouvrit ensuite le petit frigo qui se trouvait au fond de la pièce, chercha de la glace, en mit quelques morceaux dans un sac de pain vide qui traînait sur le comptoir de la cuisinette. Elle l'appliqua ensuite délicatement sur les jambes nues de Sylvia, qui commença à trembler.

«Tiens, prends cette couverture.»

Inga n'avait eu qu'à tendre la main pour atteindre le lit de Sylvia.

«Je vais te chercher deux tylenols, ça peut aider.»

Sylvia leva la tête sans rien dire. Elle renifla, essuya maladroitement avec la manche de son chandail les coulées de mascara sur son visage. Ses yeux faisaient le tour de la pièce, comme si elle la voyait pour la première fois. Il y a plusieurs mois, elle avait atterri au 2e étage de cet horrible édifice, rue East Cordova. Et elle vivait depuis dans cette chambre infecte, qui faisait à peine 20 mètres carrés et qu'elle partageait avec Inga. Quatre murs jaunis de crasse, un plancher gras, d'une couleur indéfinissable, qui n'avait pas vu le passage d'une serpillière depuis des lustres. Deux petites fenêtres calfeutrées de l'intérieur avec de grands sacs de plastique noirs empêchaient la lumière du jour de pénétrer dans la pièce. Le seul éclairage provenait d'une ampoule nue, suspendue au plafond. Deux matelas avaient été disposés en angle, directement sur le sol, avec chacun un drap et une couverture. Le comptoir, surchargé de vaisselle sale et de cartons de pizza, se trouvait de l'autre côté, entre la porte d'entrée et la toilette. Une poubelle débordait de détritus et de mouchoirs en papier. Il y avait bien un lavabo, mais pas de douche. Une odeur de bière et d'urine flottait tout autour.

Sylvia réfléchissait en fronçant les sourcils, elle essayait de se rappeler, mais sa tête lui faisait mal. Elle toucha doucement sa tempe et retira sa main. Du sang coulait de sa blessure. Elle remit la compresse en place. Elle avait de plus en plus de mal à se souvenir de son emploi du temps. Elle s'était réveillée ce midi, la bouche pâteuse et les membres endoloris, en se rappelant vaguement ce gros bonhomme, aux mains poisseuses et qui empestait l'alcool, qu'Eddy avait emmené à l'appartement vers 2 h du matin. Il n'avait pas été tendre avec elle. Puis elle avait sombré.

— Tu recommences à trembler… Eddy va bientôt être là, il va te donner ta dose, ça va te faire du bien. Tiens, prends ces cachets en attendant.

Inga s'assit près d'elle et lui tendit les comprimés. Sylvia avala docilement les médicaments tout en observant son amie.

Inga ne devait pas avoir plus de 45 ans. Mais 25 années de consommation de drogue, de mauvais traitements, de manque de nourriture et d'hygiène avaient transformé la jeune beauté russe qu'elle avait été autrefois, apparemment, en une sorte de caricature effrayante de vieille prostituée sur le déclin.

Elle ne gardait de sa jeunesse que ses magnifiques yeux bleus. Le reste était un désastre. Son visage et ses lèvres étaient sillonnés de rides profondes, ses cheveux blonds clairsemés pendaient sans vie sur ses épaules. Son corsage blanc échancré laissait voir le tatouage d'un aigle qui semblait battre de l'aile sur une poitrine affaissée.

Sylvia détourna le regard, gênée.

Inga s'obstinait à porter une mini-jupe de faux cuir noir, exposant sans pudeur ses jambes lourdes de varices violacées.

Des anneaux d'or aux oreilles, du fard à joues criard et un rouge à lèvres bon marché accentuaient encore la vulgarité de sa tenue.

Inga sourit. Un sourire qui aurait pu paraître hideux à quiconque ne connaissait pas Inga la Russe.

Mais Sylvia connaissait le cœur de son amie, sa grandeur d'âme éprouvée maintes et maintes fois dans l'enfer du quartier. Sylvia savait quelle sorte de bonté se cachait dans ce corps usé de sa compagne d'esclavage. Elle lui rendit son sourire.

Les autres, les anciennes, lui avaient raconté son histoire. Chaque prostituée avait une histoire, mais celle d'Inga sortait de l'ordinaire.

Un jour, elle était arrivée rue Cordova. Grande, racée, vêtue avec élégance, ses magnifiques cheveux dorés flottant sur ses épaules. Adolescente, elle venait d'arriver au Canada. Elle s'était inscrite à l'université et projetait, dès qu'elle gagnerait assez d'argent, de faire venir ses parents et ses frères et sœurs qui étaient restés en Sibérie. Pour cela, il lui fallait trouver du travail, mais surtout un logement pas trop cher dans une ville où tout était hors de prix. Elle avait été mal conseillée et s'était retrouvée dans le quartier sordide du Downtown Eastside.

Rapidement, des proxénètes remarquèrent sa beauté et sa valeur marchande. Ils lui avaient fait des offres qu'elle déclinait vigoureusement. Jour après jour, ils la talonnaient et l'attendaient sur le pas de la porte de son petit appartement.

Très vite, Inga n'arriva plus à joindre les deux bouts. Après quelques mois, toujours sans emploi, malgré ses efforts et sa détermination, la jeune femme devint incapable de payer son loyer et ses études. Affamée, désespérée à l'idée de se retrouver dans la rue, elle cessa de se battre et oublia ses rêves. Elle remit son innocence et ses espoirs entre les mains d'un individu sans scrupules qui lui fit cadeau de sa première dose d'héroïne, un soir où elle ne se sentait pas le courage d'affronter son nouveau travail. Elle écrivit encore pendant un certain temps à sa famille, puis les lettres s'espacèrent, se firent plus rares. Moins d'un an après son arrivée à Vancouver, elle cessa complètement d'entretenir des liens avec ses parents.

— Tu n'aurais pas dû chercher à retrouver ton amie Sarah. Eddy était dans une colère lorsqu'il a su que tu t'étais présentée au poste de police.

— Mais Sarah a disparu ! Elle ne serait pas partie sans me dire au revoir, c'est mon amie, elle a disparu, je le sais, je sens qu'il lui est arrivé quelque chose… Comme à tes amies, Mona, Sherry, Tanya, Jennifer. Elles ne peuvent pas toutes être parties soudainement, un soir, comme ça… J'ai tellement peur. Il y a un maniaque qui rôde dans le secteur et qui s'en prend aux filles.

— Tu n'as pas à avoir peur, on a Eddy, toi et moi. Eddy a ses défauts, il est parfois violent, mais il nous protège d'une certaine façon, il garde notre territoire, il nous amène des gars normaux, il sait reconnaître les psychos. Sarah voulait être indépendante, comme plusieurs de mes copines, d'ailleurs, elle ne voulait pas travailler tous les soirs, elle ne voulait pas partager l'argent, et elle l'a sans doute payé cher, elle est partie avec quelqu'un qui ne l'a pas ramenée, c'est évident.

Sylvia sanglotait maintenant sans pouvoir s'arrêter.

«Voyons, calme-toi, je ne dis pas cela pour te faire de la peine, en fait ça m'inquiète moi aussi, vois-tu. Je me rends bien compte qu'il y a un individu dangereux qui se promène dans le coin et aborde les filles lorsqu'elles sont seules, sinon quelqu'un l'aurait aperçu. Mais toi, tu n'es pas à la rue, ça ne risque pas de t'arriver. Et maintenant, viens que je t'aide à être un peu présentable, sinon le client ne va pas rester et Eddy va se remettre en colère. Et je ne crois pas que je puisse te remplacer. À mon âge, il n'y a plus que quelques rares demandes me concernant, ceux qui m'ont connue il y a longtemps. C'est toujours ça de pris… C'est pour ça qu'Eddy ne me renvoie pas… ça et parce que je l'aide en vous mettant un peu de plomb dans la cervelle. De toute façon, que veux-tu faire d'autre? Apprendre à faire des bouquets de fleurs pour 40 $ par jour chez Mme Finley? Comme Hélène? Tu sais qu'elle a dû subir toute une cure de désintoxication et qu'elle vit toujours dans la misère. À moins que tu préfères téléphoner à ta famille du Québec, qui t'a rejetée il y a longtemps. On en reparlera… Lève-toi!»

Sylvia demeura prostrée pendant qu'Inga brossait ses longs cheveux noirs et tentait de masquer, sans succès, l'affreuse bosse qui gonflait sur son front. Elle avait des ecchymoses un peu partout sur les jambes et les bras. Et pourtant, elle n'arrivait pas à être laide, avec ses grands yeux noirs tristes, les douces rondeurs de son visage juvénile, ses lèvres pleines et boudeuses qui lui donnaient l'air d'une petite fille.

«Un peu de rouge à lèvres, voilà, ça fera l'affaire… Ta jupe et ton chandail sont tachés, mais tu ne les garderas pas longtemps, dit-elle avec un petit clin d'œil coquin. Laisse faire les talons aiguilles, le client a demandé le style préado.»

Des pas résonnèrent dans l'escalier menant au 2e étage. Eddy arrivait avec le client. Sylvia frissonna et son regard paniqué rencontra celui de son amie.

«N'aie pas peur, tu es à jeun, tu vois ça d'un autre œil, c'est normal, mais tout ira bien, ce n'est qu'un mauvais moment à passer. Ensuite, nous irons voir les autres, en bas, peut-être ont-elles eu des nouvelles de Sarah…»

La porte s'ouvrit. Eddy fit signe à Inga de sortir. Derrière lui, un colosse, les bras pendant le long du corps, attendait son tour, salivant en apercevant la jeune fille.

Sans un mot, le visage blême, Sylvia alla s'étendre sur son matelas.

4

La pluie tombait maintenant abondamment sur la forêt où trônaient de grands sapins de Douglas. Au sommet de l'un d'eux, un aigle à tête blanche pointait son bec crochu en direction du sol, son œil jaune féroce scrutant une demeure.

Le son régulier des gouttes d'eau qui s'écrasaient sur le toit en bardeaux de cèdre du bungalow se répercutait jusqu'au sous-sol.

Il se tenait là, dans la pénombre, accroupi sur le plancher de ciment froid, dans cette cave humide au plafond bas, son refuge.

Son lieu de prédilection lorsqu'il sentait venir la crise, les étourdissements, les voix. Les voix de ses parents. Il y avait un bruit de fond puissant, comme celui d'une chute d'eau… et des rires bruyants, des rires gras et méchants. Des pleurs aussi, des pleurs d'enfants.

L'homme avait maintenant enfoui son visage dans ses mains, sa respiration était courte. Il gémissait tout en secouant la tête.

Comment chasser ces voix et ces odeurs qui le rendaient malade, ces odeurs sucrées, qu'il ne parvenait pas à identifier, quelque chose de douceureux, un parfum peut-être, qui faisait surgir des souvenirs horribles ? Ces images révoltantes aux contours flous disparaissaient soudainement lorsqu'il croyait enfin les tenir. Sombre réminiscence d'un passé honteux qui le fuyait telle une ombre que l'on projette devant soi, impossible à atteindre. Un effroyable film tourné à un moment précis dans son enfance et profondément enfoui dans une zone interdite de sa mémoire.

Il fut pris de vomissements. Cela se terminait toujours ainsi. Le calme allait revenir. Déjà, les voix s'éloignaient, il n'entendait plus que la pluie sur le toit. Il s'adossa contre le mur, les yeux fermés. Puis un sourire sadique étira lentement ses lèvres minces.

Il allait devoir se purger à nouveau de toute cette saleté, ces immondices qui jaillissaient de lui, à chacune de ces crises. Et faire sortir le trop-plein de l'immense colère qui l'habitait en permanence depuis des années. Quand donc avait-il trouvé un exutoire, le seul moyen pour retrouver la paix intérieure ? Il ne savait plus trop... avant la trentaine... mais il se souvenait de chacune d'elles.

Ses paupières s'ouvrirent d'un seul coup sur des yeux bleu glacier aux pupilles démesurément agrandies, un regard fixe où la détresse avait disparu pour faire place à la démence.

Il revivait le dernier sacrifice qui lui avait procuré tant de plaisir et de soulagement. Son sexe se dressa au souvenir des sévices qu'il avait infligés à cette chienne malpropre, au corps impur marqué de tatouages obscènes. Avant de se taire, elle avait finalement compris quel privilège c'était d'avoir été choisie par lui. Pendant des heures, au comble de l'excitation, il avait manipulé et regardé ce corps charnu qui n'appartenait plus qu'à lui seul, profitant de chaque délicieuse seconde, laissant déferler sur sa victime toute la rage et la frustration qu'il portait en lui, jouissant de ces moments interdits et violant toutes les règles.

Puis, à regret, il avait dû s'arrêter. Il avait hésité long-temps à se débarrasser du corps, comme pour les autres avant elle. Il avait de plus en plus de mal à les quitter, parce qu'elles lui faisaient tellement de bien. Et que leurs corps avaient partagé une telle intimité… Comme ceux… comme ceux de jeunes mariés, pensa-t-il.

Il déglutit avec difficulté. Il lui restait un souvenir de la dernière, la noire aux longs cheveux frisés. Il avait bien le temps d'aller jouer un peu avec…

Ensuite, il partirait à la chasse. Il lui en fallait une autre pour calmer la colère qu'il sentait sourdre en lui.

5

La porte coulissante du camion-remorque se referma avec fracas. Le chauffeur inspecta une dernière fois son véhicule, examina les pneus, puis fit signe à ses hommes de monter à bord. Il chercha des yeux le propriétaire des lieux pour lui faire signer l'autorisation de transport de ses biens.

François et Sophie se tenaient enlacés devant la maison, la regardant pour une dernière fois. Un peu en retrait, Rachel discutait avec le nouveau propriétaire, arrivé une demi-heure plus tôt avec une dizaine de camarades et quelques caisses de bière. Tout heureux, il prenait possession des lieux le jour même et avait l'intention de procéder au nettoyage et à la peinture au cours de la nuit. Sa jeune épouse et leur bébé viendraient le rejoindre le lendemain. Claquement de portières de voitures, rires d'hommes, grandes tapes dans le dos. Bruyamment, les jeunes envahissaient la place.

Rachel, les traits tirés, tendit nerveusement la clé de la maison au jeune homme qui la prit avec un grand sourire, avec tout l'enthousiasme de celui qui commence sa vie. Il héla ses amis, la main tenant la clé tendue vers le ciel, dans un signe de victoire. Un concert de cris joyeux répondit à son geste.

Rachel ressentit comme une douleur au ventre en lui remettant la clé. Elle s'était demandé pendant des mois quel serait l'instant qui marquerait le passage entre sa vie passée et son nouvel avenir ? À quel moment se sentirait-elle déracinée, arrachée de cette terre qui l'avait vue grandir ? Cette clé. La clé de la maison où elle avait connu sa part de bonheur et de tristesse. Cette clé qu'un autre utiliserait pour rentrer tous les soirs auprès des siens et connaître à son tour, sa part de bonheur et de tristesse.

— Rachel, il faut y aller maintenant. Maman nous attend.

François la pressait de partir. Il ne se sentait pas concerné par cet instant. Il avait fait son deuil six mois auparavant, lorsqu'il avait déménagé dans les Prairies. Une fois suffit.

Rachel jeta un dernier regard à cette maison centenaire, aux murs isolés de crin de cheval et de papier journal où des enfants avaient grandi, un homme s'était enlevé la vie, une femme avait pleuré sa solitude… et où elle-même avait trouvé la paix.

Elle salua cette demeure d'une autre époque, puis marcha jusqu'à la voiture. La page était désormais tournée.

6

Nicolas Higgins emprunta l'allée qui menait à une résidence cossue, au jardin méticuleusement entretenu. Pas une feuille morte ne jonchait le sol, les plates-bandes avaient été nettoyées et les arbres récemment taillés. L'air embaumait le cèdre. Le policier appuya sur la sonnette d'entrée. Un bruit de pas se fit entendre, puis une femme déverrouilla la porte. Avec un sourire aimable, Karen James tendit la main, salua Nicolas, et l'invita à entrer.

— Merci de bien vouloir me recevoir, Madame James. Nous avons besoin de recueillir le moindre détail dont vous pourriez vous souvenir pour nous aider à retrouver votre sœur.

— Vous savez, j'avais très peu de contacts avec ma jeune sœur, nous ne nous voyions pas souvent. Le mode de vie qu'elle a choisi ne nous permettait pas beaucoup d'échanges. Je suis avocate, mon mari est médecin, nous avons deux jeunes enfants et une vie occupée et réglée au quart de tour, que vous imaginez sans doute. Sarah vivait dans un monde bien différent…

— Vivait ? Croyez-vous qu'elle soit toujours en vie ?

— Je ne sais pas, il y a des jours où je l'espère, d'autres non.

Elle se tordait les mains, cherchant à réprimer sa nervosité. Élégante, de mise soignée, on sentait la professionnelle de la mi-trentaine en parfaite maîtrise de sa carrière, de sa vie familiale et sociale. Le voile de tristesse qui masqua son regard, pendant quelques instants, ne surprit pas le moins du monde Nicolas. Il savait, par expérience, que chacun a son tiroir secret où dorment des histoires inavouables. Son histoire à elle, c'était sa sœur. Une tache dans le tableau de maître de sa vie.

« Nous avons, ma famille et moi, dépensé tellement de temps et d'énergie à tenter de convaincre Sarah de mener une vie plus normale, et surtout moins dangereuse. Mes parents ont beaucoup vieilli au cours des cinq dernières années. J'avais 15 ans et mon frère 12 lorsque mes parents ont décidé de l'adopter. Une petite fille abandonnée de deux ans, d'origine autochtone. Nous l'avons entourée d'amour et d'attention. Mais au fil des années, il est devenu évident que quelque chose n'allait pas.

« Elle n'arrivait pas à se faire accepter par ses camarades de classe et elle nous répétait sans cesse que nous n'étions pas sa vraie famille. Elle a tenté de retrouver les siens, sans succès. Je crois que sa mère biologique est décédée à sa naissance. Puis, elle a accumulé les échecs à l'école, au grand désespoir de mes parents. Un jour, elle a goûté au crack. Et là, la descente aux enfers a commencé pour toute la famille.

« Après une dernière cure de désintoxication, à 17 ans, elle s'est enfuie de la maison. On a su par la suite qu'elle habitait le quartier Downtown Eastside. Mon père a cherché à la revoir. Il l'a aperçue, un soir, vêtue comme une prostituée, déambulant vulgairement dans la rue Hastings. Il ne s'en est jamais remis, je crois. Mon frère n'a pas voulu garder contact avec elle, et mes parents ont soudainement cessé de parler d'elle. Je suis la seule qui recevait encore de ses nouvelles, de temps à autre. »

— Quand vous a-t-elle téléphoné pour la dernière fois ?

— Il y a environ une dizaine de jours, oui c'est ça, c'était un dimanche. Elle semblait pressée et elle chuchotait, comme pour ne pas se faire entendre. Je m'en souviens, car j'avais du mal à comprendre ce qu'elle me disait. Elle m'a demandé comment allaient papa et maman. Elle continuait de se soucier d'eux et je sentais qu'elle se culpabilisait. J'ai dû être brève, ce soir-là, car j'avais une rencontre avec un client qui devait se présenter le lendemain en cour. Je lui ai demandé si tout allait bien. Elle m'a dit qu'elle avait envie de changer de vie, qu'elle avait peur.

« Je savais, car elle me l'avait dit le mois précédent, qu'elle avait décidé de faire affaire avec ses clients toute seule, sans intermédiaire. Elle avait peur de son ancien souteneur et des clients de la rue. Elle avait toujours peur, mais sa peur de manquer de crack surpassait tout le reste. C'est pourquoi je croyais de moins en moins à son retour à la vie normale. »

— Vous a-t-elle dit autre chose ? Un détail, peut-être, qui nous permettrait de savoir comment elle a disparu ?

— J'aimerais vous dire que quelque chose a attiré mon attention, mais j'ai beau faire un effort, je ne vois pas ce que cette conversation avait de différent de toutes les autres que nous avons pu avoir depuis cinq ans... Elle semblait être incapable de couper définitivement les liens qui l'unissaient à notre famille. Et c'est sans doute pour cette raison qu'elle me téléphonait chaque mois, un court appel... Non, je ne vois rien d'autre. Si, peut-être, elle m'a dit qu'un client lui avait offert une bague. Elle était toute contente. Je me souviens de sa voix enfantine, réjouie, comme s'il l'avait demandée en mariage... Je l'avais trouvée bien puérile, comme lorsqu'elle était toute petite et qu'elle se déguisait en mariée...

— Elle a décrit la bague?

— Oh! Je n'ai pas fait attention… Je crois qu'elle a dit que la pierre était bleu violet. Mais il s'agissait certainement d'un bijou sans valeur.

— Bon, je vais vous laisser ma carte. Téléphonez-moi si vous vous rappelez quoi que ce soit. Tout est important dans une enquête de disparition, croyez-moi. Et qui sait, votre sœur a peut-être déménagé ailleurs et tentera à nouveau de communiquer avec vous.

— Vous savez, je vais être très honnête avec vous. Après toutes les tentatives infructueuses pour ramener Sarah à la raison, nous n'entretenons plus beaucoup d'espoir que cela puisse se réaliser un jour. En fait, au risque de vous paraître dure, je dirais qu'il serait plus simple, pour tout le monde finalement, d'apprendre qu'elle a terminé cette vie de souffrance.

— Je comprends l'horreur de ce que Sarah vous a fait vivre. Mais elle ne méritait certainement pas de finir entre les mains d'un tel individu. Si, bien sûr, c'est ce qui est arrivé.

Nicolas se leva, pressé de partir.

«Il nous reste un tueur à arrêter, se dit-il, avant qu'il ne fasse d'autres victimes.»

Karen James, l'air soudain plus froid, raccompagna le policier à l'entrée. Lorsqu'il fut sorti, elle appuya son visage contre la porte, l'observant qui descendait l'allée.

«Comment pourraient-ils seulement comprendre ce que nous avons vécu? Ils la croient morte depuis une semaine… Nous l'avons enterrée, en fait, il y a cinq ans.»

7

— Emily, papa est là mon trésor…

Une bousculade suivie de cris joyeux et Greg McLeod vit surgir sa fillette de cinq ans dans la cuisine.

— Daddy, tu vas souper avec nous ? Mae a préparé mes pâtes préférées… et on va se brancher tout à l'heure avec sa famille. Les tours sont redevenues gentilles et Mae va pouvoir nous raconter une belle histoire, à moi et à Maya.

Greg sourit. Comme elle était mignonne avec sa petite frimousse aux yeux bleus pétillants et aux cheveux blonds ébouriffés, que sa nanny n'arrivait jamais à tresser. Emily savait échapper aux tortures de la brosse avec un sourire désarmant et une énergie que la bonne, originaire des Philippines, avait du mal à contrer.

Mais quel bon cœur elle avait, quelle tendre petite fille il possédait dans sa vie de policier tourmenté !

— Ah oui ? Mae a réussi à reprendre contact avec les siens ?

Mae entra à son tour dans la pièce et s'empressa de suspendre le manteau du policier, en le saluant. Elle souriait. Et son large visage au teint mat et aux yeux noirs s'était illuminé.

— Nous nous branchons dans une heure. J'ai déjà parlé avec mon mari… et je verrai la petite ce soir.

Une ombre voila son regard. Greg observa la nanny, qu'il avait prise à son service trois ans auparavant, sur la recommandation d'un collègue de travail.

Elle avait quitté son village, comme plusieurs de ses compatriotes, pour travailler au Canada et mettre de côté assez d'argent pour y faire venir à leur tour son mari et sa petite fille de deux ans. Ils ne devaient être séparés que quelques mois.

Concentrée sur ses tâches ménagères, Mae ne parlait que rarement de la fillette. Elle avait certainement dû vivre une séparation déchirante, le jour de son départ. Et depuis, chaque jour qui passait l'éloignait un peu plus de la fillette qui grandissait seule, auprès de son père. La dernière année avait été particulièrement difficile. Il sentait la jeune femme bien fragile. Chaque matin, ses yeux rougis montraient que sa détermination commençait à vaciller. Il allait devoir discuter avec Debby et voir ce qu'ils pouvaient encore faire pour l'appuyer dans sa démarche auprès du ministère de l'Immigration canadien.

Il se rappela comment lui et sa femme avaient accueilli Mae comme un membre de la famille, à l'époque, lui accordant des jours de congé, lui offrant la meilleure chambre pour qu'elle puisse se retirer dans ses temps libres. Ils avaient même envoyé un portable à son conjoint pour permettre à la famille de retrouver chaque soir un peu d'intimité... L'écran, bien sûr, leur rappelait cruellement la distance qui les séparait. Mais Greg avait fait de son mieux. Il soupira. Ses problèmes de couple lui apparurent soudain bien insignifiants...

— Vous mangez avec nous maintenant, Monsieur McLeod, ou vous préférez attendre votre femme ? Elle ne devrait pas tarder.

— Je vais l'attendre. Mais allez manger, vous deux. Il ne faut pas faire attendre votre famille. Vous laisserez faire la vaisselle, je vais m'en occuper. Allez…

Mae le gratifia de son plus beau sourire et s'empressa d'aller servir le repas.

* *
*

La nuit était tombée à Suriquao, sur l'île de Mindanao, dans l'archipel des Philippines. Mateo regardait avec attendrissement Maya qui jouait avec la poupée Barbie envoyée du Canada par sa maman. Elle en avait déjà reçu plusieurs au cours des derniers mois. Ses jeux ne changeaient guère, toujours la même mise en scène : mis à part Ken, qui représentait le père, les poupées tenaient toutes le même rôle, celui d'un enfant. Il lui avait un jour demandé qui était la mère. Elle avait répondu que les enfants n'en avaient pas besoin, puisqu'ils avaient un père. Avec toute la franchise de son âge, elle n'avait pas mesuré la cruauté de sa réponse ni remarqué la tristesse de son père.

— C'est l'heure, Maya, nous allons maintenant parler avec maman.

Sans enthousiasme, l'air boudeur et quittant à regret ses poupées, Maya s'avança devant l'ordinateur et regarda son père manipuler la souris. Un clic de plus et le visage de sa mère apparut. Il y avait aussi cette petite fille, auprès d'elle, qui était toujours là.

— Bonsoir Maya. Comment vas-tu mon bébé ?

— Bien, répondit poliment Maya, en jetant un regard à son père.

Elle ne comprenait pas la raison de ces rencontres, même si son père lui avait expliqué plusieurs fois que cette dame était sa maman. Les mamans de ses amies ne leur parlaient pas dans un ordinateur. Pourquoi la sienne n'était-elle pas à la maison? Malgré tous ses efforts, elle ne se souvenait pas de l'avoir vue autrement que devant cet écran. Et qui était déjà la petite fille à ses côtés? Ah oui, papa avait dit que maman était sa gardienne, qu'elle en prenait soin. Et en plus, elle avait une vraie maman, une maman pas dans un ordinateur. Donc deux mamans pour s'occuper d'elle. Quelle chance elle avait!

— Tu sais, avec les événements survenus sur l'île, il y a quelques mois, rien n'est vraiment plus sûr ici… Je crains pour notre sécurité. Les troubles continuent à l'intérieur du pays. Il va falloir relancer notre dossier… Le temps passe… Je sais, c'est dur… ne pleure pas…

Mae essuya ses yeux avec impatience, ce qui surprit les deux fillettes, figées de part et d'autre des écrans.

Les enfants s'observaient silencieusement, conscientes de faire partie d'un drame qui se jouait de chaque côté de l'océan.

— Tu crois que je ne réalise pas tout ce que je perds en restant ici? Elle ne ressent rien pour moi, absolument rien, nos liens se sont brisés lors de mon départ… Je ne peux pas revenir en arrière et je ne peux rien espérer de l'avenir… Que me reste-t-il? Toi, au moins, tu es toujours son père…

Sa voix se brisa. Au fond de la pièce, Mateo entendit quelqu'un demander à Emily de venir les rejoindre.

— Mais Mae doit nous raconter une histoire, protesta-t-elle.

Elle avait attendu toute la journée ce moment déli-cieux, lorsque sa nanny leur racontait, à elle et à Maya, une histoire de son pays. Les récits de Mae étaient pleins d'aventures. Elle ne s'en lassait jamais.

— Mae a des choses à dire à sa famille. On va les laisser ensemble. Viens.

Emily rejoignit à regret ses parents qui se tenaient sur le pas de la porte.

Sur l'autre continent, Maya, qui s'ennuyait un peu, retourna à ses poupées. Mateo et Mae se regardèrent en silence, impuissants devant la tournure que prenaient les événements.

8

La porte s'ouvrit bruyamment lorsque la gardienne introduisit la clé dans la serrure. Nicolas, qui avait dû se prêter à une fouille en règle, pénétra dans l'étroit corridor qui menait aux cellules d'isolement.

— Je ne vous laisserai discuter avec lui que 15 minutes. Vous vous adresserez à lui en vous servant du téléphone. Une vitre sépare les détenus des visiteurs… Je sais que vous savez tout cela, mais je dois le répéter, dit-elle, avec un geste agacé, alors qu'il allait répondre. Tous les pénitenciers ne fonctionnent pas de la même façon. Le nôtre a ses propres règles. Le prisonnier a le droit de refuser de vous parler. Généralement, en particulier les détenus en isolement, ils sont trop heureux de recevoir de la visite, même si c'est la police. Voilà, vous pouvez vous asseoir. Nous allons le faire entrer dans un instant.

La porte se referma derrière lui. Nicolas prit le combiné du téléphone et attendit.

Quelques minutes plus tard, un homme au crâne dégarni entra dans l'autre pièce, entouré de deux gardiens qui l'aidèrent à s'asseoir près de la vitre. Il avait des chaînes aux pieds. Il posa ses mains sur ses cuisses et observa le policier. Son visage sans expression était ingrat, sans signe particulier. Ses yeux bruns ne brillaient pas d'une grande intelligence et même la curiosité semblait inexistante. Dans l'ensemble, un homme ordinaire, à la personnalité des plus banales, qui aurait pu passer toute sa vie sans se faire remarquer dans la société.

« J'ai pourtant devant moi le pire tueur en série en Amérique du Nord… », songea un instant Nicolas, étonné de constater encore une fois combien l'apparence peut être trompeuse.

Edward Clayton prit le combiné.

— Qu'est-ce que vous voulez ?

Le policier ne parut pas surpris du ton brusque et peu invitant de son interlocuteur. Après tout, cet homme, qui s'était vanté d'avoir tué 49 femmes, avait été condamné à la prison à vie. Il n'avait plus rien à perdre et certainement aucune envie de se faire un nouvel ami.

L'enquête pour meurtre avait duré des mois. Des policiers, spécialistes et archéologues avaient fouillé chaque centimètre carré du ranch d'Edward Clayton. Des tonnes de terre avaient été remuées pour retrouver les corps ou la présence d'ADN de ses présumées victimes. Lors de son procès, très médiatisé, il avait finalement été reconnu coupable du meurtre de six femmes, disparues du quartier Downtown Eastside de Vancouver.

— J'aimerais vous demander votre avis sur les disparitions de femmes qui se multiplient dans la région, bien que…

Nicolas s'interrompit, conscient qu'il s'était très mal introduit. Mais il était trop tard. Clayton éclata d'un rire mauvais, presque hystérique, méchant.

— … bien que je sois hors d'état de nuire… La police s'inquiète maintenant des belles à cinq dollars, les putes, qui vous font tout ce que vous voulez pour un peu de drogue… Les sales traînées, pleines de bestioles et de maladies… qui s'en soucie ? Je vais vous dire, moi, c'est un service à rendre à la société que de…

La gardienne entra brusquement et lui intima l'ordre de baisser la voix, s'il ne voulait pas retourner dans sa cellule sur-le-champ.

« C'est évident que quelqu'un d'autre leur fait la peau, si vous voyez ce que je veux dire, et ils vont pas pouvoir me mettre ces disparitions sur le dos… »

Il ricana, mais plus bas cette fois.

« Est-ce que vous avez trouvé les corps des victimes ? »

Son intérêt s'éveillait et, de ses yeux exorbités, il fixait le policier intensément.

Nicolas se souvint de ce qu'il avait appris sur les psychopathes concernant le plaisir qu'ils prenaient à revivre en pensée leurs horribles meurtres. Réprimant son dégoût, il décida de jouer franc-jeu.

— Tous ces renseignements font partie de l'enquête… Je pensais que vous auriez pu nous aider à établir le profil du suspect, si je partageais avec vous certaines informations que nous détenons.

— Peut-être bien… Parlez-moi des victimes.

Le temps filait. Nicolas hésita quelques secondes puis poursuivit rapidement.

— Nous avons retrouvé, au cours des derniers mois, cinq des quinze femmes qui ont disparu depuis dix ans… des disparitions auxquelles vous n'êtes pas relié…

Nicolas s'interrompit quelques instants. Clayton ne broncha pas.

« Les corps des victimes ont été découverts le long de la voie ferrée, où passe le West Coast Express, à cinq endroits différents, entre New Westminster et Mission. Malgré l'état de décomposition de certains cadavres, on a pu établir que ces femmes sont mortes après avoir reçu une injection de lave-glace pour les voitures… »

Le détenu encaissa l'information, sans sourciller.

« Ce produit est fait à partir d'acétone, de méthanol et d'autres substances corrosives et mortelles. Ces femmes ont d'abord été agressées sexuellement et gravement mutilées. Leurs cheveux ont été coupés. Dans certains cas, les corps ont séjourné dans un congélateur, de quelques jours à plusieurs semaines avant d'être déposés, nus, sur le bord de la voie ferrée. Toutes les victimes portaient au doigt une bague bon marché avec une pierre scintillante de couleur, du genre de celle que l'on peut se procurer dans les magasins à grande surface. À votre avis, qui peut avoir commis ces meurtres ? »

— Ah ! Assez créatif comme technique… Je dirais que c'est un agresseur qui vise des cibles faciles et qui vit probablement dans les environs. Il est imprudent, multiplie les risques, ne se débarrasse pas bien des corps, car il veut que vous trouviez les victimes… En plus, il signe ses meurtres : la bague, les cheveux… Il fait dans le romantisme. Il garde un souvenir d'elle, pour faire durer le plaisir… la bague… sorte d'alliance avec elle. Il doit être mal dans sa peau, si vous voyez ce que je veux dire… Pas juste envie de tuer des salopes, il y a autre chose… un malade mental…

Nicolas déçu, acquiesça poliment. Clayton ne leur apprenait rien qu'ils ne savaient déjà, mais l'analyse d'un tueur en série concernant un suspect est toujours surprenante… Il parlait de maladie mentale et lui ne se sentait certainement aucune appartenance à cette catégorie. Quelle sorte de tueur était-il, lui ? Y avait-il des tueurs intellectuels, des tueurs artistes, ou une autre catégorie du genre ? Grotesque, pensa-t-il…

« Il faudrait que je puisse voir les photos des victimes… Je remarquerais peut-être quelque chose que vous n'avez pas vu. »

La nervosité de Clayton était maintenant évidente. Ses mains moites s'agitaient. Sa respiration s'était accélérée. Le policier réprima son dégoût devant le regard pervers du détenu. Cette brève discussion concernant les victimes l'avait mis dans un état d'excitation qui ne laissait aucun doute sur son état mental.

« N'y compte même pas », songea Nicolas, qui se leva, mettant fin à l'entretien.

— Si vous pensez à autre chose, concernant le meurtrier, vous pourrez me le faire savoir par l'entremise des gardiens. Ils pourront me rejoindre.

— Je ne peux rien dire de plus sans les photos.

Il sourit et deux canines jaunies lui donnèrent l'air affamé d'une bête dangereuse.

Deux gardiens encadraient déjà le tueur qui sortit sans dire un mot.

* *
*

— Vous l'avez mis dans un état… on sait déjà ce qu'il s'en va faire dans sa cellule… l'animal… vous avez appris quelque chose, au moins?

La gardienne lui remettait ses effets personnels et lui faisait signer les papiers de sortie. Nicolas l'observa discrètement. Elle devait avoir 30 ans, pas très jolie, les traits durs et les cheveux attachés, derrière la nuque, dans un chignon sans grâce. Son uniforme bleu gommait toute féminité. Costaude, elle devait s'entraîner régulièrement. Elle avait dû en voir de toutes les couleurs dans le milieu carcéral.

— Vous vous appelez comment?

Elle leva les yeux sur lui d'un regard appuyé avant de répondre.

— Mackenzie, pourquoi?

— Je me demandais depuis combien de temps vous travaillez dans cette prison?

— Depuis trop longtemps… J'ai commencé au fédéral dans la prison de Mission. Je suis arrivée ici, au North Fraser Pretrial Center, il y a trois ans, en même temps que Clayton, tiens… et je suis emprisonnée avec lui depuis tout ce temps. Pas une grande différence entre nous et eux… Ils font leur temps et on le fait avec eux…

La gardienne perdait sa réserve. Elle racontait le quotidien au goût amer du personnel de la prison.

«Tous les jours, le son des clés et des portes automatiques, le bruit du métal et l'écho des détenus. Ils crient des injures, pleurent leur désespoir, hurlent leur colère. Leur routine est abrutissante… elle devient la nôtre. Leurs odeurs répugnantes d'urine, de sueur, de sperme nous imprègnent tous… Et le danger à les côtoyer est permanent. Leur attention est constante… ils nous surveillent à chaque seconde, attendant le moment où inévitablement nous ferons un faux pas… qui nous coûtera peut-être la vie. Le mois dernier, ma collègue de travail a payé très cher une seconde d'inattention. Elle détachait un détenu, un perpète, pour qu'il se rende dans la cour. Elle n'a pas vu venir le coup. Il l'a maîtrisée en lui claquant les deux clavicules. Les bras pendants comme une poupée de chiffon, sans pouvoir rien faire, étendue sur le sol de la cellule, elle a eu peur de mourir lorsque le tueur lui a mis une main sur la bouche tout en la violant. Il lui a ensuite murmuré à l'oreille : *Je n'ai plus rien à perdre, je pourrais te tuer, mais je vais te laisser vivre pour que tu te souviennes toujours de cet instant.*

« Il a appelé lui-même les gardiens. Elle a été transportée d'urgence à l'hôpital. Ce fut son dernier jour de travail. Et depuis, trois autres gardiennes ont donné leur démission. Moi, j'y songe de plus en plus. Ces animaux-là n'auront bientôt plus personne pour accepter de venir s'enfermer ici, pour s'occuper d'eux. »

Nicolas serra les lèvres en hochant la tête. Il salua la gardienne qui l'avait reconduit jusqu'au hall d'entrée.

Dehors, les oiseaux chantaient. La pluie avait cessé et le soleil se pointait entre deux nuages. Le pénitencier, gris et beige, était situé, avenue Kingsway, en plein cœur de la ville de Port Coquitlam.

Le policier revit en pensée le sourire malsain du détenu. On lui avait raconté que le ranch qu'il possédait, à l'époque, se trouvait à moins de deux kilomètres en ligne droite du pénitencier, juste de l'autre côté des voies ferrées et de la route Lougheed, parallèle à l'avenue Kingsway… Il avait passé sa vie dans un endroit situé à quelques minutes, à vol d'oiseau, d'un édifice d'où il ne sortirait que pour être transféré dans un établissement pénitentiaire fédéral. Le hasard l'avait fait naître libre à quelques pas des barreaux qui l'attendaient.

Une odeur de sapins flottait dans l'air. Le policier prit une profonde inspiration. Le parfum de la liberté, se dit-il, en se dirigeant vers son véhicule.

9

Le paysage monotone des interminables forêts ontariennes n'en finissait plus de défiler devant eux. Le soleil, heureusement, ne les avait pas quittés depuis leur départ du Québec.

Rachel se retourna et sourit avec tendresse à la petite Sophie, affairée à mettre un nouveau film dans le lecteur DVD, juste devant elle. L'enfant avait tout de suite aimé la traversée du Canada, tirant parti de tous les avantages du voyage. Confortablement installée sur la banquette du 4Runner, elle n'avait qu'à tendre la main pour prendre l'une des nombreuses collations rangées à ses côtés.

Les têtes de ses poupées Barbie dépassaient d'une boîte qui contenait tous les jouets auxquels elle tenait le plus, ses cahiers de notes et son journal, où elle racontait les péripéties du long trajet à travers le pays. Elle y avait également déposé une carte du Canada, qu'elle consultait régulièrement.

Ses grands yeux noirs intelligents fixaient maintenant l'écran où un nouveau film commençait. Son visage au teint mat, encadré de longs cheveux foncés, la faisait ressembler à une petite fille d'origine arabe...

— Tout va bien derrière?

François, concentré sur la route, avait l'air heureux de l'homme qui a repris sa place auprès de sa famille.

Rachel l'observa pendant qu'il effectuait un dépassement. François adorait conduire et ses gestes calmes et précis démontraient une grande maîtrise de son véhicule. Il pouvait conduire pendant des heures sans ressentir de fatigue. Tant mieux, car il restait plusieurs milliers de kilomètres à faire avant d'atteindre leur destination.

— Toi, mon amour, tu vas bien ? Tu veux qu'on s'arrête pour boire quelque chose ?

Il multipliait les petites attentions à son endroit depuis son retour.

— En tant que copilote, dit-elle avec un sourire taquin, je suggère que nous atteignions Thunder Bay avant la tombée de la nuit. J'ai réservé une chambre dans un hôtel avec une piscine. Nous pourrons nous dégourdir un peu avant d'aller souper. Qu'en dis-tu ?

François se contenta de sourire sans répondre. Elle avait planifié leur traversée dans les moindres détails et si elle avait décidé de poursuivre jusqu'à Thunder Bay, ils iraient jusqu'à Thunder Bay.

Elle consulta la carte.

— Demain, nous entrerons au Manitoba… Nous devrions être à Winnipeg en fin d'après-midi.

Rachel retira ses lunettes et les déposa avec la carte, sur ses genoux. Elle posa la tête contre la fenêtre et regarda, sans les voir, les sapins qui bordaient la transcanadienne. Chaque détour offrait le même décor, la même perspective. Sophie, qui s'ennuyait il y a quelques heures, avait déclaré innocemment, en regardant la carte, que ce serait beaucoup mieux si on pouvait découper la province de l'Ontario et recoller le Québec au Manitoba. Elle réprima un sourire. Cette longue route avait pourtant été traversée maintes et maintes fois… Ils finiraient bien par apercevoir les plaines.

Rachel regarda son mari. La vie leur avait réservé bien des surprises, au cours des années. Des bonnes, mais aussi des mauvaises. Ils avaient eu leur part de difficultés. Après des années à ne récolter que de l'amertume dans le milieu des affaires, François s'était finalement engagé dans la GRC. Son honnêteté lui avait ouvert toutes grandes les portes de la gendarmerie.

Rachel soupira. Depuis quelques jours, ils avançaient rapidement vers leur destin… Qu'y aurait-il pour eux, à l'issue de cette route? Elle craignait le coût de la vie, le changement de langue, de mentalité. Refaire son réseau social d'amis, de connaissances représentait un défi, mais plus que tout, elle avait peur pour Sophie. Sa petite fille sensible allait-elle souffrir de son déracinement? Pourrait-elle s'adapter à une nouvelle école, se refaire des amies?

Elle se rappela soudain le vieil homme qu'elle avait rencontré, quelques jours avant leur départ. Elle allait entrer dans un marché d'alimentation lorsqu'elle l'aperçut qui marchait à petits pas dans leur direction. Vêtu d'un long manteau noir trop grand pour lui, il portait un sac à dos et semblait avoir beaucoup de difficulté à marcher. Elle pressa Sophie d'avancer, mue par un sentiment de malaise.

Après avoir fait ses courses, alors qu'elle se dirigeait vers la sortie, elle vit à nouveau le vieil homme, assis, cherchant son souffle. Son visage sillonné de rides portait la marque du temps. Rachel réprima un haut-le-cœur lorsqu'elle l'entendit tousser et cracher.

Il la regarda et elle sut à cet instant qu'il l'avait attendue. Ses yeux bleus, éteints, reflétaient une bonté qui faisait oublier son visage parsemé de taches brunes, de verrues et de poils noirs.

Le vieil homme lui demanda de l'aider. Sophie se serra autant qu'elle le put contre le corps de sa mère. Réprimant son dégoût devant l'air répugnant du vieillard, Rachel s'approcha.

L'homme, qui devait avoir 90 ans, n'arrivait pas à remettre son sac à dos. Le cœur de Rachel se serra lorsqu'elle nota la maigreur du poignet du vieil homme. Elle prit son bras frêle et, doucement, le fit passer dans l'attache. Puis elle ajusta son foulard autour de son cou aux veines saillantes. Ses vêtements dégageaient une odeur de naphtaline.

« Merci. Que Dieu vous bénisse. N'ayez pas peur, tout se passera bien là-bas. »

Rachel sursauta. Comment pouvait-il savoir ?

Péniblement, le vieil homme se leva et son visage s'éclaira d'un sourire édenté. « Moi aussi, je parlais anglais lorsque j'étais plus jeune. »

Rachel resta figée. Mais qui était donc cet homme ? Elle le regarda s'éloigner de son pas traînant… surprise de ne pas avoir décelé plus tôt combien cette physionomie de vieillard était stéréotypée.

— Maman, qui lui a dit, au monsieur, que nous allons partir ?

— Personne, ma chérie… Je crois que nous venons de rencontrer un ange.

Sur la transcanadienne, Rachel, rassurée, passa une main derrière sa nuque et se laissa bercer par la route, convaincue que le vieillard avait dit vrai, que tout irait bien. Elle ferma les yeux et s'abandonna au sommeil.

10

Par la fenêtre de son bureau à la centrale de police de Vancouver, le sergent Lucy Campbell admirait les cerisiers japonais en fleurs. Des milliers de petites étoiles, roses et scintillantes au soleil comme de la neige, tombaient avec légèreté sur le parterre au moindre souffle de vent.

Cet arbre majestueux faisait la fierté de la population qui lui avait même consacré une journée de festival au printemps.

Un coup discret frappé à la porte et la policière fut tirée de sa rêverie. Le caporal Mike Grant pénétra dans la pièce. Grand et athlétique, cheveux courts grisonnants, il courbait toujours un peu les épaules comme pour mettre ses interlocuteurs à l'aise. Un policier connu pour son grand cœur.

— Vous vouliez me parler ?

— Oui, vous pouvez vous asseoir. Je viens de recevoir un coup de fil du directeur de la Boussole, vous savez cet organisme francophone qui vient en aide aux démunis du quartier Downtown Eastside. Hier soir, ils ont porté secours à une femme qui a été sauvagement battue. C'est elle qui s'est rendue chez eux. Ils l'ont fait transporter par ambulance à l'hôpital.

— Un cas typique… Qu'y a-t-il de particulier? On connaît le suspect?

— Non, en fait, ce qui lui est arrivé démontre que l'on n'a pas encore fait le tour de toutes les horreurs qui se produisent dans ce quartier. On sait pour le trafic de drogue et le blanchiment d'argent, on sait pour la prostitution, pour le sida, pour les pédophiles qui s'y cachent, car ils sont chassés de partout… mais là, je dois vous avouer que j'ai eu du mal à écouter cette histoire.

« La femme est dans la trentaine. C'est une toxicomane qui vit de la prostitution depuis plusieurs années. Elle a d'abord été réticente à expliquer au personnel de la Boussole ce qui lui était arrivé. Elle souffrait énormément. Tout son corps était couvert d'ecchymoses. Certaines plaies ouvertes saignaient abondamment. Elle a eu des ongles arrachés. Elle marchait avec difficulté. À l'hôpital, les médecins affirment qu'elle gardera de graves séquelles de ses blessures. Ils ne lui ont pas encore donné son congé. L'ennui c'est qu'elle ne veut pas porter plainte. »

— Ah bon! Et pour quelle raison?

— Les hommes qui ont fait ça lui ont offert 10 000 $ pour se faire massacrer pendant une heure devant public. 10 000 $… et elle a accepté. Lorsqu'elle s'est présentée à la Boussole, elle tenait son sac à main et elle n'a jamais accepté de s'en séparer, ne serait-ce que quelques secondes, même à l'hôpital.

« Le prix de la torture… » pensa Mike, en secouant la tête.

— Nous avons affaire à des individus sans aucun scrupule, des criminels violents qui offrent maintenant un nouveau divertissement à leurs clients, celui d'infliger des blessures graves à une femme consentante, qui a été payée pour se laisser torturer.

«Et il y a autre chose… J'ai envoyé une équipe ce matin dans le quartier. Des rumeurs circulent sur des meurtres déguisés en suicides. Je leur ai demandé un rapport sur le dernier événement en liste : une jeune fille de 20 ans qui s'est apparemment jetée du 2e étage de la chambre qu'elle louait dans un hôtel résidentiel.

«J'aimerais que vous vous joigniez à eux dans cette enquête. Il faut savoir si les gangs criminels sont impliqués dans cette histoire et s'ils ont quoi que ce soit à voir avec cette séance de torture payée. »

11

« Hannah avait peur, elle a reçu la visite d'un groupe de
dealers dans l'après-midi… et à 15 h son corps s'est écrasé
au sol. Elle ne s'est pas suicidée, elle a été poussée par la
fenêtre de sa chambre… »

Un attroupement s'était formé autour des policiers
qui interrogeaient les gens du quartier. Principalement
composée de travailleurs du sexe, de toxicomanes et de
travestis, jeunes et vieux, cette foule colorée de Blancs,
d'Asiatiques, d'Indiens et d'Autochtones représentait bien
la misère internationale dans ses derniers retranchements.

Plusieurs curieux étaient déjà sous l'effet du crack en
cette heure matinale. Ils avaient la démarche rapide et sau-
tillante, caractéristique des consommateurs de crack sous
les effets dévastateurs de cette drogue bon marché. Le dos
étrangement courbé vers l'arrière, un sourire béat sur le
visage, ils traversaient sans regarder les rues achalandées,
à l'angle de Main et Hastings, au risque de se faire écraser
par les automobilistes, qui freinaient souvent au dernier
moment.

Une jeune femme bouscula la foule en trébuchant
et perdit ses souliers à talons hauts en riant aux éclats.
Elle poursuivit son chemin sans les ramasser et personne
ne sembla s'en soucier. Une femme âgée qui déposait ses

béquilles contre un mur pour enlever ses bandages, après avoir mendié, rue Water, n'attira pas davantage l'attention. Ces pratiques étaient courantes dans la « cour des miracles » des temps modernes.

Un vieil homme, appuyé contre un panier d'épicerie, n'avait pas perdu une seule minute de la scène. Il devait avoir 60 ans, mais il en faisait beaucoup plus. Il était sans doute le plus connu des sans-abri du quartier. Il avait fréquenté pendant des années le refuge de la First United Church. Chaque soir, à la nuit tombée, il faisait la file pour obtenir l'un des 170 lits installés dans les immenses dortoirs du centre. Il pouvait y rester toute la journée, s'il le désirait, et bénéficier des trois repas offerts par le refuge.

Il repartait généralement le matin, récupérait son panier qu'il avait déposé dans un vestiaire à l'entrée, et retrouvait la rue et ses fantômes. Ce qu'il devait affronter chaque jour — le froid, la pluie, la privation, le mépris de la société — n'était rien comparé à ses propres démons qui ne le laissaient jamais en paix. Sans répit, il poussait, dans les rues de l'est de la ville, son panier qui contenait ses objets les plus précieux… Son regard, hanté par des images cauchemardesques, cherchait en vain une porte de sortie.

Mike venait de garer sa voiture dans la rue Main, en face de la bibliothèque Carnegie. Il observa, par habitude, les gens qui se massaient sur les marches de l'escalier de l'édifice historique, construit en 1901. Le bâtiment avait été préservé et offrait maintenant aux défavorisés un endroit où se réfugier pour lire, suivre des cours, discuter et prendre trois repas par jour pour moins de huit dollars.

Le policier remarqua soudain la présence de son vieil ami Raymond. Les années passées dehors sous les intempéries, le manque d'hygiène, de soins de santé et surtout des années de consommation de crack avaient meurtri son corps et creusé sur son visage de profonds sillons.

Mike s'approcha de lui. Le visage du sans-abri s'éclaira à sa vue. De ses yeux bruns émanait une douceur qui surprenait toujours ses collègues. Raymond ne portait pas de dentier et ses rares sourires dévoilaient tristement les deux dents qui lui restaient. Son air poli et réservé et sa façon bien à lui de lisser délicatement son pantalon de jogging qui retombait sur des espadrilles neuves finissaient de vous fendre le cœur.

— Comment vas-tu Raymond? dit Mike en français, se rappelant que le sans-abri, comme un bon pourcentage des résidents du Downtown Eastside, était Québécois d'origine.

— Bien. J'ai une chambre à moi maintenant. Au Tamura House. Je suis content.

Mike était sincèrement heureux pour le sans-abri qui souffrait, comme plusieurs personnes du quartier, de maladie mentale. La chambre grouillait sans doute de punaises. Le vieil homme avait sur les bras de petits points rouges, marques de leur morsure.

— Bon, c'est bien pour toi. Tu t'habitues à la routine?

— Ça fait drôle... Toujours le même lit, et je peux laisser des choses dans ma chambre...

— Tu n'auras bientôt plus besoin de ton panier.

— Ohhh...nonnn! Je veux le garder, j'en ai besoin.

Une ombre passa sur son visage et Mike regretta d'avoir fait ce commentaire.

— Bien sûr, je disais ça de même, bien sûr que tu peux le garder... Dis-moi, tu sais quelque chose à propos de la jeune femme qui est tombée du 2e étage de cet hôtel, là en face? Tu as peut-être vu ce qui s'est passé?

— Elle était tellement gentille, mais elle regardait toujours de tous les côtés lorsqu'elle marchait... Non, je n'ai rien vu, je n'étais pas là lorsqu'ils l'ont trouvée sur le trottoir...

— Bon, si tu apprends du nouveau à propos...

— ... mais j'y étais lorsqu'ils sont entrés dans sa chambre. J'étais là-bas, contre le mur, juste en face. Elle venait de monter, nous avions bavardé un peu. Elle me disait qu'elle allait s'en aller du quartier... et je les ai vus arriver. Ils étaient trois. Je les connais... L'un d'entre eux m'a fourni du crack pendant des années. Ils ont monté à leur tour. Et j'ai vu ensuite que le rideau de sa chambre a été fermé. Comme il ne se passait plus rien, je suis reparti...

Mike écoutait attentivement le sans-abri, tout en prenant des notes. Trop absorbé par ses révélations, il ne vit pas l'homme en fauteuil roulant qui les observait de la ruelle et qui maintenant s'enfonçait derrière le centre Carnegie...

12

Tony Adams et Marshall Collins attendaient depuis des heures et commençaient à ressentir de la fatigue. Les membres ankylosés à force de rester immobiles dans leur véhicule, ils surveillaient la demeure du suspect, histoire de mieux connaître les allées et venues du chef des Red Scorpions.

Au cours des derniers mois, plusieurs fusillades, impliquant des gangs criminels, avaient fait de nombreuses victimes, toutes bien connues des policiers. Une guerre sans merci pour le contrôle du trafic de drogue se livrait dans la région vancouvéroise et les corps de police municipaux travaillaient conjointement avec la GRC pour faire cesser les attaques ciblées. Chaque semaine, les agents intervenaient sur les lieux d'une nouvelle fusillade, souvent à Surrey mais parfois à Burnaby, Coquitlam, Maple Ridge, Mission et Abbotsford. Jusqu'à tout récemment, les victimes étaient toutes impliquées jusqu'au cou dans le crime, mais la dernière fusillade avait malheureusement fait une victime innocente : un plombier qui faisait des réparations dans l'appartement où eut lieu l'attaque.

Afin de protéger la population, la police avait alors formé un véritable commando pour combattre la guerre des gangs.

Tony se redressa. Un véhicule, qui circulait sur Alouette Road, venait de s'engager dans la 249ᵉ Rue. La camionnette ralentit et tourna dans l'entrée de la demeure cossue, entourée d'une clôture naturelle de cèdres. La maison, en pierre des champs, était protégée des regards, logée au beau milieu d'une forêt de grands sapins. Un peu en retrait, un bâtiment rattaché au domaine, qui devait bien compter 1 500 hectares, pouvait accueillir quatre véhicules. Une autocaravane était stationnée dans l'un des deux garages sans porte.

Tony, qui observait les alentours avec ses jumelles, grommela :

— Ces gens-là ne se privent de rien. Tiens, on dirait qu'il n'est pas avec sa famille.

— Il ne s'est rien passé de la journée. Aucun mouvement. Elle a dû quitter la maison très tôt ce matin. À l'aube, je dirais… Quant à lui, Dieu seul sait où il est passé.

Marshall était d'avis qu'il était parfaitement inutile de demeurer ainsi à attendre le suspect. Il n'allait certainement pas agir à découvert dans son propre quartier.

Tony ne l'entendait pas ainsi.

— Ne mets pas Dieu là-dedans… On a pas affaire à des enfants de chœur… Juste à regarder les photos des victimes pour comprendre que ces gars-là sont des criminels violents, avec très peu de patience. Ils obtiennent toujours ce qu'ils veulent.

— Je me demande comment ils arrivent à avoir une famille et à jouer le jeu, reprit Marshall.

Dans l'entrée de la maison, une femme dans la trentaine, plutôt jolie, ouvrit la porte du véhicule pour laisser passer une petite fille qui devait avoir environ huit ans. Elle attrapa quelques sacs sur la banquette. Elle avait fait des courses, après une partie de soccer, comme l'uniforme de la fillette le suggérait. D'où le départ avant le lever du soleil...

Le soccer était très populaire dans la région et pour répondre à la demande, les responsables des équipes devaient souvent étirer les horaires de l'aube à la nuit tombée.

— Ils ne jouent pas un jeu, ils ont deux vies, tout simplement : une vie cachée et une vie publique. Leur vie cachée leur permet d'obtenir tout l'argent dont ils ont besoin pour se payer une vie publique, avec le train de vie que l'on sait, maison et voitures luxueuses, voyages de ski et au bord de la mer, vêtements haut de gamme... Et leur vie publique leur permet de couvrir leur vie cachée, en donnant l'illusion qu'ils sont de bons pères, de bons maris, de bons citoyens respectés de leurs voisins. Voilà ! Et je ne serais pas surpris d'apprendre que, finalement, ils profitent davantage de leur vie de couple et de leurs enfants que toi et moi, car pour eux, il n'y a rien d'acquis. Ils savent les risques énormes qu'ils courent et que chaque minute peut être la dernière... Soit ils reçoivent une balle dans la tête, soit ils sont arrêtés et mis derrière les barreaux. Je pense que cet homme, chaque fois qu'il embrasse sa belle, chaque fois qu'il caresse les cheveux de sa fille, sait qu'il vit sur du temps emprunté. Il connaît les statistiques. Cette profession-là se poursuit rarement après 40 ans.

Marshall regarda Tony et hocha la tête. Il avait toujours été impressionné par la pertinence de l'analyse de son collègue, qui arrivait, il ne savait comment, à se mettre à la place des criminels... Résultat : il comprenait souvent mieux que n'importe quel policier les motivations des malfaiteurs et, surtout, il pouvait anticiper leurs prochaines actions.

— C'est triste, insista Marshall, quand on voit sa famille. Ils ne sont que des victimes innocentes, dans tout ça.

— C'est triste pour cette petite fille, soupira Tony. Et un jour, elle saura qui était son père. Dans l'intervalle, elle risque de perdre tout ce à quoi elle est habituée, en particulier le cercle familial qui fait sa sécurité. Ces enfants sont si fragiles...

Tony savait de quoi il parlait, lui qui passait des heures à visiter bénévolement les élèves des écoles primaires, afin de les mettre en garde contre les gangs, qui recrutaient leurs membres dès la 5e année.

Il poursuivit, d'un ton las :

« Mais crois-tu vraiment que la jolie épouse est une victime innocente, qu'elle ne sait pas ce que fait son mari ? Dur à prouver en cour, mais il n'en demeure pas moins que ces femmes-là savent des choses qui devraient leur permettre de sonner l'alarme... Soit elles préfèrent se taire et poursuivre leur vie de château, soit elles ne réalisent vraiment pas, car elles sont trop naïves, mais je crois que ces dernières font partie d'une minorité. À mon avis, elles savent... »

Au loin, la grande blonde, vêtue d'un jeans et d'un chemisier blanc à volants, les bras chargés de grands sacs, ouvrit la porte de la maison et sourit à la petite fille, aux boucles dorées qui sautillait à côté d'elle. De ses longues mains, elle enleva quelques miettes sur le chandail de la fillette, qui avait probablement pris une collation en route.

La porte se referma sur elles. Leurs silhouettes passèrent quelques fois devant les fenêtres de ce qui devait être le salon. Puis ce fut à nouveau le calme plat. La petite fille devait avoir retrouvé ses jeux... la mère devait suspendre ces nouvelles acquisitions dans la pièce qui lui servait probablement de garde-robe. Toutes deux devaient se sentir à l'abri, en sécurité dans cette résidence hors de prix, protégée par un système d'alarme sophistiqué.

Mais le sablier avait été retourné.

Jill et Loren vivaient leurs derniers jours de quiétude.

13

Il remarqua d'abord la jolie brunette, la copine de celle qu'il avait fait monter dans sa camionnette, il y a dix jours. Elle discutait avec entrain avec une vieille prostituée, celle-là, il la connaissait, elle traînait dans le coin depuis tellement d'années. Les autres filles qui les entouraient, il se rappela vaguement les avoir croisées, un soir ou un autre.

Il regarda sa montre. Il serait bientôt midi. Déjà, comme des automates, les habitants du quartier se dirigeaient vers les refuges où l'on servirait le repas dans quelques minutes. Des lignes se formaient devant l'entrée des bâtiments, dans une ambiance de fête, alors que chacun oubliait sa misère. La soupe serait bonne, c'est tout ce qui comptait...

Il eut un sourire méprisant.

« Quelle bande de gueux ! se dit-il. Et il faut que je me mêle à ça... Pas le choix... Il faut que je prenne le pouls du quartier... »

Il sortit de sa camionnette et attendit, avec les autres, que les portes s'ouvrent. La file des affamés avait déjà commencé à avancer et il allait entrer dans l'édifice lorsque les filles rejoignirent les rangs. Exactement ce qu'il avait espéré... Il allait pouvoir les observer sans qu'elles le remarquent.

À l'intérieur, des bénévoles servaient une riche soupe aux légumes, accompagnée de pain, de fromage, d'un dessert et d'un café. Il ne prit qu'une soupe et fit mine d'attendre quelqu'un, pendant que Sylvia, Inga et ses amies recevaient leur pitance, le dépassaient et allaient s'asseoir à une table en retrait. Il déposa son plateau sur la table juste à côté, leur tournant le dos. Dans le brouhaha de la cafétéria, elles ne remarquèrent pas son manège.

— Alors, demanda Inga à la ronde, on a des nouvelles de Sarah?

Son visage, outrageusement maquillé, faisait tache dans le décor terne et monochrome du refuge.

— Non, pas de nouvelles. Personne ne l'a vue. La police a fouillé ses affaires aujourd'hui.

— Vous savez quoi? Il y a des rumeurs qui circulent. Il y aurait un tueur dans les parages…

Les filles ouvraient grands leurs yeux et jacassaient à qui mieux mieux sur le sujet de l'heure : la disparition de la jeune prostituée. Elles parlaient pour parler, on ne sentait pas de loyauté entre elles, ni d'empathie pour la victime.

— Et toi, Sylvia, tu es allée voir la police? Est-ce que tu as vu celui qui a emmené Sarah, le soir où elle a disparu?

— Elle a rien vu du tout, s'esclaffa une grande maigre, en repoussant en arrière ses cheveux blanchis au peroxyde, dont la repousse noire avait un urgent besoin d'être colorée. Et elle a pris toute une raclée d'Eddy pour avoir mis son nez dans cette affaire…

Inga intervint.

— Laisse-la tranquille. Elle croyait faire pour le mieux. C'est sa meilleure amie. Qu'aurais-tu fait à sa place, dis-moi?

Les deux filles se lançaient des regards furieux.

— Arrêtez. Ça sert à rien de se chamailler.

— Sylvia, j'y pense, tu as peut-être vu l'un des clients de Sarah, les jours précédents, tu étais toujours avec elle. Essaie de te rappeler… Un nouveau client, pas l'un de ses habitués.

— J'sais pas… pas remarqué. Peut-être bien ce gars qui avait l'air de travailler dans un bureau… propre… un peu timide. Il avait l'air nerveux… Jamais vu dans le quartier, mais c'était le soir avant que Sarah disparaisse. Il lui a parlé, puis il est parti. Je lui ai demandé ce qu'il voulait. Elle a pas eu le temps de me le dire, un autre client s'est amené. J'sais pas si je pourrais le reconnaître. Mais en tout cas, il était pas le genre… Il était du style gentil.

— On peut plus se fier aux apparences, Sylvia. Il y a un client qui a approché Sarah et qui l'a pas ramenée…

Dans la salle, le cliquetis des ustensiles diminuait alors que la dernière gorgée de café avait été avalée. Dans un même mouvement, comme si on les avait chronométrés, les uns après les autres, tous se levaient et déposaient leur plateau sur les comptoirs. Ils repartaient ensuite dans la rue où ils se dispersaient dans l'attente du prochain repas.

Il sortit rapidement du refuge et monta dans sa camionnette.

Sur le trottoir, les prostituées s'attardaient, n'ayant rien d'autre à faire de toute façon, ni d'horaire à respecter. Solidaires dans leur solitude et leur peur mutuelle, elles continuaient leur conversation, dans un effort inutile pour donner à leur vie un brin de tissu social, un soupçon de normalité. Mais leurs gestes désordonnés, leurs mots vulgaires, leurs rires grivois montraient de toute évidence que l'époque bénie où les choses pouvaient encore être changées était passée depuis longtemps.

Le ciel était devenu sombre et le vent du Pacifique se levait, faisant frissonner les filles, vêtues de jupes courtes et de chandails échancrés aux couleurs criardes.

Un aigle, haut dans le ciel, fuyait devant l'orage qui menaçait, porté par la brise.

Sans prévenir, une pluie drue et glaciale se mit soudain à tomber comme des cordes.

Trébuchant sur leurs talons hauts, les filles tentaient lamentablement de courir le plus vite possible vers un abri, sans pouvoir éviter les rigoles qui ruisselaient dans la rue et dans lesquelles elles s'enfonçaient jusqu'aux chevilles. La pluie plaquait leurs vêtements bon marché sur leurs poitrines et leurs cuisses maigres. Les cheveux dégoulinant, des traînées de mascara sur le visage, elles s'enfuyaient entre les voitures comme les comédiennes d'une pièce de théâtre, poursuivies par le diable.

Et le diable était effectivement à leurs trousses. Dans sa camionnette, il riait à se tenir les côtes, le rire d'un dément. Hystérique, il hurlait de rire, se moquant d'elles entre deux hoquets, incapable de s'arrêter. Lorsqu'elles eurent toutes disparu, il se calma.

Tout en essuyant ses yeux, il fit démarrer le moteur et repartit en direction ouest. Il savait qui, ce soir, deviendrait sa fiancée.

14

Sophie croquait à pleines dents dans un énorme hamburger, tout en ne quittant pas des yeux ses frites, qu'elle avait bien l'intention de dévorer jusqu'à la dernière. Gourmande, elle ne disait plus un mot depuis qu'elle avait été servie et profitait de la pause de midi.

Ils étaient sur la route depuis tôt le matin, et les dernières heures lui avaient paru plus longues que d'habitude. Son papa semblait maussade et sa mère, préoccupée. Ils avaient discuté de leur maison en Colombie-Britannique, de son école, de leurs carrières. Elle n'avait pas tout compris de leur conversation, mais elle avait retenu qu'ils ne connaissaient ni leur nouvelle adresse, ni le nom de son école, ni même si sa maman aurait un travail. Sophie se demanda ce que le conducteur du gros camion, qui contenait toutes leurs affaires, allait bien pouvoir faire en arrivant au bout du Canada, s'il n'avait pas d'adresse. Cela l'inquiéta un peu. Ça, et de ne pas savoir où elle allait terminer sa 2e année. Elle leva les yeux et observa sa mère, qui n'avait presque pas touché à son repas. Finalement, elle décida que sa question pouvait attendre et s'attaqua à ses frites.

Quelques minutes plus tard, François alla vider les plateaux et ils se dirigèrent vers le 4Runner. Rachel aida sa fille à s'installer confortablement sur la banquette, devant un nouveau film, et l'embrassa tendrement sur le front. Elle prit place derrière le volant et mit ses lunettes de soleil, pendant que son mari s'asseyait à ses côtés. C'était son «quart de route». François allait pouvoir dormir un peu. Elle le sentait tendu et épuisé.

Elle emprunta la bretelle menant à l'autoroute et accéléra. Un coup d'œil dans ses rétroviseurs et elle s'engagea sur la transcanadienne. La circulation était fluide à cette heure. Sa vitesse étant constante, elle mit en marche le régulateur de vitesse et relaxa.

Une image dans son rétroviseur la rassura : Sophie, les yeux rivés sur l'écran du lecteur de DVD, avait l'air heureux de l'enfant rassasié et en sécurité. François tentait de trouver une position confortable pour faire la sieste. Il avait appuyé sa tête contre la fenêtre. Elle devina son air tourmenté, le même visage qu'il affichait depuis son retour.

Elle ressentit de la culpabilité. Elle se sentait en partie responsable des états d'âme de son mari, avec qui elle parvenait difficilement à retisser des liens. Ils s'étaient perdus, quelque part sur la longue route qu'ils parcouraient ensemble depuis 20 ans. À quel moment? Elle ne pouvait le dire. Peut-être depuis le premier jour de leur rencontre. Leur loyauté réciproque avait sans doute permis à leur mariage de défier les années, sans pour autant effacer ce malaise qui devenait de plus en plus difficile à supporter.

Il fallait revenir au début de leur relation, où se trouvait sans doute la source de cette indifférence qu'elle ressentait depuis quelques années envers son mari.

Il n'en avait pas toujours été ainsi. Elle se revit, jeune emme de 20 ans, amoureuse, pleine d'espérance devant le eau jeune homme travailleur et fou d'elle qui l'entourait le petites attentions quotidiennes. Il lui avait envoyé des centaines de lettres d'amour. Elle avait tout gardé dans une petite boîte rose, qu'elle n'avait plus ouverte depuis des années. La dernière fois qu'elle l'avait fait, elle n'avait pas aimé ce qu'elle y avait remarqué : quelque chose lui avait échappé lorsqu'elle était plus jeune.

Il ne s'agissait pas de lettres d'amour. En fait, François lui avait envoyé des centaines de cartes dont les textes avaient été composés par des spécialistes. Il n'avait fait que signer ces cartes, ajoutant parfois un « je t'aime » ou un autre mot doux. Elle s'était trouvée injuste, car son fiancé avait tout de même choisi lui-même les cartes avec les textes appropriés.

Aujourd'hui, à 40 ans, elle réalisait qu'elle avait mis les mots de l'auteur anonyme dans la tête de son homme à elle, le gratifiant d'une personnalité qu'il ne possédait pas. À l'époque, ces billets intimes avaient finalement fait fondre ses dernières réserves, la persuadant qu'elle avait trouvé l'homme de sa vie. Mais le jour des noces, c'est un tout autre homme qu'elle avait épousé. Elle avait été bernée. Son mari n'avait rien du chevalier qu'elle espérait.

Non pas que François ait été un homme malveillant, aux actes répréhensibles. Il était, au contraire, gentil, attentionné, et c'est cette même gentillesse qui la remplissait de culpabilité. Personne n'aurait compris ses réticences. On l'aurait sans doute jugée sévèrement pour ne pas aimer ce fils, ce frère, cet ami que tous estimaient pour ses qualités.

Personne de leur entourage n'aurait pu croire un seul instant que le couple ne filait pas le parfait bonheur. Beaux tous les deux, souriants, toujours présents aux activités familiales, impliqués conjointement dans les mêmes œuvres, pratiquant les mêmes sports, ils représentaient les amoureux par excellence, qui avaient eu la chance, très enviable, de s'être trouvés.

Ils n'auraient pas compris les attentes de Rachel, à qui un bonheur tranquille ne suffisait pas. Les gestes d'amour tendres et précautionneux de son conjoint, qui suppliait pour obtenir son attention, auraient plu à bien d'autres jeunes mariées, mais Rachel attendait d'un homme une sorte d'autorité amoureuse, une passion masculine qui se passait de préliminaires, une soif de l'autre qui n'attendait pas de permission.

Rachel était faite d'une étoffe qui annonce les plus grandes ambitions. Ses rêves allaient au-delà de tout ce que ses proches auraient pu imaginer, sa route était tracée pour qu'elle entre dans la cour des grands. Non pas le monde des riches, pensait-elle depuis l'enfance, mais celui des créateurs, des penseurs, des intellectuels, de ceux qui font l'histoire, de ceux dont on parle encore plusieurs années après leur mort.

Et Rachel, qui aspirait à de telles élévations, avait épousé un homme ordinaire, pas méchant, simplement ordinaire. Leurs échanges avaient rapidement atteint les limites de François, qui aimait vivre le présent simple, le quotidien, qui se préoccupait davantage de ses besoins charnels et du temps qu'il faisait que de trouver un sens à la vie.

Elle avait donc tu ses grands questionnements, ses remises en question, ses doutes, ravalé ses idées et gardé secret son désir de communier avec un esprit plus profond.

Rachel jeta un regard vers François, qui dormait à poings fermés. Sa respiration était lente. Il dormait sur commande. Peu importait la situation et les conditions, il arrivait toujours à s'endormir. Il était ainsi fait... de temps présent.

Elle se concentra sur la route, monotone, qui portait à l'assoupissement. Un long trait qui traversait en droite ligne les champs des prairies aux tons pastel. Le Manitoba était loin derrière eux. La veille, ils avaient atteint Regina en Saskatchewan.

Rachel consulta sa montre. D'ici une heure, ils arriveraient en Alberta. Ils avaient prévu passer la nuit non pas à Calgary mais à Banff, une heure plus à l'ouest. Une fois dans les montagnes Rocheuses, ils ne seraient plus alors qu'à une journée de route de Kamloops, en Colombie-Britannique. De là, ils rouleraient encore cinq heures avant d'atteindre Vancouver. Donc, si tout allait bien, ils arriveraient à destination dans deux jours.

En quelques heures, ils devraient prendre plus de décisions qu'ils ne l'avaient fait en quelques années. Ils devraient d'abord choisir leur lieu de résidence : un tout petit point sur la carte immense qui délimitait les villes du Lower Mainland.

François croyait que le mieux serait d'aller s'établir près de Burnaby, là où était situé son détachement, sans pourtant s'y installer, comme le recommandait la GRC. Cela pouvait signifier n'importe quelle ville autour, de Vancouver à Mission, ou le secteur compris entre Surrey et Abbotsford.

Plus on approchait de Vancouver, plus le prix des résidences est élevé, avait expliqué Rachel patiemment à son mari, lorsqu'ils avaient pris la route le matin, illustrant la situation par des exemples précis tirés des recherches qu'elle avait faites au cours des dernières semaines sur internet.

— Le mieux serait, dès notre arrivée, d'aller rencontrer cet homme qui veut louer sa maison à Maple Ridge. Il m'a fait une bonne impression, j'ai vu les photos, je crois que nous y serions bien. Le prix est élevé, mais il sera peut-être possible de négocier.

— Mais Maple Ridge, c'est vraiment trop loin dans l'est. Loin de Burnaby, loin de Vancouver. Cela doit prendre au moins une heure de route pour faire le trajet.

— Oui, mais je ne veux pas faire éduquer Sophie dans une grande ville. Je ne demeurerais pour rien au monde à Vancouver. Pas avec un enfant. Nous avons besoin d'air, d'espace, et Maple Ridge, c'est dans les montagnes, une petite ville comme Saguenay.

Rachel soupira.

«Nous aurons ainsi quitté la ville qui détient le plus bas taux de criminalité au pays pour aller nous installer à quelques kilomètres de la ville la plus criminalisée au Canada, Abbotsford.»

— Écoute, je n'ai pas demandé à être envoyé en Colombie-Britannique, la GRC me l'a imposé. Je ne suis pas malheureux d'y aller, mais j'aimerais que tu ne me rappelles pas toutes les dix minutes les aspects négatifs de ce déménagement. Je sais que le coût de la vie est élevé, je sais que le taux de criminalité est l'un des plus hauts au pays, mais que veux-tu que j'y fasse? Il va falloir s'adapter.

François commençait à s'énerver. Rachel se rembrunit. Elle savait qu'elle avait raison, que la partie n'était pas gagnée et que les prochains jours allaient être décisifs. De leurs décisions découleraient leurs prochaines années de vie et leur connaissance de cette région était bien sommaire pour pouvoir évaluer correctement les risques.

Elle craignait que les dés ne soient jetés et que le sort ne décide de leur destin. Son esprit indépendant se révoltait à cette pensée. Elle voulait maîtriser sa vie. Et elle devait bien avouer qu'elle ne savait pas comment elle allait pouvoir le faire.

François regarda sa femme se mordiller la lèvre infé-
rieure, un tic qui la prenait lorsqu'elle était inquiète. Il
s'adoucit.

— Ne pense plus à ça. On verra bien, on s'est toujours
débrouillés. Tu vois, on ne sait pas encore le nom de l'école
où ira Sophie, mais je suis certain que, dans quelques mois,
on en parlera comme de la meilleure école qu'elle ait jamais
eue. Les choses finissent toujours par s'arranger.

La route défilait devant elle et n'en finissait plus d'être
toujours pareille, un long ruban de terres agricoles où parfois surgissait un silo d'un brun rougeâtre, le long de la voie
ferrée, qui ajoutait un peu de vie dans ce décor identique
d'un kilomètre à l'autre.

François dormait d'un sommeil agité. Il marmonnait
des mots anglais. Rêvait-il en anglais ? Derrière elle, Sophie
s'était endormie, bercée par les mouvements du véhicule.
Rachel, toute seule avec ses pensées, se sentit plus déracinée
que jamais.

Elle vit soudain l'affiche annonçant l'Alberta. Le paysage n'avait pas changé, mais une ligne imaginaire avait
surgi de la terre. Fouillant des yeux l'horizon, Rachel vit,
au loin, la foreuse d'un puits de pétrole qui, dans un mouvement de va-et-vient, lui souhaitait la bienvenue.

Elle se sentit plus légère, le voyage se déroulait bien,
après tout. Ils auraient pu connaître de fortes tempêtes de
neige, à cette période de l'année. Non, rien que du beau
temps, un ciel bleu serti d'un soleil éblouissant.

Pendant ce temps, au-delà de l'Alberta, l'ombre des
montagnes Rocheuses se déployait dans l'air chargé
d'électricité.

L'orage était imminent.

15

Il avait fait plusieurs fois le tour du quartier, mais ne l'avait vue nulle part. Elle devait pourtant sortir de sa chambre de temps à autre. Même si elle avait un mec qui s'occupait de ses clients. Il l'avait bien vue, l'autre jour, en compagnie de son amie, rue Princess, au coin d'Hastings. Mais elle n'y reviendrait pas forcément seule. Il savait comme les secteurs du Downtown Eastside et de toute la ville, d'ailleurs, étaient chasse gardée.

Les plus jeunes et les plus belles s'offraient d'abord aux services d'escortes et goûtaient aux hôtels luxueux de Vancouver, à ses restaurants, à ses riches clients. Puis, après quelques années, elles étaient rétrogradées et descendaient dans la rue. Rue Seymour, on pouvait toujours obtenir les services d'une jolie fille, mais il fallait y mettre le prix. Et si on était assez patient pour attendre les soldes, au bout de quelques mois, on retrouvait ces mêmes filles au rabais dans le reste de la ville. Les toujours jeunes, mais pas assez belles, dans l'est de Campbell ; le bas de gamme de la prostitution, dans le quartier Downtown Eastside, là où se trouvait cette Sylvia.

Les jeunes filles n'étaient pas légion dans ce secteur, elle ne serait pas difficile à repérer. Elle devait avoir été rejetée d'un territoire pour quelque raison. Ou bien elle avait mordu à l'hameçon d'un souteneur…

Il tourna dans la rue Cordova et soudain il la vit. Seule. Elle marchait d'un pas lent en direction ouest, vers le musée de la police. Elle semblait fortement intoxiquée. Il stationna son véhicule, vérifia son matériel et descendit. Il la suivit pendant quelques minutes à distance.

Il avait failli ne pas la reconnaître. Elle avait ramassé ses longs cheveux noirs sous une perruque d'un blond délavé, presque blanc. La coupe au carré avec un petit toupet lui donnait un air effronté.

Elle se dirigeait vers le secteur le moins éclairé, situé juste à côté du musée.

Il y était allé, dans ce musée, pour voir ce qu'il présentait de si extraordinaire, car les gens en parlaient tout le temps, en bien ou en mal. Un musée qui racontait l'histoire de la police de Vancouver. On y voyait des uniformes anciens, des armes à feu, tout un assortiment de menottes et la plupart des drogues qui existaient sur le marché.

La partie la plus intéressante était certainement l'ancienne morgue de la ville, où l'on pouvait pénétrer et qui semblait toujours prête à recevoir les cadavres des victimes.

Il y avait aussi la section des crimes crapuleux qui avaient été commis dans le passé, certains non résolus, avec les photos d'époque, les rapports d'enquête et même, ce qui en avait choqué plusieurs, l'arme du crime et les pièces à conviction. Il semble que le musée avait le droit d'exposer ainsi ces preuves, peut-être parce que cela remontait déjà à quelques décennies.

Il avait trouvé cette visite très inspirante.

La rue était devenue sombre. Les lampadaires étaient éteints dans ce secteur, sur une centaine de mètres. Il se rapprocha et fit sursauter la fille en l'abordant.

— C'est combien ma jolie pour une balade?

— Vous m'avez fait peur... Je ne suis pas à mon compte, je marche avec Eddy.

— Il ne l'apprendra pas. On est tout seuls ici, personne ne va lui dire. Écoute, je me sens généreux ce soir, et tu as l'air bien mignonne... Je te donne 50 $... tu m'accordes 30 minutes et c'est fait. Tu dis rien à Eddy, ce sera ton argent de poche.

Sylvia hésitait. Elle n'aimait pas trop ça. Les blessures causées par la dernière crise d'Eddy la faisaient encore souffrir et lui rappelèrent qu'elle avait intérêt à ne pas le mettre en colère. Et elle ne se sentait pas bien de toute façon. La tête lui tournait. Inga lui avait pourtant dit de manger.

— Écoute, je reviens dans deux minutes, je passe te prendre avec ma camionnette. Attends-moi ici, ne bouge pas.

Il allait partir lorsqu'il se ravisa et plongea la main dans sa poche.

« Tiens, ça, c'est pour toi. »

Il tenait une bague avec un brillant rose. Lorsqu'il lui prit la main pour insérer la bague, Sylvia eut un haut-le-cœur. Ses mains à lui étaient moites, poisseuses. La jeune femme voulut retirer ses doigts, mais la poigne de l'inconnu était comme une tenaille de fer à son bras. Il maintint sa pression pendant qu'il faisait glisser la bague et souriait tout en la fixant froidement de ses pupilles dilatées.

« Voilà, c'est joli, n'est-ce pas, dit-il sans intonation. Tu seras traitée comme une princesse, ce soir. Je reviens tout de suite. »

Docile, elle alla s'asseoir sur le rebord d'une fenêtre, moins par obéissance que parce qu'elle avait soudain la nausée. Elle sentait ses jambes se dérober et tout tournait autour d'elle. Que lui avait-il dit ? Elle serait traitée comme une princesse… Lui avait-il vraiment dit cela ? Son esprit dérapait, engourdi par les effets de la drogue. Elle se sentait détachée des événements, comme si cela ne la concernait plus. Par vagues, des avertissements lui parvenaient. Elle sentait qu'il lui fallait absolument réagir. Et tout de suite. Mais elle n'arrivait pas à réfléchir…

Depuis combien de temps était-elle là à attendre cet homme bizarre, inquiétant ? Deux minutes, dix minutes, elle ne savait plus… Elle avait peut-être perdu connaissance… Elle se rappela la bague. Il lui avait donné une bague. Ses yeux ? Il avait l'air d'un fou. Il ne fallait pas rester là…

Elle essaya de se lever, mais s'effondra sur le trottoir. Elle entendait maintenant des pas qui se rapprochaient. Il revenait. Paniquée, incapable de bouger, elle fixait la bague qui scintillait faiblement. Son cœur battait à tout rompre. Il se pencha pour la prendre dans ses bras et lui murmura à l'oreille : « Petite fiancée, ne crains rien. Tu as reçu un grand privilège… et je vais nous délivrer, toi et moi, de ce qui nous fait du mal. »

Il la porta jusqu'à la camionnette en murmurant des mots passionnés dans son oreille. Elle sentait le souffle de sa respiration sur sa joue, la pression de ses mains sous ses cuisses et la chaleur de sa poitrine contre son épaule. Elle n'offrait aucune résistance, tout son corps abandonné entre les bras du prédateur. Le sentiment de peur et d'urgence qui l'avait habitée pendant quelques instants avait disparu. Elle allait s'assoupir… Nerveux et tremblant, il ouvrit la portière.

— Hé toi là-bas ! Où te crois-tu donc ? Personne ne part sans payer avec ce qui m'appartient.

L'homme sursauta et se tourna vers le trio qui avançait, menaçant, dans sa direction. Eddy, l'œil mauvais, flanqué de deux de ses sbires, fulminait et lançait des invectives.

« Sale petit bourgeois de merde… Tu t'imaginais pas t'en aller comme ça ? »

— Je croyais pas qu'elle était avec toi… Je m'excuse. Tiens, je la laisse là.

Il déposa la prostituée sur le sol, sans ménagement. Sylvia, dégrisée par l'altercation, ouvrait péniblement les yeux. Une image commença à prendre forme dans son cerveau toujours embrumé.

Étendue sur le trottoir, la tête tournée vers le véhicule, elle pouvait distinguer le siège avant de la camionnette. L'homme s'avança pour refermer la portière, mais sa main demeura en suspens.

— Ça peut toujours s'arranger… Elle a une adresse. On règle ça entre toi et moi…

Eddy voyait rouge, mais il savait faire passer les affaires en premier.

— Une autre fois, peut-être, mais pas ce soir.

L'homme était soudain pressé de disparaître.

Le front trempé de sueur, il avança à nouveau sa main.

Sylvia le voyait de dos, il masquait, en partie, son champ de vision. Ses yeux bifurquèrent alors du côté du siège du passager.

La dernière chose que vit Sylvia, avant que la portière ne soit refermée, fut la paire de menottes, à demi cachées sous le tapis.

Il eut tout le temps de démarrer son véhicule et de prendre la route avant que la toxicomane réalise pleinement ce qui venait de se passer.

Eddy et ses hommes avaient déjà quitté les lieux lorsqu'un hurlement désespéré brisa le silence de la rue Cordova.

Un aigle, perché sur les créneaux du toit de l'église anglicane St-James, s'envola dans un bruissement d'ailes.

16

La circulation intense à cette heure matinale sur la route régionale du Lower Mainland était presque paralysée. Pare-chocs contre pare-chocs, les véhicules avançaient péniblement en direction est, sur Haney By-Pass, cette voie habituellement rapide qui permettait de contourner le centre-ville de Maple Ridge, une petite banlieue à 40 kilomètres de Vancouver.

Au loin, des feux rouges et bleus clignotants expliquaient le ralentissement et annonçaient au mieux, une mauvaise nouvelle ; au pire, une tragédie.

À l'intersection de Lougheed, une demi-douzaine de voitures de la police de Vancouver et de la GRC étaient stationnées dans une petite rue, River Road, qui traverse la voie ferrée et mène au parc Kanaka Creek, au bord du fleuve Fraser. Le fourgon de l'équipe médico-légale de la GRC de Burnaby était sur place.

Comme si la situation n'était pas déjà assez exaspérante pour les automobilistes pressés de se rendre au travail, plusieurs conducteurs ralentissaient leur vitesse en s'engageant rue Lougheed, à la vue du ruban jaune de la police. Un policier irrité faisait de grands gestes pour rétablir la circulation.

Greg McLeod s'avança vers Nicolas Higgins et Pierre Levac qui observaient, à distance, l'équipe médico-légale au travail. Lucy Campbell les rejoignit.

— Un appel reçu à 5 h au centre d'appels 911… un joggeur qui a aperçu le corps. Le cadavre a dû être déposé pendant la nuit, sinon il aurait été vu de la route. On a demandé à Translink d'interrompre le service du West Coast Express jusqu'à demain, le temps que l'on fouille la scène.

Lucy récitait les informations qu'elle détenait d'un ton monocorde, sans émotions, dans le seul but que les choses soient claires pour les enquêteurs.

— On croit que la victime pourrait être Sarah James, bien que son visage soit difficile à identifier. Comme les cinq autres avant elle, on lui a rasé les cheveux. Elle présente des lacérations sur toutes les parties de son corps et elle a une bague à l'auriculaire gauche, un bijou de pacotille, la pierre est bleue. Sa mort remonterait à quelques jours, mais c'est difficile à dire. L'état du cadavre indique qu'il a été entreposé dans un congélateur. Mais tout cela demande à être précisé par les médecins légistes.

Les policiers de l'équipe médico-légale, vêtus de leurs combinaisons blanches, prenaient des photos de la scène et fouillaient les lieux, à la recherche d'indices.

Greg McLeod s'éclaircit la gorge.

— Rappelez-moi, Nicolas, les endroits où l'on a retrouvé les cinq victimes précédentes…

Nicolas ouvrit son calepin de notes, tourna quelques pages et posa son doigt sur un passage qui contenait l'information.

— Heu… la 1re a été retrouvée à New Westminster, sur la voie ferrée qui passe juste sous le pont Patullo. Le 2e corps a été découvert à Mission, à la sortie de la ville, cette fois encore sur la voie ferrée. Le corps a été heurté par la locomotive. Le chauffeur du train n'a pu l'éviter. Le pauvre homme était d'ailleurs sous le choc.

— Poursuivez Higgins, s'impatienta Lucy Campbell.

— Bon, le 3e corps a été retrouvé à Port Coquitlam, donc retour vers l'ouest, près de la voie ferrée qui longe la route Lougheed, quelques kilomètres avant d'arriver à Pitt Meadows. On a retrouvé le corps de la 4e victime au croisement de la route Kennedy et du chemin de fer. Enfin, la 5e femme a été trouvée à Maple Ridge, près de la voie ferrée, sur River Road, juste en face du restaurant King Fishers. Voilà!

— Une constance : il circule dans le secteur de façon régulière et semble faire une fixation sur les trains... ou du moins s'y intéresse, déclara Pierre Levac, qui ne voulait pas être en reste.

— Ou peut-être bien qu'il recherche simplement un endroit tranquille, le soir, à l'abri des regards. Et quoi de mieux qu'une voie ferrée désertée par le train à partir de 20 h, car si ma mémoire est bonne, le dernier passage du West Coast Express en direction est a lieu vers 19 h 30. Et cette voie ferrée, située près des quartiers résidentiels, a toujours une route qui y mène. Déposer un cadavre devient alors un jeu d'enfant. Et il sait que la police ne peut pas surveiller chaque kilomètre de voie ferrée pour le prendre sur le fait.

Le regard insistant de McLeod s'attarda quelques instants sur Levac.

— Et il a déjà été établi que nous avions affaire à un résident du Lower Mainland, sans doute un travailleur qui fait l'aller-retour entre Vancouver et une ville située dans l'est de la région, mais pas au-delà de Mission, c'est-à-dire avant Chilliwack. Levac, trouvez quelque chose de nouveau la prochaine fois. Higgins, vous savez ce qu'il vous reste à faire. Prenez contact avec la sœur de la disparue. Nous aurons les résultats des empreintes dentaires d'ici quelques heures. Pour eux, je crois que le calvaire est terminé ou il commence, c'est selon…

Il se tourna vers Lucy Campbell et lui fit signe. Tous deux se rapprochèrent des policiers scientifiques. Ils s'arrêtèrent à une distance raisonnable de la voie ferrée, suffisamment près pour pouvoir observer la scène, assez loin pour ne pas déranger le travail de l'équipe médico-légale.

Le corps de la victime reposait sur un talus, à droite de la voie ferrée, à une centaine de mètres du petit viaduc qui permettait au train de traverser le Kanaka Creek, l'un des affluents du fleuve Fraser. D'un petit étang, situé en contrebas, montait le chant des grenouilles.

Greg McLeod tourna la tête et examina le boisé, recouvert de fougères, qui s'étendait à gauche jusqu'au fleuve. La flore changeait d'aspect dans cette région et prenait l'allure d'une petite jungle très humide, où la mousse et le lichen régnaient en maître, à l'ombre des sapins grandissimes et des thuyas géants, dont la cime peut atteindre 60 mètres. Les pruches et les épinettes d'Engelmann étaient couvertes de duvet. Les séquoias toujours verts, bras tendus, laissaient négligemment tomber des lianes jusqu'au sol détrempé. Cette rencontre de deux forêts, celle de la côte du Pacifique et celle des montagnes de l'Ouest, avait créé un refuge unique pour une grande variété de papillons et d'oiseaux.

Les rouges-gorges batifolaient dans les hauts sommets. Leurs chants résonnaient dans cette forêt où tout était gigantesque, même les limaces. La forêt enchantée, pensa Greg, en entendant le cri d'un épervier juché sur un grand tronc dégarni. Cette impression s'intensifia à la vue de la brume qui montait du fleuve et avançait, comme un long ruban, entre les arbres immenses, sorte de sentinelles impuissantes qui avaient assisté au sinistre rituel de la nuit dernière.

Son regard revint se poser sur le corps de la jeune femme. Pas de mise en scène cette fois. La rigidité cadavérique a ses limites. La dernière avait été étendue sur le côté droit, un bras replié sous la tête, l'autre retombant mollement sur la voie ferrée. Cette fois, le corps avait simplement été déposé sur le sol, dans une position qui donnait l'impression que la jeune femme s'était recroquevillée sur elle-même, les genoux et les bras contre la poitrine, pour se réchauffer. Les nuits étaient froides, en mars, mais elle n'avait pas souffert du froid. Elle était morte bien avant ça. Et sa position indiquait qu'elle avait été entreposée dans un lieu étroit.

Lucy rompit le silence.

— Toutes ces ecchymoses et ces lacérations... Elle n'a pas un centimètre de peau qui est à peu près intact. Et cette petite tête rasée qui lui donne l'air d'une condamnée à mort d'une autre époque...

— Sa condamnation à mort, elle l'a reçue lorsqu'elle a rencontré ce type et qu'elle a accepté de le suivre...

Derrière eux, des policiers prenaient les empreintes de pneus des véhicules qui s'étaient arrêtés à l'endroit où des pétales roses jonchaient le sol. Ce dernier élément avait attiré leur attention : il n'y avait pas de cerisiers japonais dans le secteur.

— Greg, poursuivit Lucy, nous avons affaire à un psychopathe d'un certain âge, je dirais fin trentaine. Il présente toutes les caractéristiques de l'individu narcissique, incapable d'empathie, qui n'éprouve aucun remords et qui ne tolère pas la moindre frustration. Il doit réagir aux déceptions qu'il vit ou qu'il a vécues en société. Et il doit vivre de grands stress si l'on en juge par le traitement qu'il réserve à ses victimes. Ce qui joue en notre faveur, c'est qu'il multiplie ses activités morbides. Depuis quelque temps, il dérape, il est complètement désorganisé, ne se maîtrise plus. Nous allons inévitablement retrouver sa trace.

— Oui, mais dans combien de temps et après combien d'autres découvertes de ce genre? répliqua Greg, songeur. Il faut faire mieux.

Il détourna le regard de cette fille qui n'attendait plus d'aide, et se dirigea vers sa voiture.

17

— Vite, c'est dans l'aile de l'isolement. Prends les combinaisons et les gants.

L'alarme avait retenti dans le poste où Mackenzie prenait son repas. La gardienne se leva d'un bond et jeta un coup d'œil sur l'écran de surveillance. C'était Clayton, en crise.

Elle toucha l'arme à sa ceinture, un geste qu'elle faisait 100 fois par jour. Puis elle saisit le matériel de protection, pendant que son collègue ouvrait la porte métallique qui menait aux cellules. Ils s'engagèrent dans le corridor. Le grésillement de la radio qu'elle portait était inaudible, un fort bruit recouvrait la voix du gardien qui était sur les lieux. Le prisonnier était en train de tout saccager.

«Ce n'est pas la première fois qu'on intervient, se dit Mackenzie, et ce ne sera pas la dernière…»

Comme pour tous les détenus qui viennent de recevoir une sentence à vie et qui sont enfermés dans une cellule, les premiers jours d'emprisonnement de Clayton s'étaient relativement bien passés.

Le détenu se trouve alors dans une période irréelle, où il ne comprend pas encore pleinement ce que va signifier une peine à perpétuité. Il est toujours sous le choc d'avoir été arrêté, puis reconnu coupable d'un ou de plusieurs meurtres. Il a eu à faire face au juge, à la société, à sa famille, à ses amis qui ont découvert sa véritable personnalité. Un moment difficile à passer pour tous les délinquants, y compris les plus durs et les psychopathes.

Les semaines passent, le détenu réalise soudainement qu'il a perdu sa liberté, qu'il ne pourra plus faire un grand nombre d'activités aussi anodines que de décider de ses repas, des vêtements qu'il va porter, des livres qu'il va lire.

Et il passe rapidement à la prochaine étape, angoissante, celle où il voit clairement ce que seront les prochaines années de sa vie, en fait toutes les années qui lui restent à vivre. Ses choix limités deviennent secondaires. Il comprend que plus jamais il ne verra autre chose que ces barreaux devant lui, il ne s'étendra plus sur autre chose que ce petit lit dans le coin de sa cellule de trois mètres sur deux mètres et demi… que ces murs gris-bleu seront le seul paysage qu'il pourra observer, à part les allées et venues des gardiens, peu nombreuses dans l'aile de l'isolement.

Il constate alors pleinement tout ce qu'il a perdu en commettant ses crimes. Il sait qu'il ne marchera jamais plus d'une vingtaine de pas par jour pour faire le trajet entre la porte de sa cellule et la cour où il se retrouvera systématiquement seul, pendant une heure, à prendre l'air, à regarder le ciel au-dessus de sa tête, les oiseaux passer… Impossible de voir l'horizon, masqué par les murs du centre correctionnel. Cette cour de 15 mètres carrés sera le seul endroit qu'il visitera jusqu'à sa mort, car il n'ira jamais plus nulle part. Il est rejeté, maintenu en vie dans ce petit espace de ciment pour qu'il puisse bien mesurer à chaque seconde l'ampleur de sa faute.

L'angoisse d'être enfermé et impuissant cède souvent la place à la colère. Et cette colère peut durer des années. Clayton avait mis plusieurs mois avant de réagir. Il était le plus souvent dans un état second, indifférent à tout ce qui se passait autour de lui. Mais depuis le rejet de sa cause en appel, il était presque devenu fou d'angoisse.

Mackenzie rejoignit le groupe de six gardiens qui se tenait à quelques mètres de la cellule du détenu. L'odeur l'atteignit avant qu'elle ne puisse voir quoi que ce soit. Elle retint un haut-le-cœur. L'air dégoûté de ses collègues lui confirma ce qu'elle craignait le plus : le détenu avait lancé ses excréments partout dans sa cellule, mais aussi sur les murs et les planchers du corridor.

Les cris et les hurlements avaient cessé. Assis sur son lit, les mains et les vêtements souillés, le prisonnier sanglotait comme un enfant.

— Clayton, couchez-vous par terre sur le ventre, les mains derrière le dos. Nous allons vous sortir de la cellule. Vous n'avez rien à craindre si vous faites exactement ce que nous vous demandons.

Le détenu, après être demeuré prostré pendant plusieurs minutes, obtempéra finalement. Deux gardiens le menottèrent pour l'emmener à l'infirmerie où une équipe l'attendait.

Lorsqu'il passa devant elle, Mackenzie fut frappée par son regard fixe, où aucune lumière ne brillait plus. Il venait d'atteindre le fond de sa détresse en comprenant qu'il ne paierait sa dette à la société qu'après avoir enduré chaque minute de sa peine. La mort seulement le ferait sortir de sa prison.

* *
*

Mackenzie savourait la bière bien froide qu'elle s'était servie en arrivant chez elle, heureuse de pouvoir se libérer de toutes les tensions de la journée. Elle voulait effacer le souvenir de l'intervention de l'après-midi, alors qu'elle avait été désignée, avec deux autres gardiens, pour faire le nettoyage des lieux. Elle se demandait si elle pourrait jamais manger de nouveau après avoir vécu ça.

Lorsqu'elle était entrée chez elle, son premier souci avait été de monter à l'étage pour y prendre une longue douche. L'odeur répugnante de la cellule lui collait à la peau. Sous l'eau chaude apaisante, elle s'était frottée avec des quartiers de citron frais. Rien de mieux pour enlever les odeurs de cadavres ou d'excréments.

Elle regarda les oiseaux par la fenêtre de sa cuisine. Des chardonnerets et des roselins pourprés se disputaient une place à la mangeoire qu'elle avait mise dans le jardin, faisant tomber des graines sur le patio. Quelques mésanges à tête noire en profitaient pour se régaler au sol. Comme la vie semblait facile et simple!

Mackenzie songea à sa situation. Elle n'avait jamais été si mal dans sa peau. Sa vie avait éclaté soudainement, après des années de pression, tant au travail qu'à la maison. Elle se sentait prise au piège dans la prison où elle travaillait et coincée dans une relation amoureuse qui s'était effritée avec le temps, sous la force des vagues qui n'avaient jamais cessé de déferler sur son couple.

Mackenzie se dit qu'il était décidément bien plus facile de quitter son travail que de quitter la personne qui avait partagé les moments les plus marquants de sa vie. Si l'amour avait peu à peu disparu, l'amitié était toujours aussi forte entre elle et Jordan.

Elle se trouvait donc à une croisée des chemins : poursuivre sans passion une relation confortable et sécuritaire ou affronter la solitude sans savoir si elle retrouverait cette flamme qui avait fait battre son cœur. Revivrait-elle jamais un grand amour?

Les yeux de Mackenzie s'assombrirent. Toutes les relations amoureuses n'étaient-elles pas, se dit-elle, condamnées à s'éteindre avec le temps, le manque d'argent, le mépris des autres, les combats qui n'en finissent plus… et ultimement la vieillesse. Mackenzie se regarda dans la glace. Déjà, son visage portait les traces laissées par chacun de leurs manquements, par chacune de leurs infidélités.

Le bruit d'une clé dans la serrure se fit entendre et la porte d'entrée s'ouvrit. Jordan déposa son parapluie qui ruisselait dans un grand pot en grès et se débarrassa de son imperméable noir. Mackenzie hésita, puis alla l'accueillir avec un sourire aimable.

Jordan suspendit son imper sur le porte-manteau. Ses cheveux bruns coupés courts, ses grands yeux noirs, ses lèvres pleines et son visage sans défaut avaient un certain charme, mais après bientôt huit ans de vie commune, l'effet s'estompait pour celle qui connaissait certains travers inavouables.

— Comment était ta journée?

— Épouvantable! Je n'avais qu'une envie, rentrer à la maison… Avec ce sale temps, je suis trempée.

— La pluie devrait cesser au cours de la nuit. Viens te reposer ma chérie. Tu veux une bière?

Jordan, reconnaissante, fit oui de la tête tout en retirant ses chaussures à talons. Ses pieds douloureux la firent grimacer alors qu'elle suivait Mackenzie dans le salon.

18

— C'est lui. Jarod Falcon, le gars qui nous intéresse. Trouves pas qu'il est beau garçon?

Un pli ironique étira les lèvres de Tony Adams. Il abaissa ses jumelles et se tourna vers Marshall Collins qui ne disait rien, occupé à photographier le suspect.

Collins est un bon élément, pensa Tony, bien qu'il soit un peu jeune et que ses origines autochtones l'amènent parfois à adopter un drôle de comportement.

Comme cette fois où il a complètement figé lors d'une descente policière. Tony n'en revenait pas encore. Les autres avaient dû le couvrir alors qu'il restait sans bouger devant un individu armé qui avait finalement été abattu. Il s'en était fallu de peu pour que Marshall termine sa carrière au sol.

Bien sûr, il avait dû expliquer son attitude au sergent en chef. Il lui avait raconté que sa conscience ne lui permettait pas de tirer sur cet homme. Greg McLeod avait réagi au quart de tour. Marshall avait été retiré des équipes d'intervention et affecté aux enquêtes qui comportaient le moins de risque pour sa vie.

Tout de même, pensa Tony, il devait savoir, lorsqu'il s'était engagé dans la police, qu'il aurait un jour à défendre sa vie ou celle des citoyens et que cela entraînait nécessairement l'utilisation d'une arme à feu. Comment se fait-il que les multiples tests subis dans la GRC avant d'être engagé n'aient pas décelé chez Collins cette inquiétante façon de penser? Inquiétante pour les collègues qui faisaient équipe avec lui.

Le suspect, confortablement assis à la terrasse d'un restaurant de Burnaby, sirotait lentement la bière qu'un serveur lui avait apportée quelques minutes plus tôt.

L'établissement, qui ne payait pas de mine, était connu de la police pour favoriser les rencontres entre criminels. Jarod Falcon et son frère avaient été vus à plusieurs reprises à cet endroit.

Pour ne pas éveiller les soupçons, les policiers avaient garé la voiture à une bonne distance du restaurant. Après avoir attendu toute la matinée, leur patience avait été récompensée lorsqu'ils avaient vu Jarod sortir d'une imposante et luxueuse Chrysler 300, noire, avec roues chromées et vitres teintées, qu'il venait de stationner dans une rue voisine.

Vêtu d'un jeans et d'une veste de cuir brun, le suspect marchait d'un air décontracté. Il avait toujours eu du succès auprès des femmes, avec sa trogne basanée, au carré parfait, ses cheveux noirs frisés et ses yeux d'ébène. Celles qui avaient croisé son chemin connaissaient sa réputation de *bad boy*, mais elles s'étaient laissé séduire par son sourire carnassier et ses manières légendaires de gentleman. Du moins tant que les filles ne se mêlaient pas de ses affaires.

Il avait fini par se caser avec la plus belle d'entre elles, une ex-mannequin, qu'il avait épousée lors de noces extravagantes. L'événement avait fait la manchette, en raison des invités de marque présents. Ces hommes politiques connus et ces gens d'affaires respectables n'avaient même pas remarqué qu'ils buvaient à la même fontaine que des membres de gangs et des policiers infiltrés. Au centre de la fête, imperturbable, le chef des Red Scorpions souriait, caché derrière ses verres fumés.

Il embrassait sa jeune et jolie épouse, dont les yeux bleus brillaient de félicité et surveillait en même temps chacune des personnes présentes. Le rassemblement n'était en fait qu'un prétexte pour faire d'énormes transactions et contrôler le marché de la drogue. Ce soir-là, un membre des Hells Angels avait été tiré à bout portant dans sa voiture, à Burnaby, lors d'une fusillade. Un meurtre probablement commandé par le caïd, qui bénéficiait de la meilleure couverture possible : son mariage. Car le marié n'avait pas d'âme. Il avait déjà ordonné plusieurs séances de torture et de nombreux meurtres auxquels il assistait.

Et toutes les preuves étaient là, dans un dossier monté au fil des années par des enquêteurs qui avaient assemblé méticuleusement tous les morceaux du casse-tête. Ne restait plus qu'à convaincre la haute direction que l'opération serait sans bavures. La GRC craignait en particulier pour son image, malmenée depuis quelques années.

L'attention des policiers s'éveilla soudainement. Un homme garait son véhicule utilitaire, un Cadillac Escalade blanc de l'année et pénétra sur la terrasse. Il vint s'asseoir à la table du suspect. Les deux hommes se saluèrent cordialement, puis Jarod héla le serveur. Un court échange s'ensuivit entre l'homme et l'employé, qui revint un moment plus tard avec une bière sur son plateau.

— Le service est plutôt rapide. Il doit savoir qu'il sert le chef de l'une des plus violentes organisations criminelles de la région de Vancouver. Ces gars-là, mieux vaut les avoir de son côté, dit finalement Marshall, après avoir mitraillé la scène de son appareil-photo.

— Mieux vaut surtout ne pas être connu d'eux, si tu vois ce que je veux dire.

Tony faisait des recherches sur son portable et tentait d'identifier le visiteur.

— Ah! Regarde ce que j'ai ici… C'est ce petit bon à rien de Roan Cassidy, je me disais aussi qu'il me rappelait quelqu'un… Un petit bandit qui fait dans le trafic d'armes à feu. On l'a collé une fois pour extorsion, mais on n'a jamais pu prouver ses activités reliées au trafic d'armes. C'est bien le genre de gars avec qui Falcon peut s'acoquiner.

À ses côtés, Marshall, demeuré silencieux pendant un instant, avait repris son appareil et photographiait en rafales. Tony, soudain alerté, saisit ses jumelles.

— Il lui a donné une enveloppe de papier kraft. Format moyen. Il l'a mise dans sa veste. Maintenant, ils s'en vont. Un peu plus et je manquais la transaction.

Marshall rangeait son appareil.

— On peut y aller maintenant, j'ai ce qu'il faut.

— En fait, on a assez de matériel pour mettre Falcon à l'ombre pendant quelques années. J'attends juste le feu vert du sergent-major. Il protège ses arrières. Il devait consulter le surintendant avant d'émettre le mandat d'arrestation. Je crois que ce n'est plus qu'une question de jours avant que ce gangster change de diète… Tu savais qu'on ne leur sert plus de steaks, au centre correctionnel d'Abbotsford?

* *

*

Jill et Loren jouaient aux échecs, un jeu que la petite affectionnait depuis que son papa lui en avait appris les rudiments. Et elle devenait franchement meilleure que sa mère, peu portée sur les exercices de stratégie. La jeune femme regarda sa montre et se demanda si elles allaient encore devoir prendre leur repas seules toutes les deux.

Jarod passait de plus en plus de temps au bureau et rentrait souvent très tard. Sans compter les soirs où il ne rentrait pas. Féline, elle se leva d'un bond, lissa sa robe à l'imprimé floral dont le tissu mettait en valeur sa taille fine et sourit à son espiègle petite fille, qui venait de lancer un « échec » retentissant.

Elle caressa la tête de Zeus, le boxer blanc de Loren, étendu à leurs pieds, qui avait sursauté en entendant le cri de la fillette. Les yeux bruns du chien exprimaient la surprise en observant le visage de la jeune femme. Jill avait maintes fois constaté cette sensibilité de l'animal, cette capacité de déceler les sentiments de ses maîtres. Peut-être sa naissance avait-elle contribué aux qualités qu'il possédait ? De race pure, ce chien faisait partie d'une portée de quatre boxers, nés à partir du croisement de deux champions dans la région de Seattle.

— Bon, je sens qu'on arrive au bout. Il me reste un coup si je comprends bien. Tu veux que je prépare une collation, en attendant que papa arrive ?

Loren fit la moue.

— Il ne viendra pas… Tu as dit ça toute la semaine. Il travaille tout le temps. Il ne joue jamais avec moi.

L'enfant adorait son père et souffrait de ne pas le voir plus souvent.

— Eh bien, il travaille très fort en effet, il le fait pour nous, pour payer toutes sortes de choses, dont tous les cours de danse que tu suis après l'école… et aussi ceux d'équitation le week-end, et de violon. Il t'aime beaucoup ton papa. Il va certainement prendre des vacances bientôt… et alors on sera ensemble, toute la famille.

— C'est maintenant que je veux jouer avec lui, dit Loren, boudeuse.

Jill se mit à observer sa fille comme si elle ne l'avait jamais vue. Elle avait beaucoup grandi en peu de temps et dépassait d'une tête tous les autres élèves de sa classe. Elle avait hérité de son corps athlétique, de ses yeux bleus et de ses boucles blondes. Mais tout dans sa personnalité rappelait Jarod. Fière et téméraire, décidée, autoritaire, parfois même vindicative.

Jill soupira.

Lorsque Loren avait une idée en tête, elle finissait toujours par obtenir ce qu'elle désirait. Jarod comblait ses longues absences en la couvrant de cadeaux. Il ne semblait pas comprendre l'importance de la discipline et de certaines valeurs à inculquer aux enfants. Il vivait intensément les moments passés avec sa fille, mais l'avenir ne semblait pas compter pour lui.

Jill se dirigea vers la cuisine et s'arrêta pour admirer Loren, qui esquissait quelques pas de danse dans le salon. Gracieuse et légère, dans sa robe blanche vaporeuse, elle semblait sortie d'un conte de petites fées. Il ne lui manquait que les ailes. Son cœur se serra. C'est justement ce qui lui faisait le plus de peine. Sa fille n'arrivait pas à prendre son envol, comme si quelque chose clochait dans leur vie.

Jill songea que les règles dictées par Jarod lui pesaient de plus en plus et devenaient difficiles à gérer, au fur et à mesure que Loren grandissait. La petite ne pouvait jouer avec ses amies. Jarod était réticent à voir Loren se mêler aux élèves de l'école après la classe ou aux enfants du voisinage. De toute façon, leur résidence était assez isolée dans cette région boisée où chacun vivait sur un domaine entouré d'arbres et de clôtures. Elle n'avait même jamais aperçu de jeunes aux alentours.

En fait, Jarod avait encouragé Jill à inviter les enfants de quelques-uns de leurs amis à la maison, mais Loren n'aimait pas trop leur compagnie. Ni Jill d'ailleurs.

Elle pénétra dans la cuisine, immense, dont les larges fenêtres s'ouvraient sur un impressionnant terrain agrémenté d'une énorme véranda. La jeune femme s'immobilisa quelques instants devant le magnifique paysage qu'offrait leur jardin, entretenu par des professionnels.

Dans les plates-bandes bien dessinées émergeaient des brassées de tulipes rouges et jaunes qui ne demandaient qu'à être cueillies. Elle fit quelques pas sur la terrasse et regarda l'eau invitante de la piscine creusée, claire comme du cristal. Le jardinier avait fait du bon travail. Aux grands arbres fruitiers, Loren avait accroché quelques nichoirs et plusieurs mangeoires pour attirer les oiseaux.

La haute clôture qui entourait le terrain lui rappela combien Jarod protégeait son intimité.

Elle devint soudain mal à l'aise au souvenir de la dernière soirée qu'ils avaient organisée, Jarod et elle, ici même sur la terrasse. Tous des hommes d'affaires qui travaillaient avec son mari. Leurs femmes les avaient accompagnés. Elles lui avaient fait une drôle d'impression. Non pas qu'elles aient eu un comportement déplacé ou quoi que ce soit qui aurait pu gâcher la fête. Elles avaient seulement l'air d'évoluer dans un monde différent du sien. Comment dire ?

Jill se frotta les tempes. La migraine la guettait, comme ce soir-là. Zeus, qui l'avait suivie, s'assit à côté d'elle, s'appuyant lourdement contre sa jambe.

Elle se souvint des regards complices échangés entre certains couples et son mari. Avait-elle imaginé cela ? Ou encore ces sourires indéfinissables qu'elle avait interceptés entre l'une des femmes et Jarod. Jill savait qu'il avait eu des aventures, dans le passé, mais il l'avait par la suite rencontrée et lui-même avait reconnu qu'il avait eu le coup de foudre. Cette époque de sa jeunesse était-elle révolue? Alors pourquoi avait-elle ressenti un malaise lorsqu'en entrant dans sa cuisine elle avait vu Jarod avec cette grande rousse? La femme de qui déjà? Elle avait eu l'impression de les surprendre. Ils avaient fait un mouvement de côté. Elle chassa cette idée. Devenait-elle soupçonneuse? Son mari lui manquait. Il allait rentrer, ils se parleraient, et tout serait comme avant. Et ils donneraient d'autres soirées, avec petits fours et champagne.

Mais aujourd'hui déserté, le patio lui parut bien vide et sans attrait, sans vie. Elle frissonna. Il faisait soudain plus frais dehors et elle rentra.

Dans la cuisine, l'acier inoxydable brillait de toutes parts. Elle avait tout ce dont elle avait pu rêver. Sauf l'essentiel.

Un sanglot s'étrangla dans sa gorge.

Elle mangeait seule, dormait seule, et mis à part s'occuper de sa fille et s'entraîner tous les jours, que lui restait-il? Faire ses courses et payer ses achats avec la carte de crédit qu'il lui avait laissée. Et faire ainsi l'acquisition de tas de trucs qui ne comblaient pas sa soif d'affection.

Jill passa une main sur son front. Ce soir, elle voyait sa vie sous un nouvel angle. Mais pourquoi donc? Que s'était-il passé, récemment, qui avait provoqué ce changement en elle?

Peut-être ce matin où elle avait voulu renouveler les assurances de la fourgonnette. Le commis lui avait gentiment demandé de revenir avec son mari, car le véhicule n'était pas à elle. Elle n'avait pas fait attention, au début du mariage. Elle s'était dit que tout ce qui était à lui était à elle, mais en passant la porte du bureau des assurances, elle s'était sentie totalement dépendante de son conjoint.

Et l'autre jour, en découvrant ses premières rides dans le miroir, elle avait songé à sa carrière de mannequin, qui était désormais derrière elle. Que savait-elle faire d'autre ?

Elle revint vers le salon dont le centre était occupé par une grande table basse avec un foyer au milieu. Elle se rappela l'unique fois où ils avaient allumé un feu en dégustant des mets japonais.

Son regard bifurqua sur le mur des célébrités, comme elle l'appelait, sur lequel étaient suspendues des photos de leur famille. Un jour, pour passer le temps, elle avait encadré les plus beaux clichés de Loren, de Jarod et d'elle-même. Le soir, elle avait fièrement montré le résultat à son mari, qui avait trouvé jolies les photos de sa fille dans ses costumes de ballet et de claquettes. Le lendemain, deux cadres avaient disparu du mur. Ceux où il apparaissait. Lorsqu'elle lui avait demandé des explications, il avait simplement dit qu'il n'aimait pas les prises de vue.

Lasse, elle monta à l'étage pendant que Loren s'amusait avec les pièces de l'équichier. Elle passa devant la jolie chambre à coucher rose de sa fille et se rendit dans la sienne, somptueuse. La pièce était grande, avec salle de bains, jacuzzi et sauna. Une petite terrasse avec des chaises longues permettait d'aller, la nuit tombée, relaxer en paix en admirant le jardin et les étoiles. Au centre de la chambre, le lit à baldaquin était exactement comme elle avait voulu qu'il soit, quelques mois avant son mariage. Jarod lui avait laissé, à l'époque, toute latitude pour commander les plus beaux meubles et tous les accessoires qu'elle désirait.

Elle s'étendit sur le matelas et son regard glissa sur les voiles violets transparents parsemés de petits diamants blancs étincelants, drapés autour des montants du lit et qui retombaient mollement de tous les côtés, donnant à la chambre à coucher un style oriental.

Sentant sa résistance défaillir, Jill enfonça sa tête dans l'oreiller pour pleurer tout son saoul.

* *
*

Sales flics. Ils le prenaient sans doute pour un imbécile. Il avait décelé leur présence dès son arrivée au restaurant. Les gars de la lutte antigang. Ils lui collaient à la peau depuis quelque temps. Il n'avaient sans doute pas grand-chose contre lui, mais qui sait? Il lui faudrait être plus prudent. Pas la moindre marge d'erreur cette fois.

Jarod s'arrêta au feu rouge, ses mains pianotant sur le volant. Il se sentait plus nerveux ces jours-ci, un mauvais pressentiment. Peut-être en savaient-ils plus sur lui qu'il ne l'imaginait.

Son frère, Jamie, lui avait suggéré de se ménager une retraite, le temps que les choses se tassent. Pas plus mal. Il en profiterait pour s'occuper de sa fille, qui lui manquait beaucoup. Loren était la plus belle chose qui lui soit arrivée dans la vie. Il sourit avec tendresse. Il leur faudrait des vacances. C'est ça, il allait lui annoncer leur départ vers le Sud. Disons, la semaine prochaine.

Bon, Loren avait de l'école, mais on pouvait arranger ça. Tout se négocie. Où voulait-elle aller, déjà? Ah oui, les glissades d'eau, à quel endroit ce *resort*? Aux Bahamas, près de Nassau. Le nom paradisiaque surgit dans son esprit.

Atlantis! Elle voulait aller à Atlantis, eh bien, il l'emmènerait à Atlantis... et Jill les accompagnerait, bien sûr.

Jill. Elle était différente depuis quelque temps. Et il n'aimait pas ça. Il n'aimait pas qu'on lui impose des règles, pas plus qu'il n'aimait parler de son travail. Et elle avait commencé à lui poser pas mal de questions, à lui et à ses amis.

Des années auparavant, Jamie l'avait pourtant mis en garde et l'avait encouragé à garder sa liberté. Il comprenait maintenant pourquoi. Mais à l'époque, il en avait assez des virées dans les boîtes et voulait se ranger, avoir une vie comme tout le monde. Et Jill était exactement le type de fille qu'il recherchait. Ils avaient eu des années merveilleuses ensemble, et ils en auraient encore, si elle pouvait accepter certaines contraintes de leur vie de couple.

Après les premières années de mariage, il avait eu envie de tout expliquer à Jill, puis s'était ravisé. Heureusement. Avec la naissance de Loren, ses sentiments envers sa famille changèrent. Il s'attacha profondément à l'enfant et devint follement amoureux d'elle. Il n'était alors plus question de risquer de tout perdre en devenant trop bavard. Jill n'avait pas besoin de savoir.

Il tourna dans son quartier. Ces derniers temps, la pression augmentait lors des transactions. L'alcool aidant, il avait eu quelques aventures sans importance, au cours de sorties avec Jamie et quelques amis. Ça non plus, elle n'avait pas besoin de le savoir, puisque ça ne la regardait pas.

Il gara sa voiture devant sa résidence et vit à travers la fenêtre la petite frimousse de Loren qui s'agitait. Lorsqu'il sortit, il la vit qui se tenait devant la porte d'entrée. Il courut jusqu'à elle et la souleva de terre en embrassant ses joues rondes qui sentaient la fraise des champs. Son adorable petite fille! Pour elle, il aurait fait n'importe quoi.

*

— Maman, papa est arrivé!

Des cris joyeux et le claquement d'une porte la rame-nèrent à la réalité. Jill se redressa et se regarda dans la psy-ché inclinée près du lit. Un désastre, le mascara avait coulé, mais elle n'avait pas le temps de refaire son maquillage.

Étendu au pied du lit, Zeus la rejoignit prestement et se mit à lécher avec application les joues mouillées de la jeune femme en poussant des gémissements. Elle se leva en le repoussant doucement et courut dans la salle de bains pour se donner un air présentable, en nettoyant ses yeux.

Lorsqu'elle descendit le grand escalier qui donnait sur le hall d'entrée, elle trouva Loren étroitement enlacée par son père qui lui caressait les cheveux. Tous deux étaient assis à même le sol, près de la table où Jarod avait allumé un feu. Zeus leur fit la fête et tournait autour d'eux en agitant sa petite queue coupée.

— Maman, papa prend des vacances et il nous emmène toutes les deux à Atlantis la semaine prochaine, s'écria la fillette, tout en regardant son père avec adoration.

Cette annonce fit à la jeune femme l'effet d'une douche froide.

— Ah bon! Je sais qu'ils ne t'ont pas demandé ton avis, mais l'année scolaire n'est pas encore terminée. Elle prend fin dans quatre mois. Tu t'imagines que tu peux retirer Loren de l'école, comme ça, quand l'envie te prend, alors que tu n'as même pas passé une heure avec elle cette semaine!

Jill avait adopté un ton sarcastique qu'elle ne recon-naissait pas elle-même. Jarod sursauta et serra la mâchoire sans dire un mot. Loren, peinée, se rembrunit.

Son père se tourna vers elle et lui demanda d'aller se préparer pour une sortie chez McDonald's. Ravie, la petite fille s'élança dans l'escalier, escaladant les marches deux à la fois.

Jarod se leva et avança vers Jill.

Il avait eu une dure semaine. La pression venait de toutes parts. Pour la première fois depuis des années, il sentait qu'il perdait la confiance des membres du groupe. Certains n'endossaient plus ses décisions. Même Jamie, l'indéfectible, n'était pas d'accord avec les dernières fusillades. Il allait maintenant devoir agir avec fermeté envers quelques-uns de ses meilleurs amis. Et la police qui commençait à s'en mêler. Il se sentait coincé, sans issue. La peur au ventre, il voyait venir l'encerclement.

— Je t'ai toujours très bien traitée jusqu'à présent.

Il serra les poings et ses jointures devinrent blanches sous la pression. Couché sur le tapis d'entrée, Zeus dressa les oreilles.

Le rôle du mari attentionné qu'il lui fallait jouer demandait désormais des aptitudes qu'il n'avait pas développées. Il en eut soudain assez. Puisque tout allait de travers, il allait au moins en finir avec cette comédie.

D'un seul mouvement, il saisit le poignet de la jeune femme en la maintenant tout contre lui. Il lui murmura des paroles à l'oreille. Si l'enfant était revenue au salon, elle aurait pu croire que ses parents s'embrassaient. Mais Jarod, l'œil mauvais et menaçant, contenait avec peine sa colère.

— Tu sais combien j'aime Loren… Je vais donc passer sur ce que tu viens de dire, pour cette fois. Mais ne recommence plus jamais ça. Tu me connais, je n'ai pas beaucoup de patience. Que cela soit clair : je fais ce que je veux, quand je le veux !

Surprise, Jill tenta de se dégager de son étreinte. Il resserra la pression. Elle ne l'avait jamais vu dans cet état, haineux, avec ce ton agressif et vulgaire qu'elle ne lui connaissait pas.

— Écoute, Jarod, je sais que tu aimes Loren.

Jill tentait de le calmer.

« Mais si ça ne va plus entre nous, on devrait en parler. Je ne comprends pas ce qui se passe, tu as changé, tu ne rentres plus à la maison… Si tu veux une séparation, on peut en discuter. »

Cette fois, il la serra à lui faire mal et elle poussa un gémissement. Zeus, debout à côté d'elle, grondait en direction de Jarod qui ignora l'animal. Ses lèvres affichaient un air méprisant qui déformait son visage et accentuait les rides entre ses yeux.

— On ne se sépare pas de Jarod. C'est Jarod qui décide quand il part. Tu vas rester ici et prendre soin de ma fille. Je ne suis pas là souvent, tu t'en plains constamment.

Il eut un rire moqueur et méchant.

Jill avait du mal à respirer. Cet homme, ce n'était pas Jarod. Qui était cet homme ? Effrayée, elle tenta de le repousser, mais Zeus, qui aboyait avec force, fut plus rapide qu'elle et sauta sur son maître en montrant les dents. Jarod dégagea soudainement son étreinte. Loren était là, à côté du couple, souriante. Elle avait enfilé un chandail et relevé ses cheveux sur sa nuque, dans un joli chignon.

— Tu es très élégante ma chérie, viens, je t'offre un hamburger. Maman va se reposer et nous attendre, elle est un peu fatiguée, dit Jarod en faisant un sourire complice à sa fille.

La fillette ouvrit la porte et courut jusqu'à la voiture.

Jarod se retourna et regarda son chien, qui grondait sourdement.

« Tu as choisi ton camp, misérable bête, ricana Jarod. Attention, tu pourrais bien te retrouver avec une balle dans la tête. »

Et scrutant le visage bouleversé de sa femme, qui s'appuyait contre le mur, il ajouta :

« Au cas où tu n'aurais pas parfaitement compris le message, tu t'es mariée pour le meilleur et pour le pire. Et grâce à toi, nous entamons le 2ᵉ chapitre. »

19

— Tu ne te sers pas de thé ?

Debby levait un regard interrogateur sur sa nanny, qui n'avait pratiquement pas touché à son repas et qui maintenant semblait pressée de ranger la cuisine pour quitter la pièce.

Mae avait beaucoup maigri ces dernières semaines et Debby avait insisté auprès d'elle pour qu'elle consulte un médecin. Mais elle connaissait déjà la racine du mal qui rongeait la bonne.

— Non merci, Madame McLeod, j'aimerais me coucher plus tôt ce soir, si vous n'y voyez pas d'inconvénient. Je me sens un peu fatiguée.

Depuis la dernière fois où elle s'était branchée avec sa famille sur skype, Mae s'était refermée sur elle-même et fuyait la sollicitude de ses employeurs. Debby songea que sa bonne vivait probablement des sentiments de désespoir semblables à ceux d'une mère qui aurait soudainement perdu son enfant.

Comment elle-même aurait-elle réagi si sa merveilleuse petite Emily avait perdu tout attachement envers elle ? Un cauchemar, pensa-t-elle, en jetant un coup d'œil sur sa fille qui trempait un sushi dans la sauce soya avec ses petits doigts, avant de l'avaler goulûment en une bouchée.

Un bruit de casseroles se fit entendre dans la cuisine. Mae s'activait pour ne plus penser. Elle vivait un horrible deuil. Pire encore, car l'enfant, toujours vivante, ne reconnaissait plus sa mère. Maya n'était pas morte en réclamant sa mère, elle vivait sans avoir besoin d'elle.

Mae, devenue une étrangère aux yeux de sa fille, avait perdu le goût de combattre. Sa présence au Canada n'avait sans doute plus de sens à ses yeux, puisqu'elle n'avait pas réussi à y faire venir sa famille à temps. Les longs délais avant d'obtenir une réponse de l'immigration avaient brisé, d'une façon irréparable, les liens entre la mère et la fille.

Debby se leva et, de ses bras protecteurs, entoura sa fille. Debby et Mae devaient avoir le même âge. Il y a cinq ans, elles avaient donné naissance, à quelques semaines d'intervalle, à leur petite fille. L'une, dans le confort d'un hôpital canadien, l'autre, couchée sur une paillasse, sous l'œil attentif d'une voisine de son quartier. Si la maternité avait comblé Debby, elle avait attiré la malédiction sur Mae.

— Maman, tu me serres trop fort !

— Désolée, mon bébé. C'est que je t'aime tellement, tu sais…

— Mae aussi elle aime tellement Maya… Tu sais qu'elle pleure chaque fois qu'elle me lit une histoire ? Elle dit que c'est parce que l'histoire est triste, mais moi je sais bien qu'elle s'ennuie de Maya. Pourquoi elle prend pas l'avion pour aller la voir ?

— C'est sans doute ce qu'elle va faire, *sweetheart*… Nous allons lui en parler, mais ne pense plus à ça. Tiens, tu veux d'autres sushis ou des pâtes à l'orientale ?

— Non, je n'ai plus faim. Je veux aller jouer dehors maintenant. Papa m'a dit qu'il allait venir faire du vélo avec moi lorsqu'il aura terminé son travail.

La fillette sauta de sa chaise et, tout en essuyant ses mains sur son pantalon blanc, ouvrit la porte coulissante qui donnait sur le patio. Debby la regarda courir avec attendrissement vers la balançoire. Elle observa le ciel qui était à nouveau couvert de nuages.

D'origine italienne, Debby était arrivée au Canada avec ses parents alors qu'elle était adolescente. Elle ne s'était jamais habituée au printemps gris et pluvieux de cette partie de l'hémisphère nord. Elle ne s'y habituerait jamais, pas plus que ses parents, qui vivaient toujours à Burnaby, à quelques pâtés de maisons de chez elle.

La cuisine était devenue silencieuse. Mae avait regagné sa chambre, sans dire bonsoir. Ce changement d'attitude inquiétait sérieusement Debby. Il allait falloir trouver une solution, et rapidement pour qu'elle ne se décourage pas.

Un bruit de pas dans le hall ramena un sourire sur son visage soucieux. Enfin, il était de retour.

Elle s'avança vers l'entrée et la vue de son mari la réconforta. Elle enlaça son grand corps d'homme avec douceur. Il avait un peu épaissi, ces derniers temps, mais il avait toujours fière allure. Elle aimait la pression de ses grosses mains calleuses qui glissaient sur ses cheveux noirs, puis le long de son cou, se faisaient caressantes sur son dos, avant de s'emparer fermement de ses hanches qu'il pressaient contre lui.

— Tu m'as manqué, tu sais…

Il souriait, à court de paroles, comme il l'était toujours. L'immense tendresse qui éclairait ses yeux bleus suffisait pour la rendre heureuse.

— Nous avons déjà mangé, tu veux que je te serve des sushis et du vin ? J'aimerais discuter un peu avec toi de ce qui arrive à Mae… Elle me préoccupe depuis quelques jours.

— Plus tard peut-être, mais j'ai d'abord besoin de décompresser un peu. Où est Emily?

Elle n'eut pas besoin de répondre. Il venait d'apercevoir l'enfant sur sa balançoire et sortait déjà la rejoindre dans le jardin. La petite attendit qu'il soit assez près, se jeta en bas de la balançoire et vint atterrir dans ses bras. Debby retint son souffle. Elle n'aimait pas ce jeu qu'ils pratiquaient souvent tous les deux. Mais elle se détendit lorsqu'elle les regarda se rouler sur le gazon, jouant à qui chatouillerait l'autre. Elle ne put se retenir de rire en voyant son mari poursuivi par la petite qui hurlait de plaisir.

De la fenêtre de sa chambre du 2e étage, cachée derrière les rideaux, Mae les regardait jouer et pleurait sans pouvoir s'arrêter. Elle pleurait de honte. Elle se sentait coupable d'en vouloir à cette famille qui ne lui avait fait que du bien depuis son arrivée. Mais son cœur, plein d'envie et de rage, avait besoin d'un exutoire pour se venger de l'injustice et de la peine infligées par la vie.

Ses mains s'agrippèrent au tissu délicat des rideaux. Elle avait perdu Maya, et ces deux-là riaient et profitaient de leur enfant.

Au fond de son esprit aveuglé par la douleur, une idée mauvaise commença à germer, qu'elle tenta de toutes ses forces de chasser. Elle s'effondra en sanglots et se laissa choir sur le tapis de sa chambre.

* *
*

Ils regardaient les flammes danser dans la cheminée et miroiter sur les verres de vin rouge qu'ils s'étaient servis une fois Emily bordée dans son lit. La petite fille s'était endormie très rapidement après avoir fait promettre à son père qu'il serait là le lendemain matin. Greg avait promis, se disant que, pour une fois, il rentrerait plus tard au bureau.

Il bougea un peu. Debby, étendue contre lui, déplia ses longues jambes de joggeuse drapées dans un pantalon de flanelle rose d'un goût douteux. Mais puisqu'elle aimait, pensa-t-il, le confort de ce tissu qui aurait certainement remporté le dernier prix au concours des vêtements de nuit sexy… Il sourit.

— Tu as couru aujourd'hui?

Debby travaillait à mi-temps comme répartitrice au détachement de la GRC à Burnaby, là où lui-même était en poste. Lorsqu'elle était en congé, elle aimait aller courir très tôt le matin dans l'un des nombreux parcs de la ville.

— Non, j'étais paresseuse… Je suis restée à la maison.

Il leur avait été permis de demeurer au sein du même détachement, car ils avaient été engagés chacun séparément, alors qu'ils ne se connaissaient même pas. Leur mariage avait d'abord surpris leurs collègues, compte tenu de leur différence d'âge. Puis tout le monde avait trouvé qu'ils faisaient un couple formidable.

Greg soupira. Il allait bientôt avoir 50 ans, Debby venait de fêter son 35e anniversaire. Il aurait tout donné pour avoir l'air plus jeune, pour faire disparaître ces cheveux gris et faire fondre ce ventre… Cette bataille ne serait pas des plus faciles.

À ses côtés, Debby était tellement belle avec ses longs cheveux brun foncé, ses yeux sombres d'Italienne aux reflets mordorés sous l'éclat des flammes.

— Tu as eu une dure journée? Je le vois à ton front. Le front du «coupeur de têtes», reprit-elle en riant de bon cœur.

Ils connaissaient tous les deux le surnom dont l'équipe qui travaillait sous ses ordres l'avait affublé.

— On a trouvé, ce matin, le corps d'une autre femme disparue. Probablement celui de Sarah James.

— À quel endroit?

— À Maple Ridge, près du chemin de fer, à l'angle de River Road et Lougheed.

— Ah! Au moins, ce n'est pas dans un parc…

— C'est à l'entrée du parc, corrigea-t-il. Je te rappelle que je ne veux plus que tu ailles courir dans aucun parc tant qu'on n'aura pas attrapé ce malade. Tu peux faire ton jogging sur le trottoir du quartier, c'est la même chose… et ça donnera le même résultat.

— Mais tu as dit toi-même qu'il cible les prostituées du Downtown Eastside à Vancouver…

— Oui, mais il change constamment ses méthodes, il pourrait changer de cible. Nous n'avons retrouvé aucune des neuf premières femmes portées disparues. Si elles ont été tuées, un autre individu est peut-être en cause. Mais nous croyons qu'un seul tueur en série rôde dans la région depuis dix ans. Et il aurait donc changé son *modus operandi* en exposant ses crimes au grand jour.

«Coup sur coup, on retrouve les corps de six des femmes qui sont disparues au cours de la dernière année. Et il accélère la cadence. Il en avait assassiné neuf en neuf ans, il en tue six sur une période de douze mois.

«À notre avis, au début, il faisait probablement disparaître les corps, puis il a sans doute trouvé plus gratifiant de les placer en évidence, pour que la police enquête et pour faire parler de lui dans la presse. Les corps des six victimes n'ont pas tous été disposés de la même manière. Il a commencé par des mises en scène, les déposant sur le sol dans une certaine position, puis il a cessé de le faire... »

— Pour quelle raison ?

— Parce qu'il ne le pouvait plus. Les corps étaient congelés, il ne pouvait plus leur donner de position. Et ça aussi, c'est un changement majeur chez ce psychopathe : il congèle ses victimes parce qu'il veut les garder plus longtemps, car il prend plaisir à les posséder.

Debby, bien qu'habituée au monde de la criminalité, sentit un frisson désagréable lui traverser l'échine en pensant à ce débile qui était toujours en liberté. Il vivait quelque part dans la région. Peut-être un voisin, qui sait ? Elle se rappelait que les psychopathes peuvent se fondre dans le paysage, qu'ils ont souvent l'air de citoyens exemplaires, de collègues de bureau sympathiques.

« Je ne te raconte pas ça pour te faire peur, reprit Greg en la voyant plus sérieuse. Je veux seulement que tu comprennes que cet individu n'est absolument pas sans risque pour qui que ce soit. C'est un tueur. Et il ne pense qu'à commettre son prochain crime. Je ne veux pas que tu sois sur sa route le jour où il passera. Voilà ! Alors, tu dois faire tout ton possible pour rester éloignée de ses sentiers et des parcs peu fréquentés pendant la journée. Et bien entendu, je ne parle même pas de la nuit. C'est son bouclier, la nuit, il s'y sent à l'abri. Il sort souvent la nuit. Il doit certainement rentrer au travail avec des cernes sous les yeux. »

— Vous avez des suspects, une trace, quelque indice ?

— Pas beaucoup de choses, de toute façon. Tout ça est strictement confidentiel, tu comprends ? dit-il en la regardant sévèrement.

Debby fit oui de la tête.

Il poursuivit, plus bas :

« Les chiens ont trouvé un objet qui pourrait lui appartenir, aujourd'hui, près du chemin de fer. Il l'a sans doute laissé tomber. Il va s'en mordre les doigts, car cet objet réduit un peu le périmètre de nos recherches et nous en apprend beaucoup sur lui. Oui, il doit déjà s'en mordre les doigts, s'il s'en est aperçu. »

Il regarda l'heure et se leva à contrecœur pour éteindre le foyer au gaz. Debby, à moitié endormie, lui tendit sa main pour qu'il l'aide à se relever. Alors qu'il la soutenait en grimpant les escaliers, il se rappela qu'ils n'avaient pas discuté de leur nanny. Demain, ils le feraient sans faute au déjeuner.

20

Ils avaient contourné Calgary depuis plus d'une heure et ne se lassaient pas d'admirer les montagnes Rocheuses et leurs cimes enneigées qui culminaient à près de 3 000 mètres. Ils n'étaient plus très loin de Banff.

Sophie poussait des cris d'émerveillement, tout en fixant sur pellicule ces paysages où le vert reposant des montagnes et leurs neiges blanches éternelles se reflétaient dans les eaux turquoise des lacs, le long de la transcanadienne.

Un train de la compagnie de chemin de fer Via Rail avançait en parallèle, un peu plus bas, en suivant les berges de la rivière Bow. Les voyageurs assis dans les wagons au vitrage panoramique ne détachaient pas leurs yeux de ce paysage époustouflant.

— Nous passerons la nuit à Banff. Que dirais-tu d'un bon repas au Keg? Il paraît que c'est le meilleur restaurant de la chaîne.

François, dont le sens pratique était lié à son estomac, pensait toujours au prochain repas.

Rachel fit un rapide calcul en s'aidant de la carte routière.

« Je crois qu'il sera trop tard ce soir pour aller nous tremper dans les eaux thermales Upper Hot Springs. Tu crois que nous pourrions nous y rendre demain matin ? Je ne voudrais pas être passée si près de cet endroit sans m'y arrêter... »

François sourit. Lui pensait à manger, elle à une cure santé. Il lui montra du doigt l'affiche en bois, annonçant la ville de Banff, qui demeurait cachée aux regards.

Rachel essayait d'imaginer une petite ville, nichée au cœur des montagnes Rocheuses, entourée de stations thermales et surmontée de pics enneigés. François l'observa à la dérobée. Elle fixait la route intensément. Puis ses lèvres esquissèrent un sourire de ravissement.

Ils venaient de tourner sur Banff Avenue.

Le paysage qui apparut soudain était à couper le souffle. Au soleil couchant, une montagne enneigée avait surgi au bout de la petite route pittoresque, des nuages roses flottant sur ses sommets. Encadrée par des lampadaires et des bannières aux couleurs de la ville, l'avenue semblait sortir tout droit des montagnes.

— La montagne Cascades... Quelle beauté! murmura Rachel.

Des hôtels, des restaurants et des boutiques, respectant le même style architectural montagnard, installés de chaque côté de la route, se disputaient les touristes qui envahissaient les trottoirs, sous les lueurs du crépuscule. Les rires fusaient derrière chaque porte, faisant presser le pas aux touristes affamés à la recherche d'une auberge où il ferait bon s'installer au coin du feu.

Le cœur des montagnes Rocheuses battait dans son écrin de glaces.

* *

*

Attablée tout près du feu qui crépitait, la famille Racine profitait de l'ambiance décontractée et chaleureuse du *steak house*. Sophie, l'air grave et la tête penchée sur une feuille de papier, s'appliquait à faire un dessin avec les crayons apportés un peu plus tôt par une employée qui leur avait également servi un apéritif.

François sirotait une bière tout en regardant sa femme, qui avait opté pour un planteur, une boisson faite avec du rhum agricole de la Martinique et du jus de goyave. Un délice, si l'on en jugeait par l'expression de Rachel chaque fois qu'elle posait les lèvres sur son verre.

Sur des jeans moulants et des bottes brunes à talons, elle portait un corsage bleu au tissu léger qui laissait voir le haut de ses épaules. Un ensemble tout simple, style pirate des Caraïbes, qui avait fait se retourner bien des têtes lorsqu'elle s'était débarrassée de son manteau. Ses cheveux roux et ses yeux verts brillaient, attisés par les flammes. Ses joues rosies par la chaleur et l'effet du rhum la rendaient irrésistible. « Elle est au sommet de sa beauté », pensa François.

Il lui prit la main qu'elle ne dégagea pas.

Sophie repoussa d'une main impatiente ses longs cheveux foncés qui retombaient sans cesse sur son visage.

— Que dessines-tu ?

— Un ours noir… Il se promène dans la ville. Maman a dit tout à l'heure que la ville faisait tout juste quatre kilomètres carrés et, tout autour, c'est le parc national, avec la forêt. Il doit y avoir des ours et comme ils sont tout près, ils se baladent dans les rues de la ville.

Rachel se demandait comment les habitants de Banff cohabitaient avec les ours et les autres animaux sauvages qui devaient forcément faire parfois des incursions dans la ville.

Un serveur interrompit la discussion en se présentant à leur table, accompagné d'un employé en formation dont le regard soutenu vers Rachel attira l'attention de François. Il devait avoir 25 ans. Pas plus. Un étudiant qui payait ses études en travaillant à Banff pendant la saison estivale.

— Je vous laisse quelques minutes pour faire votre choix…

François commanda le vin pendant que Rachel se penchait sur le menu d'enfants avec sa fille.

— Papa, je veux manger un steak. Je ne veux pas du menu pour enfants. Je veux pas de spaghettis, dit Sophie, l'air insultée.

— Je vais te choisir un steak comme le mien, ça te va?

La fillette fit un grand sourire à son père. *Daddy's girl*, songea Rachel, tout en revenant à son menu.

Lorsqu'elle leva les yeux, le jeune serveur se tenait devant eux, un calepin à la main. Rachel fut frappée par l'intensité de son regard. Lorsqu'elle ouvrit la bouche, il pencha la tête dans sa direction, subjugué par son accent. Rachel, troublée par l'intérêt du jeune homme, se sentit rougir. François s'en aperçut.

Lorsqu'ils furent seuls, il se pencha vers elle et la taquina.

— Je te l'ai déjà dit que les hommes te remarquent… et en particulier les plus jeunes.

Rachel se sentait vaguement coupable d'avoir éprouvé un rare plaisir à la présence du jeune serveur… flattée de se sentir désirée à 40 ans par un homme qui avait la moitié de son âge.

Elle se demanda comment elle aurait réagi à ces avances si elle avait été seule.

Honteuse, elle rejeta vivement cette idée. Mais que lui arrivait-il, depuis quelque temps ? Elle chassa le serveur de son esprit et termina son rhum. La tête lui tournait un peu.

Lorsque les deux serveurs apportèrent leurs assiettes, elle ne leva pas les yeux, bien décidée à ne pas laisser voir son trouble. Ils s'activaient autour d'eux, l'un broyant du poivre frais sur leurs pommes de terre, l'autre râpant du fromage parmesan sur leur salade. Elle gardait obstinément la tête penchée et répondait à Sophie qui babillait sans s'arrêter.

Lorsqu'ils furent à nouveau seuls, elle redressa la tête et leurs yeux se croisèrent. Il se tenait debout, quelques tables plus loin, et il lui souriait d'un air entendu. Dans ses yeux, l'espace d'une seconde, elle vit qu'il n'avait pas été dupe de son manège. Très lentement, il porta ses doigts à ses lèvres, comme une caresse, puis il disparut. Elle demeura interdite.

Son cœur battait la chamade. Elle ne souhaitait maintenant plus qu'une chose, s'en aller très loin de cet endroit. Elle ne s'était jamais sentie aussi vulnérable, aussi facilement impressionnable.

Décidément, cette longue séparation avec François n'avait que trop duré. Il était temps qu'ils retrouvent leur intimité. Elle avait appris que beaucoup d'autres femmes avaient finalement choisi de ne pas suivre leur mari dans leur lieu d'affectation. Elles avaient échoué au test de la séparation : les six mois avaient été trop longs. Elles étaient tombées amoureuses de quelqu'un d'autre. Cela aurait-il pu lui arriver, à elle ?

— Tu es peu bavarde, es-tu fatiguée ? lui demanda François, soudain inquiet du long silence de sa femme.

— Je parle tout le temps d'habitude, mais pour changer je réfléchis. Et puis cette viande est délicieuse, juste à point, comme je l'aime.

L'atmosphère chargée se détendit un peu. En savourant leur vin, ils bavardèrent de tout et de rien. Rien concernant les prochaines étapes du voyage. Banff avait longtemps été la ville la plus à l'ouest du pays, avant la conquête. Ce soir, ils avaient envie de croire qu'ils avaient atteint les limites du Canada, une sorte de trêve dans l'odyssée qu'ils avaient entreprise cinq jours plus tôt.

Lorsque le jeune serveur revint porter la note, à la fin du repas, Rachel s'était ressaisie. Elle ne broncha pas quand leurs yeux se rencontrèrent à nouveau. En secouant sa crinière en arrière d'un air hautain, elle quitta la salle sans lui accorder un regard.

François, à qui rien n'avait échappé, admira ce qui faisait de Rachel un être unique, son caractère décidé. Et aussi sa loyauté, pensa-t-il, rassuré, en passant devant le serveur.

* *

*

Elle n'arrivait pas y croire, quelle malchance! Elle aurait dû y penser. Ils étaient en mars. Elle qui vantait le splendide lac Louise et ses eaux turquoise qui proviennent de la fonte d'un majestueux glacier…

Rachel fit la moue. Le lac était gelé. Gelé et recouvert de neige.

Elle se tenait debout près de l'hôtel, tout en haut de la pente qui menait au lac.

François s'était bien moqué d'elle et de toute la lecture qu'elle leur avait faite depuis leur départ de Banff, sur ce lac unique, au creux des montagnes. Pour le voir, Marilyn Monroe et Alfred Hitchcock avaient parcouru des kilomètres…

Il riait encore d'ailleurs, en prenant des photos de Sophie devant l'immense étendue blanche sous laquelle se cachait le lac légendaire.

L'endroit était tout de même magnifique, songea Rachel, en descendant à son tour derrière l'hôtel. Tout ce blanc des glaciers, du lac et de la forêt enneigée aurait été d'une pure beauté, si elle n'avait pas vu d'abord les images du domaine prises en été.

Sur le lac, des patineurs évoluaient sur une grande étendue de glace entretenue par l'hôtel.

L'air était vif et elle regretta de ne pas avoir emporté ses patins.

Elle n'eut pas le temps d'y penser bien longtemps : Sophie et François l'avaient rejointe et la bombardaient maintenant de boules de neige. Ils allaient voir ce qu'ils allaient voir… La poursuite les entraîna presque jusqu'au milieu du lac. De là, le glacier s'imposait dans toute sa splendeur.

Rachel se demanda s'ils étaient nombreux à l'avoir escaladé…

— Regarde maman, c'est comme le château de Cendrillon.

Sophie, qui s'était retournée, admirait, tout impressionnée, l'hôtel Fairmont Château Lac Louise. Rachel et François firent de même.

— Tu as raison ma chérie, c'est une sorte de château. Il a près de 100 ans et il abriterait des fantômes paraît-il, expliqua Rachel.

Lorsque Sophie n'eut plus la force de marcher, ils revinrent vers la voiture, un peu tristes de quitter cet endroit magique.

François avait à peine quitté la route du lac Louise pour monter sur la transcanadienne que déjà Sophie dormait à poings fermés, les joues roses d'avoir passé l'après-midi au grand air.

Rachel manipulait le GPS.

— On a pas mal de route à faire, dit-elle, pensive. Il va falloir passer par Glacier, puis Revelstoke, deux parcs nationaux... On devrait arriver à Kamloops... disons, assez tard, mais le temps qu'on a passé à Banff et à Lac Louise en valait bien la peine.

Elle fit signe en direction de la fillette épuisée, endormie contre un gros *teddy*. Une image de bonheur qui rejoindrait toutes les autres, précieusement conservées dans sa mémoire de maman.

— Tu ne regrettes pas trop tes eaux thermales? Ils ouvraient leurs portes trop tard ce matin, c'était ça ou le lac Louise...

— Écoute, on savait depuis le début qu'il s'agissait d'une traversée, pas d'un voyage, mais il faudra revenir en été pour se plonger dans les eaux sulfureuses de Banff et l'eau de glace du lac Louise.

21

— Non! Ce n'est pas possible…

Debout au milieu de la cuisine, les bras levés, il ne bougeait plus. Sur son visage, livide, une expression de stupeur. Les yeux fixes et la bouche ouverte, il venait de se rendre compte de la terrible erreur qu'il avait commise.

Lentement, très lentement, il laissa retomber ses bras le long de son corps. Il tourna la tête vers la grande armoire ancienne de bois teinte en gris qui trônait contre un mur de la pièce. Il avait pourtant fouillé partout dans les tiroirs où il le rangeait d'habitude, ouvert les portes du bas et vérifié les tablettes du haut, derrière les portes vitrées, même s'il savait pertinemment qu'il n'aurait pu le mettre à cet endroit.

Mais il n'y était pas. Il ne se souvenait pas, d'ailleurs, de l'avoir sorti de la camionnette. Il faut dire qu'il était dans tous ses états, l'autre soir. Après cette malheureuse affaire survenue rue Cordova. Il l'avait échappé belle…

Quelle idée, aussi, de s'occuper de l'autre ce soir-là! Elle aurait pu attendre. Au lieu de cela, il avait agi sur un coup de tête et brûlé des étapes. Il avait négligé de vérifier tout son matériel. Et voilà, il avait maintenant égaré un objet lui appartenant et qui pouvait éventuellement les mener jusqu'à lui.

Il respirait à petits coups. L'inquiétude lui martelait les tempes. Il lui fallait se calmer pour y voir plus clair.

Il revint vers le comptoir. Il allait se préparer une tasse de thé. Puis il referait tout le chemin qu'il avait sans doute parcouru à son retour, entre l'endroit où il stationnait sa camionnette et la maison. Il examinerait partout où il était passé : la cuisine, le salon, la salle de bains, la chambre à coucher. Il devait bien l'avoir posé quelque part...

Et s'il l'avait laissé tomber sur le sol lorsqu'il traînait le sac près du chemin de fer... Il aurait pu glisser de sa poche et il ne se serait aperçu de rien. Il faisait nuit noire et les fougères auraient amorti le bruit.

Il versa du thé dans la tasse, puis alla s'asseoir sur la causeuse du salon devant la fenêtre. Dehors, le voisin lavait sa voiture. Il allait donc prendre son temps avant de sortir. Il n'avait nulle envie d'avoir une conversation avec cet homme qui le regardait toujours d'un air inquisiteur. Ou peut-être n'était-ce qu'une fausse impression. Il devenait nerveux. Une gorgée du liquide chaud le réconforta un peu.

Non, pensa-t-il, il menait une vie normale, après tout, pourquoi cet homme nourrirait-il des doutes à son endroit? Il allait travailler tous les matins, sauf aujourd'hui. Il s'était fait porter malade. En fait, il l'était. L'angoisse ne l'avait pas quitté depuis son réveil. Il avait passé la journée au lit.

Le cri d'une chouette le fit sursauter. Il observa l'oiseau de proie, perché sur un grand boulcau, dans la forêt. Surpris, il reconnut la chouette tachetée, une espèce en voie de disparition dans la province. Pendant un instant, il fut pris de pitié pour ce magnifique oiseau qui allait disparaître...

Puis son regard se posa de nouveau sur son voisin, occupé à décoller les pétales de cerisiers japonais, qui formaient une couche épaisse sur le toit de sa voiture. Il rit de ses efforts. Il travaillait en pure perte. Ces arbres, c'était une vraie plaie. Sa défunte mère avait eu la très mauvaise idée d'en planter deux sur leur terrain, parce que leurs fleurs roses lui plaisaient. La floraison, éphémère, était encore écourtée, au printemps, par le vent et la pluie qui balayaient les pétales en quelques heures sur le sol et sur les voitures. Lui pensait toujours à garer son camion dans la rue, pour éviter d'avoir l'air d'un fleuriste lorsqu'il prenait la route.

Il avala la dernière gorgée de thé, puis il se leva. Il avait beaucoup de choses à faire avant la nuit et cet abruti de voisin qui n'en finissait plus de frotter. Il allait devoir commencer ses recherches à l'intérieur. Et il ferait ensuite le chemin inverse. D'un pas décidé, il se dirigea vers sa chambre. Beaucoup de travail en perspective... Il savoura en pensée la récompense qu'il s'offrirait ce soir.

22

— Je ne veux plus en parler.

Sylvia, étendue sur son lit, se tourna contre le mur, sous le regard inquiet d'Inga.

— Mais tu dois te souvenir… C'est très important. Je sais que tu es encore sous le choc de la mort de ton amie, nous le sommes toutes. Mais un fait demeure : Sarah a été tuée par un homme que tu as vu à deux reprises. Et tu es la seule à savoir de quoi il a l'air. Il faut que tu en parles à la police avant que d'autres filles ne soient retrouvées comme Sarah, en bordure du chemin de fer.

Sylvia se remit à pleurer. Elle n'avait pas dormi ni avalé quoi que ce soit depuis qu'Eddy leur avait appris la nouvelle, la découverte du corps de Sarah, à des dizaines de kilomètres de la ville. Il l'avait entendue aux infos de 18 h. Pour une fois, Eddy avait perdu son indifférence habituelle. Il semblait sonné. Il avait demandé aux filles de demeurer ensemble le soir et avait posé plusieurs questions en privé à Sylvia. Lorsqu'Inga était revenue, son amie était inconsolable.

Elle lui avait alors raconté les événements survenus le soir où elle était sortie seule faire un tour. Du moins ce dont elle se souvenait.

— Eddy ne veut pas qu'on en parle à la police, tu le sais. Et de toute façon, je ne me rappelle pas grand-chose. J'étais bourrée. Qui voudrait croire les quelques souvenirs que j'en ai ? Tu sais bien comment la police nous considère.

— Mais Eddy te croit bien, lui…

— Il me croit parce qu'il était là. Il l'a vu… dans la pénombre, mais il l'a vu. Et il pourrait probablement le décrire. Moi, j'étais dans les vapes. Je me souviens surtout de son corps. Il m'a tenue contre lui.

Elle eut un frisson de peur au souvenir de l'inconnu qui allait l'emmener dans sa camionnette. Si Eddy n'avait pas été là, elle aurait suivi les traces de Sarah. Elle se remit à pleurer, en imaginant les souffrances que son amie avait endurées avant de mourir.

« J'ai aussi vu des menottes… Ah mon Dieu ! J'ai échappé aux mains d'un tueur. »

— Arrête de pleurer, Sylvia, ça n'aide pas. Écoute, Eddy et toi vous l'avez vu, vous avez vu sa camionnette, et tu as aussi cette bague, qu'il t'a donnée. Tout ça peut intéresser la police. Tu devrais en reparler avec Eddy. Il ne risque rien, de toute façon. Au contraire, au rythme où vont les choses, il va perdre son gagne-pain si ses filles disparaissent les unes après les autres.

Tout en parlant, Inga prit place sur le bord du matelas et prenant Sylvia dans ses bras, la berça comme on berce une petite fille que l'on tente de consoler d'un gros chagrin.

La jeune fille murmurait des phrases incompréhensibles à travers ses sanglots. La pauvre enfant, pensa Inga, elle est épuisée. Pas en raison de ce qui vient de se produire… Épuisée par la vie, par son parcours qui ne la mène nulle part.

— Tu crois qu'elle a beaucoup souffert ?

La voix de Sylvia se brisa.

«Eddy dit que la police a eu du mal à l'identifier. Pourquoi il a fait ça?»

— Parce que c'est un monstre et qu'il nous déteste, mais il n'est pas vraiment pire que bien d'autres que nous rencontrons tous les jours, ceux qui détournent le regard ou qui nous traitent de noms, qui nous détruisent à petit feu, avec leur mépris... ou ceux-là qui abusent de nous et nous collent au fer rouge sur la peau l'étiquette de la honte.

Elle se tut un moment puis reprit :

«Non, elle n'a pas dû souffrir, elle devait être sous l'effet de la drogue lorsqu'il l'a emmenée. Comme toi, lorsque tu as failli te faire prendre.»

Elle caressait les cheveux de son amie qui s'était un peu calmée et qui la regardait attentivement de ses yeux rougis.

«Tu sais, tu devrais peut-être communiquer avec ta famille et rentrer chez toi, Sylvia. C'est probablement le meilleur conseil que je t'ai jamais donné. Fais pas comme moi, j'ai tout perdu à trop hésiter.»

Elle baissa la tête.

Elle pensait à sa famille, qu'elle n'avait jamais revue et dont elle n'avait plus jamais reçu de nouvelles. Elle ne savait pas ce qui lui ferait le plus mal après toutes ces années : découvrir qu'ils avaient finalement appris la vérité sur elle ou savoir qu'ils la croyaient morte et qu'ils ne la recherchaient plus. Ses parents devaient être âgés maintenant. Et ses sœurs, ses frères... Qu'étaient-ils devenus ?

— Sylvia, tu vas téléphoner au Québec ce soir, avant qu'il ne soit trop tard, OK? Pas un mot à Eddy, c'est notre petit secret. J'ai peur pour toi. Tu es devenue comme ma petite sœur.

Son ton s'était adouci.

— Tu as peur de quoi?

— J'ai peur de cet homme. Si tu ne te rappelles pas ses traits, lui sait de quoi tu as l'air. Et s'il est impliqué dans ces disparitions, il va penser que tu es capable de l'identifier. Il va sans doute vouloir finir le travail. Promets-moi de ne sortir de ta chambre qu'avec moi. Si je suis indisposée, tu attends ici.

— Je te le promets.

— Bon, je vais sortir faire un appel. Il me faut le numéro de téléphone de tes parents. Ce soir, Sylvia, tu vas parler avec ta mère.

Sylvia ne répondit rien. Elle se souvint que Sarah voulait toujours retourner auprès de sa famille, mais après plusieurs tentatives, plus personne n'y croyait vraiment. Ses parents avaient même effacé son nom de leur vocabulaire. Est-ce qu'elle-même existait toujours pour sa mère? Sylvia avait peur de connaître la réponse.

* *
*

Il devait partir s'il voulait être à Vancouver avant la tombée de la nuit. Il ne pouvait plus attendre.

Le voisin lui barrait toujours la route. Après avoir lavé sa voiture, il avait entrepris de nettoyer la cour avec une machine à pression. Et puis quoi encore? Tant pis, il allait devoir passer devant lui.

En sortant, il prit soin d'examiner l'entrée de la maison et fit le tour de sa camionnette.

Aucune trace du carnet. Il n'était pas dans la maison, il n'était pas à l'extérieur. Il devenait évident qu'il l'avait perdu entre son lieu de travail et sa demeure.

Le voisin, qui l'avait salué, l'observait maintenant avec intérêt, tout en dirigeant avec précision son boyau d'arrosage sur l'asphalte.

— Vous avez perdu quelque chose?

— Non, répondit-il trop vite, je vérifie la pression de mes pneus. Tout semble en ordre. Bonne soirée.

Il se dépêcha de monter dans la camionnette pour fuir le bruit de la machine.

Une fois sorti de la cour, il jeta un œil dans son rétroviseur : le voisin avait interrompu son travail et regardait dans sa direction.

* *
*

Mike stationna sa voiture dans la rue Powell, à l'angle de Dunlevy, juste en face de Tamura House, un hôtel de Vancouver où logeaient plusieurs sans-abri.

À cette heure-là, Raymond devait déjà s'y trouver. Une fois sa soupe avalée, le vieil homme était pressé de quitter le refuge et de rentrer chez lui. Il ne passait plus ses soirées à déambuler dans les rues comme lorsqu'il était plus jeune.

Raymond avait vieilli, et le nouveau confort d'une chambre toute à lui l'avait rendu un peu «bourgeois», se dit Mike, trouvant le terme tout de même un peu fort étant donné l'état de la résidence.

Devant lui se dressait un édifice ancien de quatre étages, en brique, dont le rez-de-chaussée était occupé par un petit dépanneur et un magasin d'alimentation des plus sommaires. Mike leva la tête pour regarder les fenêtres où pendaient, en guise de rideaux, des morceaux de tissus délavés qui avaient dû avoir de la classe, à une autre époque.

Le bâtiment était situé au cœur du Japantown, à deux pas du parc Oppenheimer, le seul parc rénové de l'est de la ville. Il avait autrefois servi d'hôtel pour une compagnie dont le propriétaire, un dénommé Tamura, faisait de l'import-export entre le Canada et le Japon. Le gouvernement de la province avait acheté l'édifice et l'avait rénové pour en faire des logements sociaux.

L'hôtel, géré par la Société Lookout, ne manquait pourtant pas d'intérêt, avec ses colonnes blanches et son toit d'allure artisanale. Mais il était désormais occupé par une centaine de résidents qui avaient une conception bien personnelle des mots entretien et hygiène.

Mike connaissait l'endroit pour y être allé plusieurs fois. Il savait qu'il devait s'abstenir de toucher à quoi que ce soit pendant ses visites, ne pas s'asseoir sur les chaises ou sur les lits. Et lorsqu'il rentrait au détachement, il mettait tous ses vêtements dans un sac de buanderie qu'il laissait en passant chez le nettoyeur.

Le problème numéro un de tous les refuges et hôtels résidentiels de Vancouver, c'étaient les punaises de lit, qui infestaient rapidement une pièce en se dissimulant dans les coutures des matelas et des sommiers.

Mike monta l'escalier jusqu'au 4e étage, en se félicitant d'avoir toujours conservé sa forme. Un peu essoufflé, il parcourut le corridor et trouva la porte de la chambre de Raymond. Il frappa.

Le vieil homme entrebâilla la porte avant de l'ouvrir toute grande en souriant de plaisir en apercevant son ami le policier, comme il l'appelait.

— Comment ça va Raymond ? dit Mike avec un accent prononcé.

Il n'avait pas souvent la chance de pratiquer sa langue seconde et se sentait un peu rouillé.

— Bien. Je suis vraiment content de te voir. Bienvenue chez moi. Regarde toute la place que j'ai et il fait chaud. Y'a plus personne qui m'embête.

Un large sourire éclaira son visage, laissant voir les deux dents qui lui restaient.

Raymond, dans un mouvement de bras, montrait sa chambre qui devait faire à peine 20 mètres carrés. La grandeur d'une cellule, pensa Mike. Un petit lit avec un matelas sans sommier, un minuscule lavabo, une commode. Pas de garde-robe et pas de salle de bains. Une toilette et une douche à l'étage pour tous les résidents. Mike nota les tuyaux du chauffage à l'eau chaude. La peinture écaillée et les fenêtres anciennes complétaient l'aménagement rudimentaire de cette chambre pour indigents.

Mais c'était tout de même un palais comparé aux taudis où Raymond avait vécu auparavant. Sans parler de l'entrée des commerces, où il s'installait chaque soir pour la nuit, avant d'être chassé au petit matin par les propriétaires. Ou pire encore, les ponts sous lesquels il s'aménageait un petit coin pour dormir, les soirs d'hiver, sans jamais savoir s'il se réveillerait le lendemain matin.

Cette fierté et cette reconnaissance émouvaient le policier plus qu'il n'aurait imaginé. Il connaissait Raymond depuis bientôt dix ans. Entre eux, des liens très spéciaux s'étaient tissés. Il avait toujours eu le sentiment qu'il devait prendre soin de cet homme.

À l'époque, alors que les refuges n'étaient pas aussi nombreux et organisés qu'aujourd'hui, il avait toujours tout fait ce qui était possible pour alléger le fardeau du sans-abri, qu'il avait rencontré lors d'une tournée dans le Downtown Eastside.

Avec le temps, le policier avait pris l'habitude de lui offrir un sandwich ou du chocolat qu'il achetait pour lui en se rendant dans le quartier, sous les moqueries amicales de ses collègues de travail.

Il cherchait le vieil homme pendant de longues minutes avant de finalement l'apercevoir sur le trottoir, poussant son panier d'épicerie. Et c'est avec plaisir qu'il le regardait dévorer son repas. Il éprouvait un grand soulagement, sachant que cette nuit encore il ne se coucherait pas le ventre vide.

Pendant les grands froids de l'hiver dernier, il avait demandé à Raymond de rester au refuge de la First United Church. Mais comme il ne s'y fiait pas trop, il était venu lui porter un manteau et une tuque de laine que sa femme trouvait un peu démodés. Le soir, il s'était couché le cœur en paix en l'imaginant moins misérable.

Et lorsqu'il apprenait qu'un nouveau service était offert aux démunis, il s'empressait d'aller avertir le vieil homme. C'est lui qui l'avait poussé à accepter cette chambre, le persuadant d'améliorer son sort en devenant plus sédentaire.

Mike se dit qu'il n'avait jamais passé plus de deux semaines sans avoir des nouvelles de Raymond. Il lui avait rendu visite dans les endroits les plus insalubres, les plus sordides, sans jamais éprouver autre chose que de la sympathie pour lui.

Et ce soir, il se demandait qui des deux avait fait le plus de bien à l'autre? Il se dit que le sans-abri, en lui permettant d'entrer dans son univers, lui avait fait apprécier son propre monde à lui. Il ne tenait plus rien pour acquis.

— Dis-moi Raymond, tu as du nouveau concernant la fille qui est tombée de sa fenêtre du 2ᵉ étage sur East Hasting? Tu as entendu quelque chose là-dessus?

— Ben… non, pas tellement. Plus personne en parle… Et j'ai pas revu les gars qui étaient avec elle dans sa chambre, juste avant qu'elle fasse une chute.

— Et t'as entendu parler de cette femme qui s'est fait battre pendant une heure pour une somme de 10 000 $… Tu la connais ?

— Ah ! Tu parles de Jennifer ? Elle n'est plus dans le quartier, elle a déménagé. Un soir, elle a expliqué à ses amies pourquoi elle boitait… Et puis tout le monde a fini par le savoir. Elle avait peur de faire voler son argent. Elle est partie, il y a quelques jours. Je crois qu'elle s'est trouvé une chambre à l'hôtel Avalon… Ils ne sont pas beaucoup là-bas et ils l'ont acceptée, parce qu'elle doit recevoir des soins. Depuis l'agression, elle a des problèmes de foie et de vessie, à ce qu'il paraît.

— Ce n'était pas une véritable agression, Raymond, puisqu'elle était consentante. Elle a été payée, souviens-toi. Tu sais si d'autres filles ont été approchées pour des offres du genre ?

— Non. Et Jennifer refuse de parler de son contact ou du lieu où ça s'est passé. Elle a seulement dit que le gars avait un handicap, qu'il était en chaise roulante.

Tout en parlant, Raymond se grattait les bras continuellement. Mike remarqua les points rouges sur sa peau.

— Tu dors mieux depuis que tu es ici ?

— Oui, ben, toujours mes cauchemars, mais je prends des médicaments, ça m'aide un peu…

— Bon, je vais y aller. Je repasserai la semaine prochaine. Si tu as besoin de quelque chose, tu sais où tu peux me joindre. Ah tiens, je t'ai apporté un sac de noix et des bonbons au beurre. Je sais que tu les aimes.

Raymond prit les friandises et posa sa main sur l'épaule de Mike. Le vieil homme, s'il n'en comprenait toujours pas la raison, acceptait maintenant la charité du policier, qui n'attendait rien en retour. Par un accord tacite, ils se séparèrent sans dire un mot.

* *

*

Son arrêt avait duré moins d'une minute. Elle frissonnait, sur le trottoir, dans son short jaune très court, vacillant sur ses talons hauts noirs. Il l'avait à peine regardée. Elle avait dit oui et elle était montée.

Il lui avait demandé d'attacher sa ceinture, puis il avait démarré en trombe, direction est.

Après quelques minutes de route, voyant qu'il n'arrêtait pas dans les endroits habituels, elle lui avait demandé où il l'emmenait.

«Ça, ma belle, avait-il répondu, il fallait me le demander avant…»

Il avait ricané devant le visage soudain inquiet de la jeune fille.

* *

*

Mike venait de tourner dans la rue Powell lorsqu'il vit une prostituée discuter avec le conducteur d'une camionnette noire, arrêtée le long du trottoir. Par habitude, il jeta un coup d'œil au conducteur lorsqu'il arriva à sa hauteur. L'homme lui tournait le dos en parlant avec la jeune femme.

Il soupira. Encore une autre toxicomane qui payait son vice de son corps. Il aurait pu l'arrêter pour prostitution, et le gars, pour incitation à la prostitution. Mais il aurait fallu attendre quelques minutes. De toute façon, il était tard. Il avait envie de rentrer chez lui. Il passa son chemin sans remarquer l'aile gauche éraflée de la camionnette. Pas plus qu'il ne nota le numéro de la plaque d'immatriculation.

En continuant sa route, il évita de peu un gros corbeau noir qui s'envola devant lui en croassant d'un air furieux.

23

Nicolas se servit une bière tout en allumant sa télévision. Les Canucks jouaient ce soir et il ne voulait pas manquer la partie.

Il s'étendit dans son fauteuil préféré, allongeant ses jambes confortablement sur un pouf. Il augmenta le volume du téléviseur. Après une dure journée, la voix des commentateurs sportifs avait toujours eu le même effet calmant sur lui.

À ses côtés, une petite table basse contenait tout ce dont il avait besoin pour la soirée du hockey : des ailes de poulet, des croustilles, des olives et un plateau de fromages. Un souper de célibataire qui lui remettrait le cœur, après la visite qu'il avait dû faire à la famille de Sarah James.

Lorsqu'il était arrivé à la résidence de la sœur de la victime, ses parents étaient là, de même que son frère. Ils l'attendaient. Réunis en famille pour faire face à la triste nouvelle.

Il ne se rappelait pas avoir jamais appris, au sein de la Force, la meilleure façon d'annoncer à une famille la mort d'un être cher. Il ne devait pas y en avoir. C'était toujours un terrible choc et personne ne réagissait de la même manière.

Après quelques années dans la GRC, il avait développé une méthode qui consistait à ne pas tourner autour du pot et à relater les faits d'une voix douce, mais ferme, tout en surveillant la réaction initiale. Règle générale, ils étaient toujours deux policiers pour s'acquitter de ce qui était considéré dans le métier comme la pire tâche pour un agent.

Cette fois, il était seul, puisque la nouvelle avait déjà en partie été annoncée par téléphone. Karen, la sœur de Sarah, avait accusé le coup sans rien laisser paraître de son chagrin. Il ne lui avait pas demandé de venir reconnaître le corps à la morgue puisque l'analyse des empreintes dentaires avait permis d'établir son identité.

Il s'agissait bien de Sarah James.

Il venait rencontrer les membres de la famille pour répondre à leurs questions et leur décrire, en ménageant le plus possible leur sensibilité, les circonstances du décès de Sarah. Ce ne serait pas facile.

Karen ouvrit la porte avant même qu'il n'ait appuyé sur la sonnette.

« Elle a hâte d'en finir », songea Nicolas en entrant dans la maison.

Enlacés sur un divan, les parents de la jeune femme le regardèrent entrer avec appréhension. Le couple, dans la cinquantaine avancée, donnait l'image de parents dévoués qui avaient consacré leur vie entière à l'éducation de leurs enfants, se privant eux-mêmes sans doute de beaucoup de choses. Le père ne montrait aucune émotion. Il projetait l'image d'un honnête travailleur, dur pour lui-même, exigeant avec ses enfants. Sa femme, aux traits d'une grande douceur, avait certainement toujours soutenu son mari dans ses efforts. Son visage défait exprimait toute sa peine, qu'elle contenait avec difficulté.

À ses côtés, le fils, dans la jeune trentaine, semblait mieux maîtriser ses sentiments. Nicolas se souvint qu'il avait coupé tous les ponts avec sa sœur toxicomane.

— Comment est-elle morte, Monsieur l'agent ? Nous voulons savoir.

Karen s'était assise sur un banc, près de son frère, qui acquiesça de la tête. Leurs parents se serrèrent davantage l'un contre l'autre, mains jointes.

Mais Nicolas savait déjà par expérience qu'ils ne voulaient pas savoir toute la vérité.

Ils ne voulaient certainement pas se rappeler le reste de leur vie que la petite Sarah, qu'ils avaient entourée de soins lorsqu'elle n'était encore qu'un bébé, avait, avant de mourir, hurlé de souffrance sous des objets tranchants pendant des heures.

Que la fillette pleine de joie qu'ils avaient fait sauter sur leurs genoux avait suffoqué pendant de longues minutes lorsque le tueur, désirant la faire taire, lui avait scellé la bouche avec du ruban adhésif en toile, du *duck tape*, comme on dit.

Que la jeune fille, qu'ils avaient tentée d'aider lorsqu'elle était entrée dans l'adolescence, que cette jeune fille, qui était comme la chair de leur chair, puisqu'ils l'avaient élevée, était morte après avoir reçu une dose mortelle de lave-glace dans le sang.

Que sa longue chevelure devait se trouver quelque part, cachée parmi les effets personnels du psychopathe qui avait voulu conserver un souvenir d'elle.

Il ne pouvait pas leur dire tout ça et il ne le fit pas.

Il adopta, au contraire, un vocabulaire technique qui ramenait le long calvaire de la victime en un résumé de quelques lignes, une histoire que toute la famille pourrait encaisser sans revivre continuellement l'horreur du meurtre. Sans suspect, on était encore loin d'un procès où la famille aurait droit à tous les détails les plus macabres du meurtre de leur fille. Pour l'instant, il ne déborderait pas de son rôle, celui d'annoncer la mort de Sarah le plus froidement possible.

Parce que la vie devait continuer.

— Le médecin légiste a établi que la mort s'est produite par l'injection de produits toxiques. Elle a probablement été agressée sexuellement. Elle n'a sans doute pas souffert, car les analyses sanguines démontrent des traces d'héroïne dans son sang. Elle n'était pas consciente.

Ils écoutaient le policier sans l'interrompre. Le père baissait la tête. Karen, qui avait pris place sur les accoudoirs du divan, soutenait sa mère, qui pleurait silencieusement. Ils étaient jetés à terre, mais ne seraient pas détruits. Quant au fils, qui observait ce qui se passait dans la rue, il avait l'air de se demander quand il pourrait retourner à ses affaires.

Et compte! Les Canucks venaient de déjouer leurs adversaires. Il avala une gorgée de bière et tenta de chasser l'image de cette petite famille dont l'une des leurs, même si elle était le mouton noir, venait de disparaître, cette fois pour de bon.

Il avait bien fait son travail, il fallait maintenant qu'il évite d'en faire un deuil personnel. Il ne pouvait rien changer pour celle-là. Mais peut-être ferait-il une différence pour les autres, celles dont les noms apparaissaient déjà sur la liste des prochaines victimes du tueur, dans un futur incertain. Incertain, car tout pouvait encore être changé. Il suffisait de retrouver la trace du psychopathe en suivant le fil conducteur. Car ils avaient maintenant une piste :

le carnet découvert près du chemin de fer. Il allait les conduire jusqu'à lui, jusqu'au lieu où il se terrait.

Il s'était promis de ne pas travailler à la maison, mais c'était plus fort que lui. Il se leva et regarda dans sa valise. Il sortit la copie du carnet dont l'original avait été soigneusement examiné par l'équipe médico-légale, et dont on avait retiré les empreintes, avant de le ranger parmi les pièces à conviction. Des graphologues expérimentés avaient tout de suite entrepris l'étude de l'écriture, pour en apprendre un peu plus sur l'auteur des notes.

Le propriétaire du calepin n'avait pas de dossier criminel. Il n'avait jamais été arrêté. Ses empreintes digitales, inconnues, avaient été enregistrées dans la banque de données centrale, un très grand pas en avant dans cette enquête. Bien sûr, plus de deux millions de personnes habitaient le Lower Mainland. Parmi elles, un tueur vaquait à ses occupations. « Pour l'instant, pensa Nicolas, tu es dans l'ombre. Mais commets la plus petite infraction, mon homme, celle qui nous oblige à prendre tes empreintes pour te faire passer devant le juge… et tu es pris comme un rat. »

Le calepin original mesurait sept centimètres sur dix. La couverture, rigide, était en plastique vert pâle à motif de fleurs. Des pages avaient été arrachées et seulement une dizaine de feuilles portaient des inscriptions. Quelqu'un avait griffonné de façon presque illisible des mots et des chiffres qui ne voulaient pas dire grand-chose, à première vue.

Mais à force de relire, une image se dessinait, un lien se faisait entre les pages. Le tueur avait pris soin d'inscrire, dans ce calepin, les détails de ses crimes. Il avait agi de façon méthodique en écrivant, dans l'ordre, les dates des meurtres. Il décrivait ensuite des lieux, qui devaient être l'endroit où il avait rencontré ses victimes et là où il avait abandonné leurs corps.

Une lecture qui donnait froid dans le dos. Le policier avait l'impression de se tenir derrière le psychopathe alors qu'il rédigeait ses notes, avant ou après avoir accompli ses actes morbides. Bien plus, Nicolas sentait qu'il pouvait pénétrer dans l'esprit machiavélique de ce monstre en lisant ses commentaires sur les victimes. Nicolas prit la copie du document et l'ouvrit à la page où le déclic s'était fait pour les policiers.

1 mars	21.15	Hastings-Princess	Bague : b
Mariage	23.30		
Fin de la cérémonie		2.00	
Séparation	3 mars		
9 mars	River Road /Kanaka Creek/viaduc		
-	résistance, démaquillage difficile		
+	longs cheveux noirs frisés, peau douce, robe taille exacte		
1/15			
But	95 %		

Cet extrait aurait pu s'intituler : Sarah James. Car il s'agissait bien d'elle. La jeune prostituée avait effectivement disparu au coin des rues East Hastings et Princess et son corps avait été retrouvé cette semaine à l'emplacement indiqué.

Le reste était du domaine de la démence. Cet homme était vraiment malade, et il ne s'arrêterait pas.

Nicolas avait discuté avec ses collègues à propos de ces indications de mariage et de cérémonie. Il semble que le psychopathe considérait la prostituée comme une jeune mariée, l'enlèvement avait donc lieu le jour de la cérémonie.

Le policier avala une gorgée de bière qui passa difficilement. La fin de la cérémonie devait correspondre à l'heure de la mort de la mariée. Lorsque Sarah était montée à bord du véhicule du tueur, il lui restait moins de cinq heures à vivre.

Le mariage avait eu lieu à 23 h 30. Que s'était-il passé à partir de ce moment-là? Entre le mariage et la fin de la cérémonie? Une idée commença à germer dans son esprit. Il compta mentalement. Un délai de deux heures et demie. Était-ce bien cela? Une vision d'horreur le frappa en pleine figure. Sarah avait été torturée pendant deux heures et demie avant que la mort ne vienne la délivrer de son mari diabolique.

Il relut chacune des lignes et ses yeux se posèrent sur l'heure de l'enlèvement. 21 h 15. Le mariage n'avait pas eu lieu avant 23 h 30. À supposer que le tueur ait eu quelques préparatifs à faire avant 23 h 30… Cela laissait tout de même la possibilité qu'il ait fait au moins une heure de route entre le Downtown Eastside et l'endroit où il avait emmené la fille. Une heure de route, peut-être même un peu plus… Entre une heure et une heure et demie. Cela semblait raisonnable. Il fallait définir sur une carte ce que cette distance donnait comme destination, dans toutes les directions. Il ferait cela dès demain.

Tout en passant sa main sur sa tête rasée, Nicolas se forçait à lire d'une autre manière. Il balayait des yeux les symboles qui noircissaient la page en se mettant à la place de l'esprit malade qui avait produit ce résumé.

Robe taille exacte. Le psychopathe avait dû obliger la jeune fille à revêtir la robe de mariée… ou l'habiller lui-même. Dans le cas de Sarah, la robe lui allait parfaitement, ce qui semblait lui plaire. La même robe pour toutes. Il devait donc l'enlever à un certain moment, pour ne pas l'abîmer. Et il les démaquillait. Pourquoi ? Les prostituées étaient toujours outrageusement maquillées. Il ne devait pas aimer ça. Il voulait qu'elles aient un visage sans maquillage, propre, pur.

Nicolas, le regard au loin, se mit à réfléchir. C'était ça, il recherchait la pureté liée au mariage. Il avait un problème avec la pureté.

Le policier se demanda si les filles s'étaient laissées faire, jouant le jeu de la mariée comme elles jouaient les jeux de tous les pervers qu'elles rencontraient dans la rue. Elles portaient déjà la bague, elles enfilaient la robe, puis il les démaquillait. Leur brossait-il les cheveux ? Elles avaient probablement été amusées d'être l'objet d'autant d'attention. Il leur avait peut-être fait répéter la promesse de mariage, qui sait ? Elles avaient ri de lui, dans leur for intérieur, mais elles avaient sans doute collaboré, jusqu'à ce qu'elles se sentent menacées.

À quel moment, se demanda-t-il, Sarah et les autres avaient-elles compris que l'homme était fou et qu'elles ne sortiraient pas vivantes de cette cérémonie ? Il ne pouvait le dire… Ce dingue avait posé un geste qui avait définitivement scellé leur sort.

Nicolas revint au carnet et son attention fut à nouveau éveillée par la date de la séparation. Mais que voulait-il dire par séparation ? Dans le cas de Sarah, elle survenait deux jours après son enlèvement. Peut-être avait-il gardé le corps de la jeune femme près de lui tant que cela avait été possible ? Puis l'odeur l'avait sans doute forcé à le placer dans un congélateur, comme les analyses des experts le démontraient. D'où la séparation. Ce mot, choisi par le tueur, laissait entendre un déchirement, un moment difficile à passer. Il ne voulait pas se séparer de Sarah. Et il avait mis six jours avant de finalement abandonner le corps de Sarah sur le talus où il avait été découvert.

Il s'était attaché à Sarah.

Nicolas passa une main sur sa nuque. Non, il ne divaguait pas... même s'il avait l'impression d'être en plein délire. Sarah avait obtenu la note finale de 95 %. Il tourna les pages pour comparer son résultat avec celui des autres. Elle avait eu la plus haute note. Les autres victimes n'avaient jamais dépassé 80 %. Sarah lui avait fait atteindre son but à 95 %. Mais quel but ?

Et il y avait cette cote de 1 sur 15 qui ne laissait plus aucun doute maintenant sur le nombre de victimes. Sarah, une fois encore, avait le mieux performé à ses yeux de dément.

Nicolas ferma son téléviseur. Les Canucks l'avaient emporté 4-2. Mais il avait manqué les meilleurs moments de la partie. Il rapporta dans la cuisine son plateau de repas, auquel il avait à peine touché.

De retour au salon, il reprit la copie du carnet. La première chose dont Pierre Levac et lui-même s'étaient assurés, lorsqu'ils avaient eu ces notes entre les mains, avait été de vérifier si les indications du carnet menaient à une victime dont le corps n'aurait pas été retrouvé. Mais ce n'était pas le cas. Il n'était fait mention que des six dernières victimes, dont les cadavres avaient tous été découverts. Le tueur devait avoir procédé autrement pour les autres filles. L'idée de conserver des notes sur ses victimes lui était probablement venue plus tard. La dernière note du carnet les avait cependant fait sursauter.

Il tourna les pages jusqu'à la dernière, qui était différente... et incomplète.

9 mars Sylvia   Bague : r

Mariage

Fin de la cérémonie

Séparation

+

-

/15

But

Cette fois, le nom d'une fille apparaissait. Le psychopathe connaissait sa prochaine victime et avait déjà réservé sa bague.

*   *

*

Une jeune fille, les cheveux rasés, avançait vers lui. Le visage blanc et les lèvres exsangues comme celui d'une morte. Elle flottait plutôt qu'elle marchait dans une robe de mariée blanche et la bague rose qu'elle portait au doigt brillait dans l'obscurité. La bouche ouverte sur un long cri, elle s'accrocha à lui, lui enfonçant ses ongles dans la poitrine…

Il se réveilla en sursaut, trempé de sueur, le cœur battant à tout rompre. Nicolas regarda l'heure sur sa montre bracelet. 3 h. Il avait mis des heures avant de s'endormir, pour finalement s'enfoncer dans un sommeil agité. Il grimaça en repensant au visage de cette fille. Repoussant les couvertures, il se leva en pestant. Cette enquête ne le laissait plus en paix.

Il alla dans la cuisine et se servit un grand verre de lait. Sa mère disait toujours qu'il fallait faire chauffer le lait pour qu'il ait un pouvoir soporifique. Tant pis... Il avala son lait froid d'un trait.

Il aperçut le carnet qu'il avait déposé sur la table du salon avant d'aller au lit. Il résista à l'envie de l'ouvrir. De toute façon, il connaissait par cœur les quelque 56 courtes phrases qu'il contenait. Et une seule d'entre elles revenait sans cesse lui tirailler l'esprit, comme un leitmotiv qui n'en finissait plus... Sylvia... 9 mars... bague r.

Cette Sylvia, le tueur l'avait rencontrée ou devait la voir le 9 mars. Et la bague qu'elle devait porter était rose. 9 mars, c'était la date où il avait perdu son carnet en allant déposer le corps de la 6e victime. Il avait donc prévu un mariage ce soir-là. Avait-il agi par anticipation ou ces notes avaient-elles été prises après coup? La perte de son carnet l'aurait alors empêché d'inscrire les détails manquants... Est-ce que cette Sylvia était toujours en vie? Nicolas l'espérait. Une prostituée du Downtown Eastside qui s'appelait Sylvia. Ce ne serait pas facile à trouver. Mais il fallait essayer. La vie de cette fille en dépendait.

Il s'allongea sur son lit, les bras derrière la nuque, mesurant d'un seul coup l'ampleur de sa solitude. À 28 ans, sa vie se déroulait essentiellement au détachement, où il passait de longues heures à mener de front plusieurs enquêtes et à s'entraîner avant de finalement rentrer chez lui. Il ne sortait pas avec ses collègues célibataires. Il n'avait pas beaucoup d'amis et ne se sentait pas attiré par les femmes qui croisaient sa route.

Nicolas porta ses mains à son crâne rasé et se massa les tempes.

Sa solitude, se dit-il, ne lui avait pas été imposée.

Il avait choisi d'être seul pour échapper à ces amours banals qui étaient le lot de tous ces camarades. Cette femme, celle dont il rêvait, existait-elle vraiment dans le monde réel ? Cet amour intense, unique, délirant, auquel il aspirait, n'était-ce que le produit de son imagination ? Et si cet amour profond prenait vie pourrait-il jamais envisager de le perdre ?

Y a-t-il quoi que ce soit en ce monde qui n'ait pas une fin ?

Il s'assoupit peu à peu… Ses yeux se fermèrent. Sa dernière pensée fut pour cette femme inconnue, dont le destin filait à toute allure dans sa direction.

24

Greg McLeod raccrocha le téléphone. Il se leva et demeura debout sans bouger dans l'encadrement de la porte de son bureau, observant le travail des enquêteurs. Il fit signe à Pierre Levac qui venait de l'apercevoir.

— Je viens de parler avec François Racine. Il est arrivé à Vancouver. Il va faire de son mieux pour passer au détachement cet après-midi. Vous vous rappelez que vous allez faire équipe ensemble pour les six prochains mois?

Pierre fit oui de la tête. Le sergent-major poursuivit.

«Vous savez où est Nick?»

— Il est allé rencontrer Lucy Campbell, de la police de Vancouver. Il tente de retrouver une certaine Sylvia qui vivrait dans le Downtown Eastside, répondit Pierre, sans s'interrompre devant l'air étonné du sergent. Son nom est mentionné dans le carnet. Nous croyons qu'elle pourrait devenir la prochaine victime du tueur, si ce n'est déjà fait. Je suis resté ici, car je monte une carte des allées et venues possibles du psychopathe en fonction des informations que nous avons recueillies dans ses notes.

— Bon, puisqu'il voit Lucy Campbell, il va apprendre la nouvelle et tu dois en être informé également : une autre fille est portée disparue du Downtown Eastside depuis hier soir. Elle s'appelle Heather… Elle a été vue pour la dernière fois dans la rue Powell où elle est montée dans le véhicule d'un client. C'est la gardienne de ses deux enfants qui a alerté la police ce matin.

Pierre Levac leva un sourcil sans faire de commentaires.

« Oui, cette fille a un bébé de huit mois et une fillette de quatre ans. Ils habitent un appartement dans la rue Alexander, tout près du viaduc Heatley. Un endroit sordide pour élever des enfants, mais elle était à deux pas de son travail, soupira McLeod avec lassitude. »

— Bon, on va travailler là-dessus. Et prévenez-moi lorsque Racine arrivera. J'ai bien hâte de le connaître… Et il ne manquera pas d'ouvrage.

— Il ne sera pas là avant une heure ou deux, il était au restaurant avec sa femme et sa fille, lorsqu'il a téléphoné. Il doit aller les installer dans un hôtel de Coquitlam, puis il viendra faire son tour.

* *

*

La pluie s'était mise à tomber dès leur arrivée en Colombie-Britannique, après sept jours de voyage sous un ciel sans nuages. Apparemment, la carte de visite de la province, pensa Rachel, en observant le paysage, au rythme du balayage des essuie-glaces.

Dès leur départ de Kamloops ce matin, le temps gris et la pluie abondante avaient un peu gâché leur plaisir d'arriver enfin à destination. Sophie était fatiguée et elle ne savait plus comment passer le temps, enfermée dans le 4Runner. Rachel tentait de la distraire, mais c'était peine perdue : l'enfant avait eu sa dose de route, et pour longtemps.

Mais ils allaient bientôt arriver.

En traversant ce qui devait être le fleuve Fraser sur le pont Port Mann, ils aperçurent les grands édifices de Burnaby. Sur le moment, excitée, Rachel avait cru qu'il s'agissait de Vancouver. Mais en regardant sa carte, elle avait réalisé qu'ils étaient encore beaucoup trop loin pour voir la ville.

François avait ri.

— Je croyais que tu n'aimais pas la grande ville, avait-il dit en se moquant un peu.

— Je n'ai jamais dit que je n'aimais pas Vancouver, j'ai dit que je n'aimerais pas y vivre, c'est tout.

Ils roulaient maintenant dans la municipalité de Coquitlam, aux limites de Burnaby. Ils s'arrêtèrent bientôt devant l'hôtel et sortirent du véhicule, heureux de pouvoir se dégourdir les jambes.

« J'ai l'impression d'avoir vieilli de 5 000 kilomètres, gémit Rachel, en se frottant le bas du dos. »

— Tu as effectivement 5 000 kilomètres de route dans le corps, ma chérie. La bonne nouvelle, c'est que nous sommes au terminus. Et c'est la dernière corvée de bagages que tu me vois faire de la semaine, répondit François, en attrapant les valises les unes après les autres pour les mettre sur un chariot.

— Erreur, nous devrons les mettre de nouveau dans le coffre lorsque nous aurons trouvé notre maison, rappela Sophie, avec son sens pragmatique habituel.

— Tu as raison mon poussin. Viens, je t'offre un tour gratuit de chariot à bagages.

La petite ne se le fit pas dire deux fois et sauta sur le chariot, en criant à son père d'aller plus vite.

Rachel les suivait de loin, soudain très lasse du voyage. Ils étaient dans l'ouest profond, à l'ouest de l'ouest, là où plus rien ne correspondait à ce qu'ils avaient connu jusqu'ici. Mais comment tout pouvait-il avoir changé en seulement une semaine ? On était pourtant toujours au Canada…

Au cours de la dernière heure, ils avaient d'abord quitté la transcanadienne, cette route qui les avait menés à bon port. Ils avaient traversé le pays d'est en ouest sans vraiment voir de changement, enfin pas trop… Difficile de sentir les différences sur une autoroute.

En entrant dans la région vancouvéroise, où la circulation devenait très dense, ils n'avançaient plus que pare-chocs contre pare-chocs. C'est à Coquitlam et Burnaby qu'ils avaient eu leur premier dépaysement. Rien que des inscriptions en anglais. Partout. Langue seconde : mandarin.

Des restaurants chinois arboraient des affiches rouges et noires aux symboles absolument incompréhensibles pour eux. Sophie ouvrait des yeux étonnés et ne disait mot. Aux passages pour piétons, une foule bigarrée traversait la voie. Des Canadiens anglais, mais beaucoup d'Asiatiques et d'Indo-Canadiens enturbannés.

Rachel observait en silence. Elle s'imprégnait de l'ambiance de son nouveau pays. C'était ça, ils avaient déménagé dans un nouveau pays.

Pas un seul nom d'épicerie qu'elle puisse reconnaître, même chose pour les pharmacies. Il faudrait identifier les bannières, plus tard, pour s'y retrouver. Et tous les restaurants auxquels ils étaient habitués avaient disparu, mis à part les chaînes américaines.

Ils avaient d'ailleurs tellement faim, à leur arrivée, qu'ils étaient entrés dans le premier restaurant qui leur semblait attirant. Elle se mit à rire… Elle revoyait l'air ébahi des clients lorsqu'ils avaient débarqué dans le restaurant chinois. L'endroit était fréquenté par des Asiatiques. Aucun Blanc dans la salle. Le menu, en mandarin, ne leur avait pas été d'une grande utilité. Ils avaient finalement demandé l'aide de la serveuse qui leur avait commandé les plats les plus populaires. Ils lui avaient fait confiance, en espérant que ce ne serait pas trop relevé. Contre toute attente, ils avaient bien mangé et les mets étaient savoureux.

Ils s'en étaient pas trop mal sortis, somme toute, jusqu'au moment où Rachel s'était rendue à la caisse pour payer l'addition. Dans un anglais approximatif, elle avait demandé un reçu. L'air effaré de la caissière l'avait fait douter de son anglais. Sophie, morte de rire, s'était moquée :

— Maman, tu as demandé la recette au lieu d'un reçu.

Elle avait dit *recipe* au lieu de *receipt*. Eh bien, tant pis, se dit-elle, ce ne serait sans doute pas la dernière erreur qu'elle ferait en Colombie-Britannique.

* *

*

Leur chambre donnait sur une piscine spacieuse dont le décor était enchanteur. Une jolie hutte en paillis, servant de base à un jacuzzi, était accessible par un pont en cordes. Des palmiers en pot, des plantes tropicales et des cages d'oiseaux exotiques donnaient à l'ensemble un air de forêt amazonienne qui leur plut d'emblée.

— Maman, c'est la plus jolie piscine de toutes celles que nous avons eues au cours de la semaine… Je veux y aller maintenant, dis oui, s'il te plaît, dis oui…

— Mais c'est exactement ce que nous allons faire, trésor, nous allons enfiler notre maillot de bain et nous prélasser dans cette magnifique piscine, pendant que ton père va se rendre à son détachement. Tu viendras nous y rejoindre à ton retour, si tu n'arrives pas trop tard, dit Rachel, avec un clin d'œil complice en direction de sa fille.

— Je suis bien content que la piscine vous plaise. Je vais partir tout de suite, comme ça, je rentrerai plus tôt. Je devrais en avoir pour deux heures environ.

Comme il se hâte, se dit Rachel en le regardant revêtir un pantalon et une chemise propres. Il est heureux, il sait où il va, il a atteint son but. Il est attendu. Mais nous, est-ce que quelqu'un nous attend?

Tout en cherchant son maillot dans la valise, Rachel réalisa tout à coup l'étrange situation dans laquelle sa fille et elle-même se trouvaient. Elles n'avaient pas encore de maison, personne ne l'attendait au boulot, et personne n'attendait Sophie à l'école. Toutes les deux auraient presque pu disparaître sans que quiconque s'en aperçoive, expulsées hors du temps. L'une n'apparaissait plus dans les registres scolaires, l'autre était sans travail, toutes deux sans adresse, sans amies. Elle eut le cœur serré en regardant Sophie enlever fébrilement ses vêtements pour mettre son maillot de bain. Elle était encore si petite, avec son corps frêle, ses épaules et son dos où les os saillaient, ses genoux et ses bras où des ecchymoses bleuies, sans doute dues aux chutes lors de jeux à l'école, apparaissaient. Si fragile, mais si courageuse.

Et elle se réjouissait de passer les prochaines nuits dans cet hôtel avec une piscine de rêve.

Rachel se dirigea vers la salle de bains pour aller se changer. Déjà, Sophie se tenait sur le pas de la porte, la main sur la poignée. Elle n'allait pas lui enlever son plaisir.

Elle-même avait bien besoin d'aller se détendre. Au cours des prochains jours, toute son énergie serait sollicitée, pour poursuivre la course à obstacles qu'était devenue sa vie.

* *

*

Il serrait des mains et essayait tant bien que mal de se rappeler tous les noms et tous les visages qui l'entouraient. C'étaient les membres de sa division. Des figures sympathiques, des poignées de main vigoureuses et sincères.

Il avait déjà rencontré le sergent-major Greg McLeod, qui lui avait parlé à peine quelques minutes, son téléphone ne dérougissant pas. Il l'avait confié au policier Pierre Levac, en lui souhaitant la bienvenue au sein de l'équipe.

« Levac, avait-il dit, est d'origine québécoise et, à ce titre, il vous aidera, au cours des six prochains mois, à vous intégrer dans l'équipe. Mais je souhaite que vous discutiez le plus souvent possible en anglais, pour vous habituer à la langue. Ne profitez pas de votre bilinguisme pour vous en tenir au français entre vous… je n'aimerai pas ça, ni les autres d'ailleurs. Ici, tout se fait en anglais. Tant mieux pour vous si vous vous exprimez dans les deux langues officielles du pays, mais vous devez d'abord travailler en anglais. Levac, mettez-le au courant concernant vos dossiers de disparitions. »

L'arrivée d'un autre policier interrompit le sergent, qui s'empressa de faire les présentations. Il s'appelait Nicolas Higgins. Ils allaient travailler ensemble. Le sergent les quitta alors qu'il recevait un autre appel.

François fut rapidement mis au courant de ce qui se passait dans le Downtown Eastside, l'affaire des prostituées disparues et du meurtrier en série. Pendant plus d'une heure, Pierre Levac et Nick discutèrent de leurs dossiers, analysant la carte des déplacements du psychopathe et relisant des extraits du carnet de notes.

— Est-ce qu'on a des nouvelles de la dernière en liste, cette Heather ? Est-ce qu'elle a fini par rentrer ?

— Non, et ça regarde très très mal… Lucy me disait ce matin que, selon sa gardienne et sa famille, elle n'a jamais découché. Bien sûr, elle fait un métier dangereux et les risques sont énormes, étant donné qu'elle est à son compte. Mais elle adorait ses deux petits. Elle ne les aurait jamais laissés comme ça. Elle prévenait sa gardienne du moindre retard. Elle dirigeait son métier comme une femme d'affaires. C'était sa façon à elle de gagner de l'argent pour faire vivre ses enfants. Elle ne travaillait qu'à mi-temps, elle était avec son bébé et sa fille la moitié de la semaine. La gardienne venait du jeudi au dimanche. Ah ! un autre point : elle ne consomme pas de drogues. Du moins pas depuis qu'elle a ses enfants.

— Bon, alors au rythme où vont les choses, le tueur semble avoir accéléré la cadence des meurtres.

— Et de beaucoup… Écoute, il est passé d'une fille par année, à une par mois et maintenant il fait un enlèvement par semaine.

— Si, bien sûr, il a quelque chose à voir avec les dix premières disparues. On n'a jamais retrouvé leurs corps. Mais il est vrai qu'au cours des derniers mois, il a multiplié ses crimes et que sa rage augmente également. On le voit par l'état du corps des victimes. De la première à la sixième, les blessures sont de plus en plus importantes.

175

— Les statistiques le démontrent, il est sur le point de se faire prendre. Il va commettre de plus en plus d'erreurs… Quelqu'un va le prendre sur le fait, c'est inévitable.

François écoutait ce dialogue, dont il ne faisait pas partie. Il se sentait étranger à ce film d'horreur dans lequel ses deux collègues jouaient un rôle important. Il pensait à ces femmes disparues. À ce dangereux criminel en liberté dans la région où il emménageait avec sa propre famille. Il avait entendu parler du taux de criminalité qui était élevé dans l'Ouest, mais il n'avait pas imaginé que son métier le ferait pénétrer si rapidement au cœur d'une telle violence.

Perdu dans ses pensées, il n'entendit pas la question que lui posa Levac en anglais. Les deux policiers avaient cessé de parler. François se redressa, surpris. Levac lui reposa la question, cette fois en français.

— Je te demandais si tu voulais venir avec moi sur le terrain. J'aimerais aller voir les lieux où la dernière fille a disparu et te faire visiter, du même coup, le Downtown Eastside. Ce n'est pas notre territoire, mais nous travaillons conjointement avec la police de Vancouver sur cette enquête.

— Oui, bien entendu. Je vais seulement prévenir ma femme que j'arriverai plus tard.

Levac et Higgins le regardèrent s'éloigner un peu pour faire un appel sur son téléphone cellulaire.

— Tu crois qu'il sera capable de suivre… Après tout, il est nouveau dans la police, et il vient de débarquer ici, le monde est différent dans l'Est. Il avait l'air assez impressionné… Et puis, il y a la langue, il a un accent très prononcé.

— Nick, on a tous un jour commencé dans ce métier. Il va faire comme tout le monde, il va s'adapter. Rappelle-toi mes débuts… J'arrivais directement de l'école de la

GRC à Regina, ils m'ont envoyé ici. Je parlais à peine l'anglais. Donne-lui une chance, il est arrivé il y a seulement quelques heures. Il a en plus une famille à installer au cours des prochains jours. Si la GRC t'avait envoyé travailler dans un détachement de Montréal, en français...

— Oh! C'est bien simple, j'aurais refusé..

— Ben, tu vois...

François, le front soucieux, revenait vers eux.

— C'est correct, on peut y aller?

Levac avait noté l'embarras de son nouveau coéquipier.

— Oui, c'est juste que j'ai une tonne de choses à faire d'ici deux jours, avant que le camion de déménagement arrive dans la province... Je dois trouver une maison... Heureusement, dit-il avec un pauvre sourire, que j'ai une femme compréhensive, mais je crois qu'elle commence à se demander où les déménageurs vont poser nos meubles.

Levac regarda Higgins sans dire un mot, mais avec un air qui en disait long. Ils se dirigèrent vers le garage.

* *
*

Elle était furieuse. Ils devaient aller visiter dans la soirée une maison à louer à Maple Ridge. Comme François avait décidé de rester plus longtemps au détachement, elle avait dû remettre la visite au lendemain matin, ce qui n'enchantait manifestement pas le propriétaire. Il y avait d'autres personnes intéressées à occuper les lieux et il devait prendre une décision rapidement. Rachel avait réussi, heureusement, à le faire patienter encore quelques heures. L'idée de louer sa maison à la famille d'un policier le tentait beaucoup.

Mais voilà, c'était ce même policier qui allait peut-être leur faire perdre une occasion en or... Si le prix du loyer était considéré comme exorbitant au Québec, Rachel le trouvait tout de même raisonnable, comparativement au marché dans la région.

Elle ravala sa rancœur. Si elle ne pouvait rien faire d'autre qu'attendre, autant en profiter pour aller se promener un peu aux alentours.

Prenant Sophie par la main, Rachel sortit de l'hôtel en se demandant si elle devait attendre François ou s'il ne serait pas préférable qu'elles aillent souper.

Une fois dehors, le passage du *skytrain* attira leur attention. Elles s'arrêtèrent quelques minutes dans la North Road pour admirer le train qui passait juste en face de l'hôtel. Son bruit assourdissant allait crescendo au fur et à mesure que sa vitesse augmentait. Impressionnée par le style et la conception du métro automatique, Rachel expliqua à Sophie que ce type de train circulait sur des lignes aériennes, d'où son nom. Le *skytrain* avait été mis en service juste à temps pour l'ouverture de l'exposition internationale de 1986.

— Wow, il est vieux alors, je n'étais même pas née...

— Non, bien sûr ma chérie, le *skytrain* a été inauguré il y aura bientôt 25 ans. Et Vancouver, ajouta-t-elle, possède le plus long réseau de trains automatiques au monde, avec plus de 68 kilomètres de lignes. Et ils ont aussi le plus long pont exclusivement réservé au métro : on l'appelle le *skybridge*. Il traverse le fleuve Fraser.

— Est-ce que le train peut tomber des rails ? demanda Sophie, l'air inquiet.

— Non, ce n'est jamais arrivé, du moins pas ici. Et comme il n'y a pas de neige ou presque pas l'hiver, ils ne doivent pas non plus avoir à dégager les voies. Un *skytrain* aurait été un choix impossible à Montréal, imagine… C'est pour ça que le métro est construit sous la terre dans les régions nordiques.

— Oh maman, je veux aller faire un tour dans le *skytrain*.

— On aura sûrement l'occasion d'y aller, mais pas maintenant. On va plutôt se diriger vers ce petit mail, là-bas… On va demeurer du côté de l'hôtel, on s'éloignera pas trop, on connaît pas le quartier.

Elles avançaient sans se presser vers les magasins dont les affiches étaient toutes en mandarin. Décidément, se dit Rachel, nos premières expériences, depuis notre arrivée, se font du côté de la communauté chinoise.

Sophie se serra soudainement contre sa mère. Couché sur le trottoir, un vieil homme à l'allure repoussante tendait la main vers elles, leur demandant l'aumône d'une voix éraillée. Rachel poursuivit son chemin en entourant sa fille de son bras. Ça aussi, se dit-elle, il faudrait s'y faire.

— Maman, je veux retourner à l'hôtel. J'aime pas ça être en Chine. Et j'ai peur.

Rachel rit devant la mine déconfite de la fillette.

— On est pas en Chine, ma chérie, mais les Chinois sont nombreux à Vancouver. En fait, il y a beaucoup d'Asiatiques, et beaucoup d'Indiens et aussi des Européens. Et ces gens-là ont leur communauté, leurs restaurants, leurs magasins… Tu verras, tu vas t'y faire et ce sera très intéressant pour toi. Tu connaîtras des gens de toutes les nationalités au bout d'un moment.

— Mais où ils sont nos restaurants et nos magasins en français, à nous les Québécois?

— Eh bien, ça je ne peux pas te le dire maintenant. Il faudra les trouver, s'il y en a, bien entendu… Viens, rentrons.

25

Ils roulaient en direction est sur Mary Hill Bypass depuis quelques minutes lorsqu'ils traversèrent le pont Pitt River. La ville était loin derrière et le paysage avait soudainement changé. François et Sophie n'en finissaient pas de s'extasier sur les montagnes aux sommets enneigés qui formaient une vaste chaîne plus au nord. Les majestueuses Golden Ears.

Rachel jeta un coup d'œil furtif à son mari, qui n'avait pas été bien loquace au déjeuner. Il était rentré tard en soirée, bien après que Sophie et elle eurent terminé leur baignade nocturne dans la piscine, après finalement un bon souper au restaurant de l'hôtel. Il avait mangé un sandwich avec ses collègues, lui avait-il dit, l'air soucieux, en réponse à sa question. Elle lui avait demandé ce qu'il pensait du détachement, mais il avait répondu qu'il était fatigué et qu'ils devaient tous se coucher tôt, en prévision de la visite à Maple Ridge du lendemain matin.

Sophie, avec force détails, lui avait raconté leur promenade de l'après-midi et sa peur lorsqu'elle avait vu le sansabri. François avait regardé sa femme en silence. Plus tard, lorsqu'elle sortit de la douche, la tête enturbannée, elle le trouva étendu contre sa fille, caressant les cheveux de la petite, endormie. Il leva la tête vers elle.

— Il faudra faire très attention, Rachel, lorsque vous vous promenez sans moi. Ici, ce n'est pas Saguenay. Tu as dû le remarquer. Il y a toutes sortes de gens, et certains sont dangereux. Je te recommande une extrême prudence lorsque tu sors. Quant à Sophie…

«Et puis quoi, encore, songea Rachel, en essorant sa chevelure dans la serviette. Et qu'est-ce que j'étais censée faire, moi, pendant qu'il nous laissait ici, dans cet hôtel. Ne pas en sortir, j'imagine? Eh bien, ça va être une vraie partie de plaisir de vivre dans cette région.»

* *
*

Ils avaient ralenti, la circulation devenait plus dense. À Pitt Meadows, ils passèrent devant un grand terrain de golf qui s'étendait sur plusieurs hectares le long de la route Lougheed.

Le GPS indiquait encore 20 minutes avant leur destination. La pluie avait cessé lorsqu'ils étaient partis de l'hôtel le matin, mais le sol et la végétation luisaient d'humidité.

— Nous sommes à Maple Ridge, maman, j'ai vu l'affiche. Je sais pourquoi ils ont donné ce nom à la ville. C'est parce qu'il y a beaucoup d'érables ici. C'est marqué dans ton livre.

Rachel sourit. Il est vrai que les érables à grandes feuilles étaient uniques à cette province, se dit-elle. Des feuilles gigantesques… Mais pour l'instant, les arbres ne portaient que des bourgeons.

Ils étaient maintenant entrés dans le centre-ville de Maple Ridge. Quelques petits mails et deux centres commerciaux sans importance semblaient constituer l'essentiel des services, avec quelques magasins spécialisés et les principales chaînes de restauration rapide.

À première vue, la ville de 75 000 habitants avait l'air de surgir d'une autre époque. Une série d'édifices, qui semblaient sortis tout droit du Far West, étaient alignés le long de la route, tel un décor de film. Sur la terrasse d'un restaurant de patates frites des années 50, trois hommes portant un chapeau de cuir sirotaient une boisson gazeuse en regardant passer les voitures.

— Regarde maman, des cow-boys!

François et Rachel retinrent un sourire devant l'enthousiasme de leur fille.

On leur avait dit que Maple Ridge était en pleine expansion, compte tenu du prix élevé des habitations à Vancouver. Plus on s'éloignait de la mer, plus les prix étaient abordables. Mais les infrastructures de la ville semblent avoir du mal à suivre le rythme accéléré de la construction des maisons, pensa Rachel.

Ils venaient de tourner sur Tamarack Lane et le GPS indiquait qu'il n'était plus qu'à quelques minutes de leur destination.

Au détour du chemin, Rachel et Sophie s'extasièrent d'une même voix : une rangée de cerisiers japonais tendaient leurs bras chargés de fleurs roses vers le ciel, alors que le sol était couvert d'un épais duvet de pétales. Des fleurs continuaient de tomber doucement en cascade, sous la brise du vent. Des reflets blancs et argentés donnaient à la scène un air de jardin d'hiver. Une vision magnifique dont on ne pouvait détacher les yeux.

On appelait cette fleur sakura, en japonais. Une fleur qui rappelait la beauté éphémère de la vie. L'âme des soldats morts au combat se réincarnait dans les fleurs de cerisiers. C'était du moins ce que le gouvernement japonais affirmait pendant la Seconde Guerre mondiale, murmura Rachel, tout en dévorant le paysage des yeux.

« Vous êtes arrivé ! »

La voix de la dame dans le GPS, comme l'appelait Sophie, la ramena à la réalité.

Devant eux, au 108 Loop, se dressait une maison de brique beige entourée d'arbres dont le prolongement s'enfonçait dans la forêt. « Le parc Kanaka Creek commence ici, dit Rachel à l'intention de François, c'est un parc national. »

Sur le toit de la maison, des rouges-gorges les regardaient descendre de la voiture. Plus haut, perché au sommet d'un thuya géant qui gardait l'entrée du parc, un geai de Steller leur souhaita la bienvenue de son cri perçant avant de s'envoler dans un claquement d'ailes. Rachel regarda, fascinée, ses longues plumes noir et bleu traverser le ciel. L'arbre et l'oiseau, deux emblèmes de la Colombie-Britannique.

Rachel vit cela comme un bon présage et se dirigea résolument vers la porte d'entrée.

26

Mal à l'aise, elle n'arrêtait pas de bouger sur la chaise, tirant nerveusement sur sa jupe en jeans trop courte qui laissait voir ses longues jambes maigres juchées sur des souliers noirs à talons hauts.

Des policiers allaient et venaient devant le petit bureau où on l'avait emmenée. Parfois, ils jetaient un bref regard vers elle. Elle se félicita d'avoir pris le temps d'enfiler une veste dorée sur son top noir, avant d'accompagner le policier qui s'était présenté à sa porte le matin. Cela faisait un peu plus convenable à cet endroit, pensa-t-elle.

Ses cheveux noirs tombaient sur ses épaules. Avec son visage qui ne portait, pour une fois, aucune trace de maquillage et ses grands yeux noirs cernés, elle avait l'air d'une adolescente un peu perdue.

Le sourire triste et le regard peiné de la femme d'âge mûr qui l'avait accueillie à son arrivée au détachement de la GRC de Burnaby étaient empreints de pitié. Elle lui avait offert du café qu'elle avait refusé poliment. Elle ne se rappelait plus la dernière fois où quelqu'un avait pris soin d'elle, à part Inga.

Sylvia baissa la tête en repensant à la conversation téléphonique qu'elle avait eue avec sa mère, la veille. Son amie avait mis deux jours avant de pouvoir obtenir le numéro de téléphone de ses parents, qui avaient déménagé. Lorsqu'elle avait finalement obtenu la communication et entendu la voix de son père, elle n'avait su quoi dire et était demeurée muette à l'autre bout du fil. Son père s'était d'abord impatienté au téléphone, en demandant qui était à l'appareil... puis il avait finalement dit :

— C'est toi, Sylvia ?

— Oui, papa.

Un long silence.

D'une voix brisée, il reprit :

— Comment vas-tu ma fille ?

L'entendre pleurer l'avait bouleversée. Inga, à ses côtés, lui faisait signe de dire quelque chose.

— Pas vraiment bien, papa. J'aimerais parler avec maman.

Mais sa mère avait déjà pris le combiné d'un autre appareil et tous deux s'étaient mis à lui parler en même temps. La trêve dura à peine deux minutes. Ils s'informèrent de sa santé, de l'endroit où elle vivait, de ce qu'elle mangeait... Puis la questionnèrent sur la dernière cure qu'elle était censée suivre... Le ton monta.

Déjà, les reproches pleuvaient. Elle leur avait brisé le cœur. Pourquoi n'était-elle pas comme ses sœurs et son frère qui eux faisaient des études ?

La même chanson tellement entendue, fredonnée cette fois sur un autre air. Ses parents lui semblèrent plus durs, presque indifférents cette fois. Mais le thème demeurait le même : son égoïsme, ses mensonges, la honte sur la famille. Elle se dit que les menaces allaient bientôt suivre la culpabilisation, comme la dernière fois. Et elle ne le supporterait pas.

Elle redonna lentement l'appareil à son amie qui raccrocha sans dire un mot.

Nicolas Higgins entra dans la salle d'entrevue et la jeune fille redressa la tête. Il s'assit devant elle et lui sourit gentiment. Il est jeune et très séduisant, se dit Sylvia. Et il n'est pas méchant avec moi.

— Bon, je vous ai commandé un repas chaud, du poulet, ils vont le livrer d'ici une trentaine de minutes. Ça vous convient ?

Elle fit oui de la tête, reconnaissante, ne se rappelant pas si elle avait mangé la veille. Elle avait des crampes dans l'estomac.

« Comme je vous ai expliqué ce matin, j'ai eu du mal à vous trouver, mais c'est finalement un bénévole au refuge où vous prenez vos repas qui a entendu parler de votre mésaventure, que vous avez failli être enlevée il y a quelques jours par un client. Et puis heureusement, ils vous connaissent pratiquement tous par vos prénoms... »

— Comment saviez-vous mon nom ?

Il lui avait sans doute expliqué tout cela ce matin, se dit-elle. Mais lorsqu'il avait frappé à sa porte, Inga et elle dormaient encore, après être rentrées tard dans la nuit. Sylvia essayait de comprendre ce que l'agent lui disait, mais elle avait l'esprit embrumé sous l'effet du crack.

Le policier avait alors suggéré qu'elle l'accompagne au détachement pour parler de ce qui lui était arrivé et pour parler de son amie, Sarah. Il avait l'air de savoir beaucoup de choses sur son amie... Elle avait donc accepté de l'accompagner.

— Je ne veux pas vous faire peur ni vous brusquer, mais je vais être honnête avec vous.

Nicolas hésitait.

« Nous cherchions une dénommée Sylvia, dont le nom apparaît dans la liste d'un... disons d'un tueur en série. Et ce qui vous est arrivé dernièrement nous laisse croire que

LE CRI DU WEST COAST EXPRESS

vous êtes peut-être la Sylvia que nous recherchons. Pour votre protection, vous devez donc nous raconter ce qui s'est passé ce soir-là, votre rencontre avec cet homme… »

Sylvia n'écoutait plus. Les yeux agrandis par l'horreur, elle n'avait retenu qu'un seul mot des explications du policier… la liste. Elle était sur la liste du tueur en série.

Une préposée frappa discrètement à la porte. Nicolas se leva, prit la boîte qui contenait le repas de la jeune fille et le déposa sur la table.

« Allez, venez manger un peu, et nous discuterons plus tard des événements. Vous devez prendre des forces. Je vous laisse quelques instants… Est-ce que vous avez besoin d'autre chose ? »

Sylvia, les yeux pleins de larmes, fit non de la tête. L'odeur du poulet grillé embaumait la pièce et réveillait son instinct de survie. Affamée, elle se mit à dévorer son repas.

* *
*

« Quoi ? … Mais que s'est-il passé ? … Calme toi ! … Comment va Emily ? … Où est Mae ? … Bon, j'arrive tout de suite. Ne fais rien pour l'instant, attends-moi. »

Greg McLeod remit son cellulaire dans sa poche. Le visage grave, il composa un numéro à l'interne.

— Tony Adams. Équipe intégrée de lutte antigang. J'écoute.

— Tony, c'est Greg. Je dois quitter, je ne pourrai pas assister à votre réunion concernant l'opération… heu… Squall.

À son bureau, Tony sourit. Greg butait toujours sur le nom choisi par lui et Collins pour identifier la série d'arrestations qui auraient lieu sous peu dans le Lower Mainland. L'opération, impliquant une centaine de policiers, se produirait simultanément dans une dizaine de résidences appartenant à des membres de gang. Des arrestations, en rafales.

— Bon, mais on s'est déjà à peu près tout dit. On pense être prêts dans un peu plus d'une semaine. Je vous tiendrai au courant. Vous serez à votre bureau cet après-midi ?

— Heu ! Je n'en sais rien. Une urgence. Je dois rentrer à la maison.

— C'est grave ? Quelque chose est arrivé à votre femme... ou à votre fille ?

— En fait, il s'en est fallu de peu. Je n'ai pas le temps d'en parler maintenant. Pouvez-vous demander au caporal Tristen de me rejoindre à mon domicile ?

Greg courut vers la sortie de l'édifice tout en cherchant fébrilement ses clés.

— Mme Tosh est avec elle ?

Debby s'était jetée dans ses bras dès qu'il avait mis le pied dans la maison. Elle pleurait maintenant à chaudes larmes. Greg leva les yeux sur la voisine qui restait silencieuse en haut de l'escalier et qui lui fit signe qu'elle retournait dans la chambre de la petite.

— Reprends-toi, ma chérie, tout va bien maintenant. Je sais... je sais... Ça aurait été terrible... Tu nous as évité le pire cauchemar qui puisse arriver à des parents.

Tout en lui parlant doucement, Greg emmena sa femme dans la cuisine et l'aida à s'asseoir sur un banc. Il lui prit les deux mains tendrement en la regardant dans les yeux. Debby était au bord de la panique et avait du mal à respirer.

— Respire. Là, doucement… Je crois qu'Emily et toi devriez voir un médecin. Je vais vous conduire à l'hôpital.

— Non, je veux rester… Te raconter…

Debby, le visage exsangue, reprenait peu à peu le contrôle de ses émotions. Sa respiration plus régulière rassura Greg, qui fit chauffer de l'eau pour lui préparer une tisane. Au moment où il se leva, il vit les médicaments sur le comptoir.

— Est-ce que tu as touché à quoi que ce soit?

— Non, tout est tel que je l'ai trouvé en arrivant.

La sonnette retentit. Greg alla ouvrir au policier et lui parla pendant plusieurs minutes à voix basse.

— Viens Debby, nous allons nous installer au salon. Laissons le caporal Tristen faire son travail.

Déjà, le policier prenait des photos des bouteilles de comprimés renversées sur le comptoir et de la carafe remplie d'un liquide jaunâtre qui ressemblait à de la limonade.

«Où est-elle allée?»

— Je ne sais pas, elle est sortie comme une folle. Elle a bousculé au passage Emily qui est tombée contre le mur, puis elle s'est enfuie. Je ne sais pas dans quelle direction. Je consolais Emily… C'est terrible, Greg.

— Comment va-t-elle? Je vais aller la voir…

— Elle a beaucoup pleuré, je l'ai bercée… J'ai ensuite appelé la voisine pour qu'elle en prenne soin afin que je puisse te prévenir.

Debby s'appuya contre le dossier du divan, soudainement très lasse. Elle sentait que ses nerfs étaient sur le point de lâcher.

Elle était arrivée juste à temps. Comment? Elle ne savait pas. Elle n'arrivait pas encore à comprendre ce qui l'avait poussée à revenir sur ses pas. Peut-être cet instinct maternel ? Elle avait eu un mauvais pressentiment, un ordre de retourner, c'était impératif.

Lorsqu'elle avait quitté Emily et Mae, vers 7 h, tout semblait comme à l'habitude à la maison. La routine ordinaire… Mae avait l'air distante, mais elle avait cette humeur-là depuis un certain temps. Debby n'y avait pas prêté attention, occupée à faire le déjeuner et à préparer son lunch pour le midi.

Elle avait regardé sa montre. Il ne lui restait qu'une vingtaine de minutes avant de partir au travail. Emily lui avait alors demandé de jouer aux Barbies avec elle. Elle avait hésité, puis avait dit oui. L'enfance passe tellement vite, avait-elle pensé.

— Je roulais déjà depuis une dizaine de minutes, j'avais quitté le quartier, j'étais en direction du détachement, puis j'ai décidé de faire demi-tour. En fait, je n'ai pas choisi de rentrer. C'était comme une force qui me pressait, une intuition. C'est absurde, je sais, j'étais déjà en retard au boulot, mais je l'ai fait. Et je roulais vite, Greg, comme si le temps jouait contre moi.

Elle avait ouvert la porte sans faire de bruit, son cœur battant très fort dans sa poitrine. À l'intérieur, elle demeura interdite. Un silence inhabituel la mit en alerte.

Mae aurait dû être en train d'habiller l'enfant pour l'école. C'était l'heure du branle-bas, des rires, des courses dans l'escalier. Mais où était sa fille ? Elle entendit la petite voix d'Emily dans la cuisine. Ce ton boudeur qu'elle adoptait lorsqu'elle ne voulait pas prendre son bain…

À pas furtifs, Debby avança dans le corridor.

Bien avant d'apercevoir les capsules vidées de leur contenu sur le comptoir, bien avant de comprendre ce qui se passait, c'est l'expression dure et méchante sur le visage de Mae qui la figea sur place : la petite, terrorisée, lui faisait face.

« Elle s'est soudain retournée, elle m'a regardée dans les yeux, puis elle a foncé entre Emily et moi, et elle s'est enfuie en courant. Greg, elle avait toute notre confiance... Et j'ai failli arriver trop tard. »

Debby se remit à pleurer.

Le caporal Tristen fit signe à Greg de venir le rejoindre.

— Sergent, c'est très sérieux. J'ai déjà appelé l'équipe médico-légale. On est en présence d'Oxazépam, un anxiolytique, de Gravol et d'Ibuprofène. J'ai compté une quarantaine de comprimés vides... Je présume que la poudre a été mélangée au jus. Tout sera envoyé au labo. On sera rapidement fixés. Un verre de ce cocktail peut certainement avoir des conséquences très graves sur l'organisme d'un enfant, même causer la mort. Il y aura des accusations déposées contre elle. Je vais lancer un avis de recherche. J'ai simplement besoin de certaines informations et de sa description. Vous avez une photo d'elle ?

— J'arrive pas à le croire... On va devoir l'arrêter. Elle ne doit pas être bien loin. Elle n'a nulle part où aller. Je vais aller vous chercher une photo d'elle. On doit avoir ça quelque part ici, dans ces albums...

Greg McLeod avait perdu son attitude autoritaire légendaire. Il sentait bien que l'officier l'observait, surpris de découvrir sa vulnérabilité.

« Peu importe, songea Greg, tout en fouillant dans le tiroir, j'ai toutes les raisons au monde d'être ébranlé. Au cours des dernières minutes, ma fille a failli être empoisonnée, alors qu'elle était en sécurité dans la maison. Ma femme lui a sans aucun doute sauvé la vie, par sa présence d'esprit ou je ne sais quoi d'autre. Ma nanny, en qui j'avais confiance depuis trois ans sera probablement accusée de tentative de meurtre prémédité, sur une enfant qu'elle a vue grandir. »

Au salon, Debby avait séché ses larmes. Le sentiment de peur intense qu'elle avait éprouvé lorsqu'elle avait réalisé que son bébé courait un grand danger, l'adrénaline qui avait envahi son corps pour défendre son enfant… toutes ces émotions s'évanouissaient, remplacées par une immense colère.

« Quelle injustice ! Nous avons été bons pour elle, nous nous sommes occupés d'elle, nous l'avons gardée alors que nous n'avions plus besoin d'elle, puisqu'Emily avait commencé l'école. Les deux portables que Greg avait achetés pour qu'elle puisse voir sa fille et son mari, toujours aux Philippines. Je me préparais à faire d'autres démarches auprès du gouvernement canadien pour accélérer ses demandes de résidence et celles de sa famille. Comment a-t-elle pu faire une chose pareille ? »

Et soudain elle comprit, en revoyant le visage de Mae, le visage du mal. Le désespoir dans lequel Mae se débattait. Comme une personne en train de se noyer, elle avait désiré les y entraîner à leur tour, bien qu'ils aient tout tenté pour la délivrer. Elle s'était agrippée à leur petite, avait choisi de l'emmener avec elle, pour qu'ils puissent eux aussi goûter au malheur et à la solitude.

— Greg, vous devez faire vite si vous voulez retrouver Mae vivante.

Greg se tenait debout à l'entrée du salon. Encore une fois impressionné par la perspicacité de sa femme.

— Je sais, elle avait sorti deux verres. Elle s'apprêtait elle aussi à boire le poison.

* *
*

Un désordre indescriptible régnait dans la chambre d'Emily. L'enfant avait entièrement vidé ses trois maisons de poupées Barbies de leur contenu, et formé un tas pêle-mêle de poupées, de meubles et de vêtements au centre de la pièce. Elle avait commencé à replacer les accessoires un à un lorsque ses parents entrèrent dans la pièce. La voisine leur fit un regard de connivence.

— Emily a décidé de faire un grand ménage de ses maisons de poupées Barbies… Et je l'aide. Ah, au fait, l'école a téléphoné un peu plus tôt. Je leur ai dit que votre fille n'irait pas aujourd'hui, qu'elle était un peu fatiguée.

Debby observa la façon curieuse avec laquelle Emily déposait chaque objet, soigneusement, précautionneuse-ment. Ça allait prendre un temps fou pour tout ranger…

«Ma petite-fille fait cela lorsqu'elle a vécu un grand stress. Elle change les objets de place, refait la décoration de sa chambre. Ça semble l'apaiser, chuchota Mme Tosh à Greg.»

Le regard de Debby allait de l'amas d'objets aux trois petites maisons vides… L'ordre naîtrait du chaos. Sa fille, avec une sagesse instinctive, avait su retrouver le chemin de l'équilibre.

Greg s'était penché et s'approcha de la fillette qui, à sa grande surprise, ne s'était pas élancée vers lui à son entrée. Il interrompit ses activités et la souleva dans ses bras. Il la sentait extrêmement tendue. Mais elle était là, bien vivante. Il la serra plus fort.

— Tout va très bien aller maintenant Emily. Tu n'as plus rien à craindre. Tu veux raconter à papa ce qui s'est passé ce matin ?

— Mae a dit à Mateo qu'elle ne serait plus là ce soir… qu'elle allait partir, expliqua l'enfant avec un débit trop rapide.

— Ah ! Elle s'est branchée ce matin avec son mari ?

— Oui, pas longtemps… et Maya n'était pas là. Et elle a aussi dit qu'elle m'emmenait avec elle. Ils se sont chicanés. Et Mateo criait, il disait toujours non. Mae a fermé l'ordinateur.

La fillette était à bout de souffle.

— Que s'est-il passé dans la cuisine, Emily ? Mae t'a offert du jus ?

— Oui, mais j'ai pas voulu en prendre, parce qu'elle ne voulait pas m'emmener à l'école. Moi, je voulais aller à l'école. Elle voulait m'emmener avec elle et moi je voulais pas. Alors j'ai boudé.

La fillette fit une pause. Puis, inquiète, elle demanda :

« Tu crois qu'elle est fâchée contre moi ? C'est pour ça qu'elle est partie ? »

— Pas du tout ma chérie.

Greg regarda sa femme d'un air soulagé. La petite avait compris les événements à sa façon… C'était mieux ainsi.

— Tu as bien fait d'insister pour aller à l'école, ajouta Debby, la voix chevrotante.

Greg laissa sa fille avec les deux femmes et prit son cellulaire. Il composa le numéro du détachement.

— GRC, détachement de Burnaby, s'agit-il d'une urgence ?

— Dawn, c'est Greg, j'aimerais que ma femme et ma fille rencontrent Susan… Si elle pouvait se déplacer. Ma femme et ma fille ont grand besoin d'un soutien psycho-logique...

— Entendu sergent, nous avons appris ce qui vient de vous arriver... Je vous envoie Susan dès qu'elle peut se libérer. Vous avez pu parler avec le caporal Tristen ?

— Non... heu... En fait, il doit toujours se trouver chez moi... au rez-de-chaussée. Je crois que les membres de l'équipe médico-légale sont avec lui. Je suis au 2ᵉ étage avec ma fille. Pourquoi ?

— Parce que sur les ondes, j'ai cru comprendre qu'ils avaient retrouvé votre nanny... il y a une vingtaine de minutes environ. Tristen a déjà dû en être informé.

— Mais où l'ont-ils trouvée ?

— À la station de métro de Lake City Way.

Elle lui donnait les informations au compte-gouttes. Greg la sentait réticente.

— Ils l'ont emmenée au poste ?

— Non Greg.

— Mais alors ?

— Greg, je suis désolée de vous l'apprendre, mais votre nanny s'est jetée devant le train. Ce sont les policiers de Translink qui ont communiqué avec nous. Ils l'ont formel-lement identifiée.

27

Rachel déposa les clés de la maison sur le buffet que les déménageurs venaient de transporter dans la salle à manger. Elle regarda autour d'elle d'un air découragé.

Des boîtes empilées les unes sur les autres remplissaient toutes les pièces de la maison. Le camion-remorque avait déchargé sa cargaison de meubles et d'effets personnels en moins de deux heures... Et il faudrait sans doute des semaines pour tout ranger.

Rachel se déplaça d'une pièce à l'autre, embrassant du regard les objets familiers. Comme c'était étrange de voir les canapés et les lampes, qui avaient habillé leur ancienne maison au Québec, apparaître soudainement dans cette maison inconnue, à l'autre bout du Canada. Le coffre en bois avait retrouvé sa place au pied du lit. Les tableaux, appuyés contre les murs, attendaient. Seules les tentures n'avaient pas l'air dépaysées, fixées aux fenêtres qu'elles protégeaient des regards depuis des années. Si elles avaient perdu leur teinte d'origine au fil des étés, elles conservaient toujours une sorte d'élégance ancienne.

Rachel frissonna. Il faisait froid dans la maison, l'air était chargé d'humidité. Il allait falloir allumer les foyers pour réchauffer un peu l'endroit.

Sophie riait en se frayant un passage entre les boîtes. Elle cherchait sa boîte de poupées Barbies dans ce capharnaüm. Rachel sourit. Après tout, elles étaient maintenant dans leur nouvelle maison.

La veille, ils avaient conclu un accord avec le propriétaire de la maison, enchanté de voir une petite famille l'occuper. Rachel avait été séduite par la clarté des pièces, par la terrasse magnifiquement plantée qui donnait sur le parc national. François était tout de suite allé inspecter le garage pendant que Sophie leur criait de venir voir sa chambre, au 2ᵉ étage.

La maison, en bon état, devait avoir une trentaine d'années. Le quartier était tranquille et le paysage, magnifique avec cette forêt ancestrale dont les racines des arbres s'étendaient jusqu'à leur porte. Rachel avait été très impressionnée par la hauteur des arbres, par la mousse qui recouvrait leurs troncs et les fougères qui donnaient au sous-bois une touche mystérieuse.

Leur terrain devait faire plusieurs hectares. Le propriétaire leur avait dit cependant de ne pas aller au-delà de la rangée de cèdres qui formait une barrière naturelle entre la forêt et la résidence. De l'autre côté, les terres lui appartenaient, mais n'avaient plus été entretenues depuis la mort de sa mère. François avait jeté un premier coup d'œil sur la zone interdite et constaté que le sol, spongieux, était envahi de ronces aux épines acérées. « Le château de la Belle au Bois dormant » s'était exclamée Sophie, tout excitée. Mais son père lui avait formellement défendu de s'y rendre.

Rachel redescendit le grand escalier qui menait au rez-de-chaussée. Une fois dans la cuisine, elle se mit à chercher sa cafetière dans le bric-à-brac. Elle eut un soupir excédé. Un café aurait été d'un précieux secours… Elle se sentait débordée, ne sachant pas trop par où commencer.

François était parti tôt le matin. On l'attendait au détachement. «On l'attendait…» se dit Rachel, d'un air maussade, tout en tentant de mettre un peu d'ordre dans la cuisine.

— Maman, j'ai faim… Qu'est-ce qu'on mange?

Rachel regarda sa fille et soupira.

Sophie avait revêtu les vêtements de la veille. Elle avait besoin d'un bain, de vêtements propres et d'un repas chaud avant d'entrer dans sa nouvelle classe. Un événement qui ne manquerait pas d'être remarqué par ses camarades, en plein mois de mars.

Rachel remit de l'ordre dans ses priorités. Elle déposa la vaisselle sur le comptoir. Tout cela pouvait attendre.

* *
*

L'enseignant, M. Rondpré, se tenait debout devant les 22 élèves qui s'activaient autour des pupitres et rangeaient les lunchs dans leurs sacs à dos. La cloche annonçant la récréation sonna, entraînant tous les enfants d'un même mouvement vers la porte de sortie.

— Les enfants, pourrais-je avoir votre attention s'il vous plaît?

Les jeunes s'immobilisèrent et tournèrent la tête vers l'enseignant, trépignant sur place.

«N'oubliez pas que nous allons, tout à l'heure, accueillir une nouvelle élève qui arrive du Québec. J'aimerais que chacun d'entre vous soigne ses manières et l'accueille chaleureusement. Je me suis bien fait comprendre?»

— Est-ce qu'elle parle anglais ou seulement français?

Le petit blond qui posait la question semblait tout heureux de l'attention dont il était maintenant l'objet de la part des autres.

— Josh, ôte d'abord tes doigts de ton nez, ce n'est pas poli, va à la salle de bains… Je ne sais pas si elle parle très bien anglais. Évidemment, sa langue maternelle est le français, mais on enseigne l'anglais dans les écoles au Québec. Quoi qu'il en soit, vous l'aiderez à apprendre votre langue, si c'est nécessaire.

— Comment s'appelle-t-elle? demanda une petite rouquine d'une voix timide.

— Elle s'appelle Sophie Racine. Alors, c'est d'accord, je peux compter sur vous?

En hochant de la tête, ils se précipitèrent vers la sortie. M. Rondpré regarda les garçons courir vers ces quelques minutes de liberté, se poussant, se chamaillant, exerçant leurs muscles comme de jeunes couguars en train de jouer. Les petites filles, regroupées entre elles, parlaient sans arrêt en marchant calmement en direction du terrain de jeux.

L'arrivée d'une petite fille avec sa mère retint son attention. Les élèves de la classe la croisèrent sans faire attention. Déjà, ils étaient loin et leurs rires s'estompaient. Sophie, elle, avançait vers l'école. Elle portait avec élégance des vêtements à la dernière mode.

M. Rondpré décida de leur éviter un long détour par la porte principale et alla à leur rencontre.

— Bonjour, je suis John Rondpré. Vous êtes du Québec, n'est-ce pas? Et toi, tu dois être Sophie?

Le visage de la fillette s'éclaira.

« Bienvenue à l'école élémentaire Kanaka Creek. Si vous le voulez bien, nous pourrions aller discuter à l'intérieur… Sophie, je t'ai préparé un pupitre. Tes nouveaux camarades ne vont pas tarder. Ils sont à la récréation. »

Rachel sourit. Quel accueil chaleureux et quelle gentillesse ! Cet homme semblait entièrement dédié à ses élèves et à l'enseignement. Elle le regarda pendant qu'il aidait Sophie à installer ses livres sur son bureau et la guidait vers le vestiaire pour y accrocher son sac à dos. Il leur posait mille questions sur le Québec. Il était fier, disait-il, de parler un peu le français. Son nom de famille était français, ajouta-t-il avec un large sourire.

Ces quelques minutes passèrent très vite. Lorsque la cloche retentit, Rachel se demanda si elle devait rester dans la classe ou s'en aller. Dehors, les élèves s'étaient massés devant la porte, attendant de pouvoir entrer. Quelques-uns d'entre eux regardaient dans la classe, le nez collé contre la porte vitrée, les mains en éventail au-dessus des yeux : ils observaient la nouvelle élève. Un regard sur sa fille, déjà assise à son bureau, rassura sa mère. Elle décida de partir et de laisser la suite entre les mains de l'enseignant, qui semblait bien disposé à leur égard.

Lorsqu'elle ouvrit la porte, les élèves s'engouffrèrent bruyamment à l'intérieur. Rachel se retourna une dernière fois avant de sortir. Sophie, pour se donner du courage, ne quittait pas M. Rondpré des yeux, un sourire crispé sur le visage.

* *
*

La cuisine prenait forme tout doucement au fur et à mesure que les boîtes vides s'empilaient les unes sur les autres. Rachel s'était lancée dans le rangement sans se poser de questions, heureuse finalement d'avoir quelque chose à faire pour s'occuper l'esprit. Le sourire un peu timide de la petite Sophie continuait de la hanter… Plus que deux heures et elle irait la chercher.

En attendant, mieux valait être utile. Elle trouva finalement son percolateur au fond d'une boîte et décida d'aller prendre une pause sur la terrasse pour profiter d'une percée de soleil. Elle prépara le café en moins de deux et sortit après avoir entendu le son qu'elle aimait : celui de l'eau qui coule dans le filtre rempli de café frais moulu.

Un concert de chants d'oiseaux l'attendait sous les arbres. Un écureuil gris, debout sur une branche, agitant nerveusement sa queue, était sur le point de prendre la fuite. Rachel leva la tête vers la forêt de grands résineux dont les cimes s'élevaient très haut dans le ciel, à la limite de leur terrain. Elle tendit son visage vers les rayons du soleil. Elle était envahie par un sentiment de paix inégalé, comme elle n'en avait pas connu depuis très longtemps. En promenant son regard sur le jardin, elle vit que le lilas était en fleurs. Les petites étoiles violettes embaumaient l'air d'un délicat parfum printanier. Des arbustes portaient déjà la promesse de fleurs d'un rouge écarlate, sur le point d'éclore. Rachel se pencha pour examiner la plante : un rhododendron, très reconnaissable avec ses feuilles d'un vert lustré. Plus haut, des tulipes roses et violet foncé balançaient leurs tiges au gré du vent.

Rachel grimpa les quelques marches de bois qui menaient au second palier du terrain en pente. De ce point élevé, elle voyait la terrasse et l'arrière de la résidence jusqu'au toit.

Un mouvement dans la maison la fit soudain sursauter. Ses yeux scrutèrent la fenêtre de la salle de lavage, où elle avait cru voir quelque chose. Tout était immobile. Bien sûr, puisqu'elle était seule dans cette maison. Elle aurait pourtant juré que le rideau blanc avait bougé. Comme si quelqu'un l'avait soulevé puis laissé tomber.

En revenant sur ses pas, elle faillit marcher sur une espèce de gros mollusque noir et visqueux, qui avançait en laissant derrière lui des traces de mucus.

Rachel recula vivement, dégoûtée. Elle avait déjà vu des limaces, mais celle-là était énorme et mesurait bien 15 cm. Elle remarqua d'autres limaces, un peu partout sur le terrain, certaines de couleur beige. Elles dévoraient les bourgeons à une vitesse étonnante. Rachel se demanda dans quelle sorte de jungle ils étaient débarqués. « Tout est plus grand, plus gros et plus vorace ici, se dit-elle, en regardant désormais où elle mettait les pieds. »

En descendant l'escalier, elle constata à regret que le ciel se couvrait. L'éclaircie avait été de courte durée.

Arrivée sur la terrasse, elle s'immobilisa. Les oiseaux s'étaient tus. Elle se sentait observée. Une impression étrange qui la mit mal à l'aise. Il n'y avait personne chez les voisins immédiats. Elle se sentait observée de l'intérieur de la maison et hésitait maintenant à rentrer.

Elle fit le tour de la maison et vérifia la porte donnant sur la rue. Elle était fermée à clé. Elle se gourmanda en retournant sur la terrasse. Décidément, elle s'était surmenée ces derniers jours et son imagination fertile l'entraînait dans toutes sortes de divagations.

En entrant dans la maison, elle se rendit directement dans la salle de lavage. La pièce était comme elle l'avait laissée. Le rideau de dentelle pendait mollement devant la fenêtre. Elle regarda au travers. D'ici, on ne pouvait voir que l'emplacement où elle se tenait quelques minutes plus tôt.

L'odeur du café la tira de ces chimères. Elle retourna à la cuisine, se demandant dans quelle boîte elle pourrait bien trouver ses tasses.

* *
*

Assis à son bureau, M. Rondpré observait les deux fillettes, dont il avait placé les pupitres côte à côte.

Les choses s'étaient bien passées pour Sophie qui semblait s'acclimater dans sa nouvelle classe. Bien que timide et sensible, la petite paraissait tenace et disciplinée. Elle devrait surmonter assez facilement la dure transition d'un déménagement en pleine année scolaire. Il avait vu son bulletin : elle avait réussi sa 2e année avec succès jusqu'à présent. Il l'aiderait à poursuivre sur cette lancée.

Il était inquiet, par contre, pour l'autre fillette, qui semblait éprouver des problèmes à la maison et qui s'était fermée comme une huître au cours des dernières semaines. C'est pour cette raison qu'il l'avait placée tout près de Sophie, espérant que la nouvelle élève stimulerait sa camarade de classe… Loren n'avait pas beaucoup d'amies, peut-être s'entendrait-elle bien avec la petite Québécoise.

Pour l'instant, les deux fillettes avaient la tête penchée sur les exercices de mathématiques qu'il leur avait demandé de faire. De temps à autre, Sophie aidait Loren en lui fournissant des explications. La petite était brillante et paraissait aimer travailler en classe. Prometteur, songea-t-il, en corrigeant des copies.

Quelques élèves le regardèrent et il leur rendit leur sourire. Mince et musclé, il s'était toujours entraîné pour garder la forme. Devenu enseignant, il avait naturellement été nommé entraîneur de l'équipe de basketball de l'école et il dirigeait plusieurs autres activités sportives parascolaires. Il aimait les jeunes et ces derniers le lui rendaient bien.

* *

*

Plus que 30 minutes avant la fin des classes. Elle avait encore le temps de vider quelques boîtes. Elle allait d'abord libérer de l'espace et emporter celles qui étaient vides au garage.

Rachel passa devant le garde-manger et s'arrêta net. Elle revint sur ses pas. La porte était grande ouverte. Mais elle l'avait pourtant fermée, ça elle en était sûre, car elle lavait la vaisselle dans la cuisine depuis un moment. Et elle ne supportait pas qu'une porte de placard ou d'armoire demeure ouverte sans raison. Sophie et François se l'étaient fait répéter à maintes reprises. Et combien de fois était-elle repassée derrière eux pour fermer les portes lorsqu'ils oubliaient de le faire…

Mais chose certaine, cette porte était ouverte. Rachel demeura perplexe pendant quelques secondes avant de se dire qu'elle avait sans doute oublié de la fermer. Elle poussa sur la poignée. Cette fois, la porte était bien fermée.

Les mains chargées de boîtes vides, elle se hâta vers le garage en regardant sa montre. Il lui fallait se dépêcher si elle ne voulait pas faire attendre sa fille.

* *

*

Sophie, droite comme un i, se tenait contre le mur de l'école, son sac à dos rose bien installé sur ses épaules. Avec son imperméable et ses bottes du même rose et ses longs cheveux noirs flottant sur ses épaules, elle avait l'air d'une petite poupée neuve, sortie tout droit du magasin des jouets. Son visage était grave et elle tournait la tête de tous les côtés, cherchant des yeux sa mère qui n'arrivait pas.

Elle avait vu ses nouvelles amies la quitter les unes après les autres et repartir joyeusement avec leurs parents. Il ne restait plus qu'elle et Loren, qui avait choisi d'attendre dans la classe.

Un groupe de jeunes garçons s'approchèrent d'elle. Ils lui demandèrent, en la ridiculisant, si elle aimait le rose. Sophie avait peur. Elle voulut leur dire de la laisser tranquille, mais dès qu'elle eut prononcé quelques mots, ils éclatèrent d'un rire méchant, se moquant de son accent.

Le plus grand d'entre eux, un garçon de 4ᵉ année, s'avança alors vers elle et la poussa dans la boue, sous les encouragements de ses camarades.

Sophie poussa un hurlement lorsqu'elle atterrit sur le ventre, les deux mains dans le trou d'eau sale. Le visage maculé de boue, elle sanglotait en essayant de se relever.

M. Rondpré sortit de sa classe en coup de vent pendant que deux surveillants accouraient sur les lieux.

Au bout de la rue, Rachel, qui arrivait, avait assisté à toute la scène. Son sang ne fit qu'un tour. Elle s'élança au secours de sa fille.

Les trois hommes présents ne devaient jamais oublier le cri terrible poussé par cette mère en furie qui poursuivait maintenant les garçons en fuite. Lorsqu'elle attrapa le plus grand par le bras, M. Rondpré demanda aux surveillants de prendre soin de Sophie et courut dans leur direction.

— Écoute-moi bien, petit morveux, c'est ma fille que tu viens de pousser par terre, et personne ne touche à ma fille… EST-CE QUE TU COMPRENDS CE QUE ÇA VEUT DIRE?

L'enfant, apeuré, baissait la tête. Ses camarades s'étaient arrêtés de courir et les observaient de loin.

« Regarde-moi quand je te parle. Tu entends ce que je te dis? Si tu touches encore à ma fille, si tu la regardes, si tu oses seulement penser à elle, tu vas me trouver sur ton chemin! Et ce jour-là, mon petit gars, peu importe l'âge que tu as, tu vas te souvenir de moi! ME SUIS-JE BIEN FAIT COMPRENDRE? »

Rachel ne se contenait plus… Elle avait envie de le frapper au visage.

Le garçon hocha la tête. M. Rondpré, essoufflé, arriva près d'eux.

— Lâchez-le, Madame Racine. Vous ne pouvez pas faire ça. Il est mineur. Laissez-nous nous occuper de cette situation, dit l'enseignant, en posant la main sur l'épaule de Rachel, dans un geste de compréhension.

« VOUS LÀ-BAS, VENEZ TOUS ICI, cria M. Rondpré d'un ton qui n'admettait aucune réplique. Toi et tes camarades, vous êtes en retenue au bureau de la directrice. Nous allons téléphoner à vos parents. »

Il se retourna pour dire à Rachel combien il était désolé, mais elle n'était plus là. Elle avait rapidement rejoint sa fille et l'aidait à enlever son manteau souillé. À côté d'elles, Loren et sa mère essuyaient de leur mieux le visage de l'enfant avec des essuie-tout qu'elles avaient pris dans la classe.

Sophie était inconsolable. En voyant que son sac à dos neuf s'était sali dans sa chute, elle se mit à pleurer à chaudes larmes.

— C'est fini, là, c'est fini… Ils ne vont plus jamais recommencer, je peux te l'assurer. Et je t'achèterai un autre sac à dos…

Rachel, les yeux pleins de larmes, s'était agenouillée sur le gazon et serrait sa fille dans ses bras.

— Mais mon… mon imper… mes bottes ro..roses, hoqueta la fillette.

— Je vais tout laver, tu verras, les taches vont disparaître.

Jill et Loren, si elles ne comprenaient pas ce qu'elles se disaient en français, sentaient que la peine de la mère et de la petite était profonde, que cette peine allait bien au-delà de cet incident.

« Est-ce que tu as mal quelque part ? »

Rachel palpait délicatement les jambes et les bras de Sophie pour voir si elle n'avait pas été blessée.

L'enfant fit d'abord non avec sa tête, puis mit sa main sur son cœur en recommençant à pleurer à petits coups.

— J'ai mal dans… mon coeur… Ils ont ri de mes vêtements… ils ont dit que j'avais un accent… je veux rentrer à la maison.

— On y va tout de suite, mon poussin. On enlèvera ton collant à la maison pour voir si tu as des blessures aux jambes. Montre tes mains… Ah ! tu as des égratignures… Ils vont pas s'en tirer comme ça, dit Rachel en redressant la tête, ses yeux verts furieux sillonnés d'éclairs.

Le groupe de garçons, tête basse, encadré par les surveillants et l'enseignant, passait à côté d'elles.

— Non maman, tu ne comprends pas, je veux rentrer à la maison… au Québec.

— Nous allons faire une enquête, je vous le promets, dit l'enseignant en s'arrêtant près d'elles. Je vous répète que je suis désolé de n'avoir pu éviter cette altercation, en ce premier jour de classe. Je peux vous assurer que tout le monde ne pense pas comme ces garçons, tant ici à l'école qu'ailleurs dans la province. Au contraire, nous aimons les Québécois…

— Je vous crois sincère, se radoucit Rachel…

Sa voix se cassa.

« Je suis sans doute la seule à blâmer. Si j'étais arrivée à l'heure, rien de tout cela ne se serait produit. »

— Je ne suis pas d'accord. Ce n'est pas votre faute. Les parents doivent pouvoir arriver en retard sans que leur enfant coure le moindre risque lorsqu'il est sous la responsabilité de l'école.

Il allait partir lorsqu'il se ravisa et souleva le menton de la fillette, pour qu'elle le regarde dans les yeux.

« Sophie, tes camarades de classe t'aiment déjà… Et tu n'as plus rien à craindre… Tu as un garde du corps. Tu as vu comme ta mère t'a défendue ? On aurait dit un tigre… Je crois que ces garçons vont avoir peur d'elle maintenant, dit-il, en souriant à l'adresse de Rachel. »

Il remercia Jill et Loren pour leur soutien et rentra dans sa classe.

Dehors, les deux femmes se séparèrent. Lorsque Jill se retourna, Sophie et sa mère marchaient sur le trottoir, étroitement enlacées. La jeune femme se dit qu'il en fallait du courage pour recommencer sa vie à zéro, comme ces deux Québécoises.

Recommencer sa vie à zéro… Un scénario qui commençait à se dessiner également pour elle-même. Jill regarda Loren, qui ne lui avait pas dit un seul mot depuis son arrivée. Elle était fâchée contre elle et lui reprochait sans doute l'absence de son père. Elle prit l'enfant par la main. La petite fille, d'un mouvement brusque, se dégagea. Jill se dit que ça n'allait pas être facile.

28

— FRANÇOIS, VIENS VITE, IL Y A DES OURS SUR LE TERRAIN !

Rachel, en déshabillé devant la fenêtre de la cuisine, était figée sur place. Le bras pendant, elle venait de renverser le contenu de sa tasse dans l'évier.

Dehors, une maman ours, suivie de ses deux petits, venait tout juste d'apparaître dans le sentier qui menait à la partie interdite du terrain. Les trois ours noirs, dont les flancs maigres saillaient sous leur fourrure, se dirigeaient vers la maison, manifestement à la recherche de nourriture. Ils sortaient de leur hibernation et ils semblaient affamés.

Sous les regards ébahis de Rachel, et de Sophie qui accourait, les ours, rois incontestés de la forêt voisine, avançaient d'un pas lourd dans un mouvement de balancier. Prudente, la mère ouvrait la marche et levait en l'air son museau noir et blanc en reniflant le vent.

Mais il n'y a pas de nourriture dehors, pensa Rachel, rien, pas de poubelles, pas de… Oh ! noooooon, pas mes mangeoires d'oiseaux.

En deux bonds, écrasant les arbustes de ses grosses pattes noires, l'ourse se rendit directement sous les mangeoires d'oiseaux suspendues aux branches d'un arbre. Les oursons coururent derrière elle, bondissant au sol avec un bruit sourd. D'un seul coup de ses griffes acérées, la mère envoya valser les tubes de plastique au sol. Les mangeoires furent détruites en quelques secondes par les petits affamés qui avalèrent goulûment les graines de chardon et de tournesol.

— Oh! mon Dieu.

François venait de surgir dans la cuisine.

— La mère fait au moins 200 kg et ses bébés… je dirais la moitié de son poids. Sophie, va chercher la caméra!

Les trois ours noirs paraissaient énormes sur le terrain qui faisait figure de jardin de poupée devant ces envahisseurs. Maladroits dans cet espace restreint, ils bousculaient les meubles de parterre et faisaient voler en éclats les pots en grès que Rachel avait déposés sur la terrasse.

— Ohhhh! ma lavande, se lamenta Rachel, en voyant l'un des oursons arracher la plante avec ses griffes.

Rachel n'en croyait pas ses yeux : trois ours noirs sur son terrain en plein quartier résidentiel. Elle se serait attendue à la visite d'écureuils, ou de ratons laveurs, ou même, à la rigueur, de mouffettes. Mais non, ici, c'étaient des ours.

Horrifiée à l'idée de devoir cohabiter avec ces bêtes sauvages, elle décida d'appeler les coordonnateurs de *Bear Aware*, un programme qui servait, apparemment, à réduire les conflits entre les humains et les ours dans la province. Elle avait gardé un dépliant déposé à sa porte il y a quelques jours. La main tremblante, elle composa le numéro.

— Il y a des ours sur mon terrain, dit-elle au préposé. Qu'est-ce qu'il faut faire? Est-ce qu'il y a un service de la faune pour les déplacer?

Sur la terrasse, la mère ours était assise sur son derrière, les deux pattes posées sur ses cuisses. Sans démontrer aucune crainte, elle les observait par la fenêtre.

— Regarde, papa, on dirait que l'ours attend son repas, dit Sophie, très excitée.

François ne répondit pas, occupé à mitrailler la scène de son objectif.

— Rentrez immédiatement dans la maison, répondit le préposé.

— Mais nous sommes dans la maison, évidemment… Écoutez, il faut que vous veniez. Il faut faire partir ces ours, ils sont en train de tout saccager notre terrain.

— Madame, êtes-vous arrivée récemment en Colombie-Britannique? Je sens à votre accent que vous êtes Française. Est-ce que je me trompe?

— Heu… nous sommes arrivés du Québec il y a quelques jours, effectivement, mais je ne vois pas en quoi…

— Madame, ici, on ne déplace pas les ours, à moins d'une raison majeure. Ils font partie du paysage, c'est nous qui avons envahi leur territoire, ils sont à nos portes. On ne peut rien faire, sauf éviter de les attirer avec de la nourriture.

— Je n'ai aucun déchet à l'extérieur.

— Avez-vous un bac de compostage ou des mangeoires pour les oiseaux?

— Heu! Oui, ils ont détruit toutes mes mangeoires.

— Il ne faut pas en mettre, cela attire les ours, en particulier au printemps. Vous avez d'autres questions?

— Non merci, ça va, j'ai compris.

L'employé marqua un temps d'arrêt, puis lui dit : « *Welcome to British Columbia.* »

* *
*

— Je ne sais pas si j'aurai le courage de remettre le pied dehors. Je vais t'attendre ce soir pour tout nettoyer. Je ne sors pas seule sur la terrasse désormais, même en plein jour. Et Sophie ne devra jamais y aller sans nous, maugréa Rachel en évaluant de la fenêtre les dégâts causés à la terrasse.

— Tu exagères, Rachel, les ours ne vont pas t'attaquer, tu as vu comme ils ont détalé lorsque j'ai ouvert la porte? Il suffit de faire un peu de bruit en sortant et ils vont rester à l'écart.

Tout en parlant, François avait relevé sa cravate bleue et boutonnait la chemise grise de son uniforme de policier avant d'enfiler sa veste pare-balles. Debout, dans son pantalon bleu à ligne jaune sur les côtés, Rachel le trouva très séduisant. Il s'habillait généralement au détachement mais, ce matin-là, il devait se rendre directement sur les lieux d'une cérémonie.

— Ah! Rachel, les gars de mon équipe donnent une soirée de bienvenue en notre honneur. Les épouses sont invitées. Elle aura lieu chez mon *coach* tout de suite après la séance de photos. Je vais devoir porter le *Red Serge*, l'habit rouge de la GRC, à cette occasion. Les photos doivent servir pour des dépliants.

— Bon, c'est le soir, j'imagine… Qu'est-ce qu'on va faire de Sophie? Je ne connais encore aucune gardienne d'enfants ici.

— En fait, c'est samedi après-midi, et ils ont tout prévu. Pierre Levac a demandé à sa gardienne de venir s'occuper des enfants. Ils pourront jouer dans le sous-sol de sa résidence. Nous devrions être une trentaine de personnes, avec les femmes et les enfants.

— C'est génial, papa. Je vais me faire de nouveaux amis, dont le papa est policier comme toi ! s'exclama Sophie avec fierté.

François embrassa Sophie en la serrant très fort.

— Je dois y aller maintenant, mais tout va bien se passer à l'école aujourd'hui, mon trésor. Tu es bien entourée...

Il embrassa Rachel qui tendit la joue sans enthousiasme. Bien entourée, bien entourée... c'est de moi qu'il parle, évidemment, cela va de soi.

Elle se sentait de très mauvaise humeur et elle n'avait pas envie d'en changer. Hier, c'était le harcèlement à l'école, maintenant les ours qui débarquaient...

La voyant sur le point d'éclater, François n'insista pas, mit sa casquette et sortit en faisant claquer ses bottes noires sur la céramique du plancher.

— Sophie, monte chercher tes affaires, nous allons bientôt partir, dit Rachel, d'une voix impatiente.

Rachel demeura seule au rez-de-chaussée, sortant machinalement quelques objets d'une boîte en attendant sa fille. Les derniers jours avaient été éprouvants. Elle se sentait sur le qui-vive, comme s'il lui fallait constamment être prête à faire face à des situations difficiles.

Comme elle aurait voulu être ailleurs ! Les boîtes autour d'elle lui rappelèrent tristement l'évidence : elle avait mis 5 000 km entre ses racines et les fondations de sa nouvelle vie.

Comme Sophie tardait à redescendre, elle se dirigea vers les escaliers pour l'appeler. Elle entendit soudain l'eau de la douche couler dans les tuyaux qui passaient dans les murs du corridor.

« Non, c'est pas vrai, elle prend une douche, mais elle n'a plus le temps, l'école commence dans vingt minutes. »

Rachel monta les marches deux à la fois. Elle arriva face à face avec Sophie qui sortait de sa chambre, son sac à dos sur l'épaule.

— Mais… tu n'étais pas dans la douche?

— Non maman, je suis allée chercher mes livres et mon sac d'école. Tu voulais que je prenne ma douche? dit-elle en faisant des yeux ronds.

— Bien sûr que non, mais j'ai cru entendre l'eau de la douche couler, c'est toi qui as ouvert les robinets?

— Non.

— Et tu as entendu quelque chose? Tu as entendu l'eau couler?

Rachel se passa une main sur le front, ne sachant plus trop ce qu'elle avait entendu.

— Maman, personne n'a ouvert les robinets de la douche. Tiens, j'y pense, je n'ai même pas brossé mes dents, dit-elle en repartant dans sa chambre.

— Je t'attends en bas, fais vite.

Curieux, se dit Rachel, ce bruit, je ne l'ai pas imaginé. L'eau coulait dans les tuyaux qui passent dans ce mur, je pourrais le jurer. Il y a de drôles de bruits dans cette maison. Il faudra que j'en parle avec François. Il doit y avoir une explication.

— Vite Sophie, nous allons être en retard!

— J'arrive, j'arrive, mais il a fallu que je ferme toutes les portes d'armoire de la salle de bains. Je sais que tu détestes ça quand elles demeurent ouvertes. Tu diras à papa de faire attention la prochaine fois. Et il n'a pas non plus éteint les lumières. Il devait être pressé…

— Ah! les armoires, tu dis… Il ne manquait plus que ça.

Quelques minutes plus tard, lorsqu'elle ferma la porte à clé, Rachel, peu rassurée, se dit qu'il se passait des choses bizarres dans cette maison.

* *
*

L'école avait été construite de façon à ce que chaque salle de classe ait une sortie sur la cour de récréation, permettant ainsi de répartir la foule de parents qui emmenaient leurs enfants le matin et venaient les chercher l'après-midi. Les autobus scolaires étaient pratiquement inexistants sur les routes du Lower Mainland.

Rachel devrait donc reconduire Sophie tous les matins. Et les places de stationnement près de l'école étaient rares au milieu du va-et-vient continu des familles à cette heure matinale. Les autobus jaunes lui manquaient, mais cette situation devait lui permettre de faire connaissance rapidement avec les mères des autres enfants.

— Je reviens te chercher dans quelques heures, ma chérie. Tout va bien se passer, tu verras…

Elle sentait la fillette réticente à l'idée de la voir partir.

— Ne sois pas en retard cette fois maman.

Rachel ne dit rien.

Je dois passer au bureau de la directrice ce matin, pensa-t-elle, tout en embrassant sa fille sur le front.

L'enfant restait à ses côtés, bien que plusieurs fillettes soient déjà alignées devant la porte de la classe de M. Rondpré. Elle a toujours aimé l'école, se dit Rachel en l'entourant de ses bras. Je ne permettrai à personne de détruire cet élan.

Jill et Loren s'étaient arrêtées près d'elles. Loren entraîna joyeusement Sophie vers les autres élèves. Elle semblait s'attacher à sa fille. Les petites frimousses se tournèrent dans leur direction. Rachel nota leurs différentes nationalités.

— Bonjour, je suis la mère de Mila. Vous venez d'arriver, je crois ? Ma fille est dans la même classe que la vôtre.

La femme, très grande et d'âge mûr, était certainement d'origine européenne, russe peut-être, se dit Rachel en lui serrant la main. Ses grands yeux noirs brillaient d'intelligence.

Déjà d'autres mères s'approchaient et se saluaient entre elles : britanno-colombiennes et canadiennes d'origines diverses, une petite communauté étroitement tissée autour des enfants. Une Indienne, drapée dans un magnifique sari couleur framboise, secoua joliment ses cheveux noirs en riant, faisant tinter les anneaux d'or qu'elle portait aux oreilles. Elle s'appelait Vanhi et sa fille était dans la même classe que Sophie.

Une Chinoise à l'ossature délicate lui sourit et se présenta. Son nom était Summer, je m'en souviendrai certainement, se dit Rachel, qui souriait maintenant sans réserve.

Une belle femme noire dans la trentaine entra dans le cercle avec de grands éclats de rire. Rachel aima immédiatement sa chevelure noire qui tombait en nattes sur ses épaules.

— Vous êtes la Québécoise ? Les nouvelles courent vite ici, vous verrez, ajouta-t-elle en riant devant la surprise de Rachel. Mon fils est dans la classe de votre fille, je m'appelle Sloane.

La solidarité des mères entre elles à l'état pur, sans aucune barrière raciale. C'était ça, Vancouver. Rachel sentait une grande complicité entre les Canadiennes nées au pays et les autres femmes dont le Canada était le pays d'adoption. Elle les écoutait parler dans un anglais coloré et décliné sous tous les accents sans que la communication en soit compromise. Un camaïeu de prononciations qui gommait les différences culturelles.

Ce matin-là, en constatant leur ouverture d'esprit, Rachel se réconcilia avec la vie.

29

— GARDE-À-VOUS!

Comme ils avaient fière allure, ces *Mounties*, comme on les appelait dans l'Ouest canadien, tous alignés dans leur uniforme traditionnel rouge, obéissant à l'ordre de leur chef, dans un même mouvement d'ensemble discipliné.

Le déplacement des bottes sur l'asphalte se fit entendre dans un bruit sec.

Dans la cour du détachement, Rachel repéra son mari au 2e rang, élégant dans son veston rouge à boutons dorés et son pantalon équestre bleu marine à lignes jaunes. Son chapeau stetson à large bord bien planté sur la tête, il se tenait droit, alignant parfaitement ses bottes de cuir lustré High Browns, le torse bombé sur un ceinturon baudrier du plus bel effet.

Le corps policier le plus respecté au monde, selon ce qu'elle avait pu lire dans les médias internationaux : par la formation de ses membres, par le mandat des agents aux divers paliers municipal, national et international et, bien sûr, par l'uniforme, connu mondialement.

Les photographes se promenaient maintenant entre les rangs, immortalisant les pauses officielles des policiers, alternant les clichés de profil et de face, gros plan et vue d'ensemble de la troupe.

Lorsque la séance fut terminée, le sergent aboya un REPOS qui défit rapidement les rangs. Les policiers se dispersèrent et se rendirent auprès des femmes et des enfants qui se tenaient un peu à l'écart.

François s'avança vers Rachel et Sophie qui trépignait d'impatience. Elle se retenait, car elle aurait voulu courir vers lui et sauter dans ses bras, mais son papa l'avait avertie qu'elle ne pourrait pas le faire, tant qu'il n'aurait pas revêtu des vêtements civils. Le *Red Serge* avait ses contraintes, liées au protocole. Pas d'embrassades, pas de familiarités avec l'habit cérémoniel.

— Tu es vraiment très beau, François.

Rachel, les yeux brillants de fierté, admirait son mari, un peu gênée de constater que l'uniforme faisait son effet sur elle. Elle aurait aimé être différente des autres femmes, mais comment demeurer insensible à cet homme, devant elle, qui semblait sorti tout droit de la page d'un livre d'histoire sur la conquête de l'Ouest canadien. À cette époque, les cavaliers avaient la cote auprès des femmes. Leur charme légendaire avait traversé le temps, bien que leur monture soit désormais réservée au Carrousel* de la GRC.

— Venez, toutes les deux, j'aimerais vous présenter à mon *coach* et mes collègues de travail avant d'aller me changer.

François les entraîna vers l'entrée du détachement où plusieurs membres discutaient avec leurs familles. L'un d'entre eux leva la tête à leur arrivée et sourit à François.

---

* Tradition et cérémonie haute en couleur où les chevaux et les Tuniques rouges sont à l'honneur, le Carrousel de la GRC est devenu un spectacle connu dans le monde entier.

— Rachel, je te présente Pierre Levac. Il vient du Québec. Il travaille ici depuis… 10 ans, n'est-ce pas Pierre ?

Rachel serra la main du policier. Levac se mit à leur parler en français, s'informant de leur installation, s'intéressant à Sophie et lui présentant sa fille, un peu plus jeune que Sophie. Rachel le trouva charmant. Debout aux côtés de François, elle répondait aux questions en souriant, un peu gênée de se sentir la cible de tous les regards. Ce devait être le français, se dit-elle. Ils ne sont pas habitués… Très peu de policiers sont bilingues ici.

François la présenta à d'autres collègues et même au sergent McLeod, présent parmi eux bien qu'il ait vécu, récemment, un drame familial, lui expliqua François discrètement à l'oreille.

— Je suis très heureux de faire votre connaissance, Madame. Et toi tu es la petite princesse dont ton papa nous parle tout le temps. J'ai une fille moi aussi, un peu plus jeune que toi. Elle a cinq ans, bientôt six. Elle va venir ce soir avec sa mère. Je vous les présenterai, ajouta-t-il, à l'intention de Rachel.

— Comment vont-elles, sergent ? J'ai appris ce qui est arrivé chez vous.

François posait la question avec beaucoup de retenue, ne connaissant son supérieur que depuis quelques jours.

— Oh, elles vont aussi bien que possible après avoir été victimes d'un acte criminel, mais elles sont suivies par une psychologue du détachement. Je suis plus inquiet de ma femme Debby que de la petite. Emily ne s'est pas vraiment rendu compte de ce qui s'est passé. Il a fallu lui expliquer pourquoi on vidait la chambre de sa nanny. Elle voulait savoir où elle était. Ç'a été difficile pour nous de lui inventer toute une histoire, pour la protéger. On lui a dit qu'elle était repartie aux Philippines. Emily ne comprend pas pourquoi elle ne lui a pas dit au revoir, mais elle l'oubliera.

— Et votre femme, elle se remet ? demanda Pierre Levac.

Tony Adams et Marshall Collins s'étaient approchés.

— Il y a des jours plus difficiles. Elle fait beaucoup d'angoisse. Elle est en arrêt de travail. Elle a besoin de se reposer. La psychologue a dit qu'elle faisait de l'hyper-vigilance à l'endroit de notre fillette. C'est associé, bien sûr, à la peur qu'elle a eue de la perdre. Il faut du temps, appa-remment, pour rebondir après un choc comme celui-là.

— Et comment la famille de Mae s'en tire, aux Philippines ?

Tony, qui avait lui-même recommandé la nanny à son chef, avait été profondément touché par les événements. Mae était une amie proche de la nanny qui s'occupait de ses propres enfants. Ils avaient vécu l'incident d'une façon tout à fait personnelle, horrifié pour la famille McLeod, attristé devant le chagrin de sa nanny qui l'avait très mal pris. Et soudain inquiet qu'un tel événement ait pu se pro-duire. Lui et sa femme avaient remis en question, pour la première fois depuis des années, la loyauté de leur bonne, en se demandant si la sécurité de leurs enfants était vrai-ment à toute épreuve.

— Ce n'est pas moi qui leur ai appris la mauvaise nouvelle, mais j'ai su que son mari, Mateo, est dévasté. Il apprend coup sur coup la mort de sa femme et sa tentative de meurtre. Heureusement que sa famille l'entoure. Il va continuer de prendre soin de la petite Maya, que nous avions tellement hâte de connaître.

Le sergent McLeod baissa la tête, dans un visible effort pour maîtriser ses émotions. Puis il s'excusa et quitta le groupe.

Pour faire diversion, Pierre Levac continua la tournée des présentations et entraîna François à sa suite. Sophie voulait rester avec un groupe d'enfants qui jouaient près de la porte de l'édifice. Rachel décida de demeurer près d'elle et déclina l'offre de Levac de se joindre à eux. Elle aurait le temps de rencontrer tout le monde.

Elle appuya son dos contre le mur du bâtiment tout en surveillant Sophie du coin de l'œil. Rachel avait revêtu, pour la circonstance, une jupe et un corsage médiéval noirs. La blouse de dentelle aux manches longues dénudait ses épaules tout en soulignant ses formes. Elle avait choisi de ne porter que des dormeuses en onyx et de se maquiller discrètement. Ses yeux verts étaient soulignés d'un mince trait de crayon violet, ses lèvres pleines luisaient d'un soupçon de brillant à lèvres transparent. De son chignon, qu'elle avait relevé à la hâte sur la nuque, retombaient quelques mèches de cheveux roux. Elle était belle, d'une beauté simple et naturelle.

Parfaitement inconsciente de l'image gracieuse qu'elle projetait et des regards masculins qui convergeaient vers elle, Rachel s'amusait des jeux de main des enfants qui chantaient des comptines.

Un *mountie*, en particulier, ne la quittait pas des yeux. Il l'avait tout de suite repérée parmi les visiteurs pendant la séance de photos. Puis, déçu, il avait vu François aller vers elle.

Raisonnable, il s'était détourné pendant quelques minutes, prenant part aux conversations animées autour de lui. Elle avait à nouveau attiré son attention en passant tout près de lui. Bousculée par un mouvement de la foule, elle avait trébuché contre lui, en bredouillant des excuses. Il l'avait retenue de son bras. Ils s'étaient heurtés du regard.

— McLeod te cherche. Tu viens ? Et arrête de la regarder, ça devient évident que tu l'as remarquée. C'est la femme de Racine. Les gars la trouvent belle, mais tu connais le code, c'est la femme d'un membre, pas touche.

Elle s'appelait Rachel. Il avait entendu répéter son nom à chaque présentation.

Tony observait son collègue avec des yeux amusés. Le célibataire endurci, celui qui était considéré par tous comme un bourreau de travail, pouvait lui aussi être troublé.

« Viens, je te dis. Tu cherches vraiment les problèmes, on dirait. Tu as vu comment Racine t'examine ? Je crois que tu devrais laisser tomber... »

Au milieu d'un groupe, François avait tourné la tête dans leur direction.

— Bon, j'y vais. Où il est McLeod ?

— Dans la salle commune. Je te rejoins.

Nicolas tourna les talons, non sans chercher des yeux Rachel, qui venait de disparaître.

* *
*

— Vous avez tiré quelque chose de cette Sylvia ?

— Pas grand-chose, non. Elle s'est rappelé quelques bribes de l'incident, mais elle était sous l'effet du crack lorsque le gars a tenté de l'emmener dans son véhicule.

Tout en parlant, le policier tournait la tête pour voir passer les policiers et leur famille qui commençaient à se diriger vers la salle commune où des rafraîchissements sans alcool seraient servis avant le repas qui devait avoir lieu plus tard chez Levac.

Greg McLeod écoutait Nicolas faire le résumé de l'entrevue qu'il avait eue avec la jeune prostituée. Il appréciait le sérieux et le professionnalisme du jeune policier. Mais aujourd'hui, il semblait avoir la tête ailleurs, pensa Greg.

— J'ai réquisitionné la bague que le suspect lui a donnée.

— Appelons-le tueur, au point où on en est... Cette bague n'est-elle pas exactement la même que toutes les autres que nous avons trouvées sur les victimes ?

— Oui, effectivement, mais ce genre de bague se trouve partout dans les magasins à grande surface.

— Vous avez donc la bague, et quoi d'autre ?

— Elle dit avoir vu des menottes sous le tapis du siège du passager avant. Elle ne sait pas de quel genre de camionnette il s'agit, elle ne connaît rien aux véhicules... Elle affirme que c'était une camionnette noire. Et qu'elle avait deux portes. Ah oui, et des projecteurs sur le toit.

— Ce qui réduit tout de même notre champ de recherche. Une camionnette noire, deux portes, des feux sur le toit. Et son maquereau, vous avez pu le faire collaborer ? Il a certainement remarqué quelque chose... lui et les deux hommes qui l'accompagnaient. On sait de qui il s'agit ?

— Il s'appelle Eddy. Il a gardé le silence. Il ne veut pas se compromettre. J'ai l'impression qu'il peut non seulement décrire la camionnette, mais également le type qui la conduisait. Il n'a évidemment pas voulu donner l'identité de ses amis. À mon avis, ils courent tous un grand danger. Pas seulement Sylvia, mais tous ceux qui ont approché le tueur de près. À propos, on fait quelque chose pour protéger la fille ?

— Qu'avez-vous en tête? On ne peut tout de même pas la mettre sous la protection de la police ou la protection des témoins. Elle serait d'accord? Vous vous imaginez en train de surveiller ses allées et venues?

— Je lui en ai fait part. Elle n'est pas intéressée et on ne peut la forcer. Je lui ai recommandé d'être très prudente.

— Ouais, je vois pas comment elle peut user de prudence en acceptant de coucher avec des inconnus, et complètement bourrée en plus. Une autre qu'on va retrouver sur les rails…

Pierre Levac et François Racine venaient de pénétrer dans l'édifice, suivis de Rachel qui tenait Sophie par la main. Les policiers saluèrent McLeod qui ne fut pas sans remarquer l'intérêt prononcé de Higgins pour la femme de Racine. L'air grave, Nicolas dévisageait Rachel, sans retenue.

Il la suivit d'un regard appuyé jusqu'à ce que le groupe ait disparu dans le corridor. Lorsqu'il se retourna, McLeod, silencieux, fit un signe de tête en leur direction.

— Elle ne fait certainement pas partie de votre terrain de chasse, Higgins, dit-il avec un sourire en coin.

Puis, plus sérieusement :

« Je ne saurais trop vous recommander de vous rappeler qui vous représentez avec votre uniforme. »

* *
*

— Je vais prendre un jus aux fraises, maman, celui-là, dit Sophie, le feu aux joues d'avoir couru et joué avec ses nouvelles amies.

Rachel voulut lui servir un verre lorsqu'un policier devança son geste. Plus rapide qu'elle, il tendait déjà à Sophie la boisson demandée. Rachel sourit au policier et le remercia.

— Ils sont tous sous le charme, elle va faire des ravages, la femme de Racine.

— Je veux bien te croire, mais le Québécois devrait surveiller les célibataires, en particulier Higgins…

Les policiers observèrent Nicolas qui offrait à Rachel un verre d'eau minérale, après s'être occupé de la fillette. Ni l'un ni l'autre ne disaient mot.

Nicolas savourait les premières secondes de cet instant d'intimité, ce moment intense et éphémère, qui faisait battre son cœur plus fort.

Rachel frémit. À une autre époque, se dit-elle, elle n'aurait pas manqué d'être séduite par ses yeux bruns pleins d'une passion contenue.

Elle essayait de reprendre pied, mais un gouffre sans fond l'attirait. Un délicieux frisson lui parcourut la colonne vertébrale. Nicolas sourit, il l'imaginait sienne.

Le temps semblait s'être arrêté autour d'eux. Chaque seconde durait une éternité. Le brouhaha de la salle ne les atteignait plus que par moments, comme un bruit de fond auquel on s'habitue et dont l'intensité diminue graduelle-ment, jusqu'à disparaître complètement.

Il n'avait pas encore parlé, retardant le moment où il devrait affronter les inévitables déceptions qu'entraîne le décalage entre les attentes et la réalité. Il pouvait encore imaginer sa sensibilité, son intelligence, sa sensualité. Peut-être préférait-il ne jamais savoir et ne vivre que de ces quelques secondes d'intimité volée? Oui, cela lui suffirait amplement.

Il ne ferait pas d'autre pas. Il allait s'éloigner de cette table sous n'importe quel prétexte, il irait se changer, s'en retournerait chez lui et rêverait, le soir avant de s'endormir, de cette femme qu'il avait imaginée. Et sa vie pourrait continuer, libre de toute entrave, protégée des banalités, de la fadeur et de l'insignifiance de la vie.

Car un amour comme celui qu'il attendait ne pouvait pas exister.

Il déposa son verre sur la table.

François, qu'ils n'avaient pas vu arriver, se tenait devant sa femme, l'air furieux. Nicolas s'éloigna discrètement, mais sans toutefois quitter la salle. Il ne pouvait entendre les paroles du Québécois, mais il voyait les traits de Rachel se transformer. Une ombre était passée dans ses yeux, ses lèvres n'étaient plus qu'un trait dans son visage blême.

Autour de lui, le malaise était perceptible. Ses collègues lui jetaient des regards à la dérobée. Les cercles se refermaient. Des policiers lui tournaient le dos. On l'isolait pour avoir enfreint ouvertement cette règle de l'intégrité communément admise, bien qu'écrite nulle part.

Étonnant comme la répression est un instinct. En amour comme avec les criminels, se dit Nicolas.

Il allait partir lorsqu'une fois encore il se ravisa. François entraînait Rachel vers un groupe de policiers et leurs femmes qui l'accueillirent froidement. Elle aura du mal à se faire des amies, se dit Nicolas, en la suivant des yeux. Quelconque, elle aurait rassuré ces dames qui l'auraient acceptée avec joie dans leurs rangs. Mais elle était trop belle, elle n'aurait que des ennuis. L'amitié féminine lui serait refusée…

Rachel leva les yeux vers lui et cela lui fit mal, comme un coup dans la poitrine. Elle était magnifique, enfermée dans sa solitude, hautaine devant la mesquinerie qu'elle connaissait bien, pour l'avoir expérimentée tant de fois. Elle chuchota quelques mots à l'oreille de François puis sortit de la salle. Tous les regards convergèrent vers Nicolas. Mais qu'est-ce qu'ils croyaient, qu'il allait sortir à son tour et la rejoindre? Lentement, très lentement, un sourire monta aux lèvres de Nicolas.

Indifférent aux murmures qui accompagnèrent son départ, il quitta la pièce, conscient d'alimenter des rumeurs qui allaient le suivre pendant longtemps.

Rachel, dans la cour, cachait sa peine, loin des regards brûlants de ceux qui la jugeaient. Loin des paroles de propriétaire de son mari.

Elle le vit venir vers elle sans surprise, simplement étonnée de ne ressentir aucune crainte devant l'animosité qu'ils ne manqueraient pas de soulever lorsqu'ils seraient vus ensemble. Elle se sentait bien auprès de cet homme qu'elle avait l'impression d'avoir toujours connu.

— Il faut que je vous revoie, Rachel. Dites-moi où et quand?

— C'est compliqué, je ne sais pas.

— C'est nous qui compliquons les choses, tout est simple autour de nous. Dites-moi comment je peux vous revoir?

Le temps filait, ils n'avaient plus que quelques minutes.

— Vous ne pourrez me joindre.

Elle leva son visage vers lui. Des larmes perlaient sur ses cils.

« C'est impossible », répondit Rachel.

Il sourit.

— Je vous retrouverai.

— Je vous en crois capable, c'est ce qui me fait peur. Je ne suis pas libre.

— Nous sommes tous libres. Nous l'oublions quelquefois.

François, tenant Sophie par la main, marchait dans leur direction. Brutalement rappelée à l'ordre, Rachel courut vers sa fille sans se retourner. En passant près du *mountie*, François ne le salua pas.

30

Des voix la réveillèrent en plein milieu de la nuit. C'étaient des voix d'enfants. Son cerveau, brusquement tiré du sommeil, mit un certain temps avant d'identifier la source de cette clameur diffuse qui parvenait jusqu'à sa chambre. Cela provenait de la forêt. Des enfants, à cette heure? Rachel se leva et alla à la fenêtre.

Dehors, la pleine lune brillait avec l'éclat d'un projecteur, sa lumière s'infiltrant entre les grands arbres. Les ténèbres, dissipées, révélaient malgré tout bien peu des mystères de la nuit. Rachel écarquillait les yeux, mais la forêt demeurait insondable, énigmatique. Et les cris reprirent de plus belle. C'étaient comme de longues lamentations, ponctuées de petits gémissements en harmonique.

Des hurlements. Une meute de loups hurlant à quelques pas de sa maison. Elle ne pouvait les voir, mais elle sentait leur présence. Ils étaient si près qu'elle pouvait entendre le craquement du sous-bois dans leurs déplacements. Pieds nus sur le carrelage de la salle de bains, ses épaules baignées par les reflets argentés de la lune, elle se sentait aussi vulnérable que si elle s'était retrouvée sous le couvert du bois, encerclée par les bêtes dans ses derniers retranchements. Était-ce le signe d'une menace réelle?

Rachel revint se blottir dans les chaudes couvertures de son lit en bataille, écoutant silencieusement ce concert unique des loups qui communiquaient entre eux. Elle se rendormit bien après que le dernier grognement eut été poussé, donnant sans doute le signal du retrait de la meute.

* *
*

Dans la cuisine, assis à la table bistrot devant la baie vitrée, il regardait sans les voir les colibris qui volaient sur place entre les deux fuchsias suspendus près de la fenêtre. Les plants étaient chargés de petites ballerines en tutus violet et rose, ces fleurs magnifiques qui les avaient attirés par leur éclat et dans lesquelles ils introduisaient leur long bec à petits coups gourmands. Ils avaient vite remarqué l'abreuvoir rouge maintenu à la vitre par des ventouses. Le liquide très sucré leur permettait de faire le plein et de reprendre des forces après la dure traversée du Mexique qu'ils venaient d'effectuer.

— Les plus beaux oiseaux de la planète, à mon avis, dit Rachel, qui entrait dans la pièce, son café à la main. Tu vois comme leurs ailes battent vite ? Je n'ai jamais réussi à en voir de si près au Québec. Au Saguenay, nous étions trop au nord. Ils peuvent battre des ailes jusqu'à 78 coups à la seconde. Presque impossible à imaginer. Je leur ai concocté un véritable nectar, très concentré en sucre. Et devine quoi ? Ils le boivent au complet tous les trois ou quatre jours.

Elle s'arrêta pour savourer une gorgée de café.

« Celui-là est joli avec sa gorge orange, regarde ses reflets cuivrés. C'est un colibri roux, il ne vient qu'ici au Canada, et dans les Rocheuses. Il ne va pas rester tout l'été, seulement quelques semaines, car il se rend jusqu'en Alaska. »

Quand il s'agissait de ses oiseaux, pensa François, elle était intarissable. Mais voilà, ce matin, il n'avait pas la tête aux oiseaux.

Avec le bourdonnement caractéristique qui lui valait son nom anglais, l'oiseau-mouche partit soudain comme une flèche, poursuivant un autre colibri qui avait osé s'aventurer dans son territoire.

— Comment as-tu pu me faire ça ?

— Te faire quoi ? énonça Rachel calmement, un rien d'animosité dans la voix.

— Bon Dieu, Rachel, hier, j'ai été la risée de toute mon équipe.

« C'était donc ça, il était ennuyé d'avoir perdu la face devant ses collègues », pensa Rachel.

— Et tu peux me dire ce que j'aurais à me reprocher justement dans cette risée dont tu dis avoir été l'objet ?

— Tu l'as encouragé dans ses marques d'aff… dans ses tentatives de séduction.

— Ah, vraiment ? Et comment ai-je fait ça, dis-moi ?

Les yeux de Rachel étaient devenus sombres.

— Je ne sais pas moi, tu aurais pu le remettre à sa place, l'envoyer promener… n'importe quoi au lieu de rester là à écouter ses balivernes.

— Mais pourquoi aurais-je dû l'envoyer promener, il n'a pas dit un seul mot. Lorsqu'il nous a servi une boisson, à Sophie et à moi, c'était gentil de sa part, tu voulais que je fasse quoi ?

— Mais dehors, lorsqu'il t'a suivie, il fallait en finir…

— Ce que j'ai fait dès que je vous ai vus arriver, Sophie et toi.

François, en manque d'arguments, commençait à s'énerver. Il aurait voulu lui dire que de la voir avec le policier l'avait inquiété, qu'il avait peur de la perdre avec cette période difficile qu'ils traversaient depuis plusieurs mois, depuis son départ pour Regina, en fait. Peut-être même bien avant ça… Il aurait voulu lui dire qu'il ne savait plus comment l'approcher, comment lui dire qu'il l'aimait. Que la distance qu'elle maintenait entre elle et lui commençait à lui peser, qu'il en souffrait… et que de voir cet homme tenter de se rapprocher d'elle l'avait pratiquement rendu fou, la veille.

Mais il ne savait pas comment le lui dire. Malheureux, il se prit la tête entre les mains.

Touchée, Rachel se radoucit. Et vint à son secours. Comme chaque fois, lorsqu'il avait eu besoin d'elle. En amour, il n'est qu'un petit garçon, se dit Rachel, un petit garçon qu'il faut rassurer, consoler, dont il faut prendre soin… sans attendre en retour qu'il puisse à son tour la rassurer, la consoler, prendre soin d'elle et devenir l'homme fort qu'elle avait tellement désiré à ses côtés.

— Tu sais Rachel, je n'ai jamais voulu qu'une seule chose dans la vie, c'est d'être avec toi.

Et c'était vrai, et Rachel savait qu'il disait la vérité. Il l'avait aimée de son mieux, à sa façon à lui. Elle ne pouvait lui faire aucun reproche.

Elle eut mal en le voyant se lever et marcher un peu plus courbé que d'habitude, la tête penchée comme s'il portait un poids sur les épaules. Ses rides accentuées et ses yeux cernés trahissaient une nuit blanche passée à se torturer à cause d'elle. Elle se sentit coupable lorsqu'il leva les yeux vers elle en serrant les lèvres, dans un reproche qu'il ne formulerait pas. La douceur qu'il avait en la regardant lui fit l'effet d'une gifle. Elle lui avait manqué de loyauté. Mais lui l'aimait toujours.

Un autre colibri, cette fois un calliope mâle, dont les éclairs violets brillaient sur sa gorge, s'était posé sur la mangeoire et siphonnait goulûment de grandes quantités de sirop, en redressant sa tête minuscule pour avaler. Rassasié, il recula en agitant ses ailes, puis s'envola prestement. Rachel le vit batifoler avec une femelle dans les hauteurs. Le duo piquait du nez pour soudainement reprendre de l'altitude, dans un vol en formation parfaitement coordonné. Après quelques minutes de jeux amoureux, saoulés de plaisir, les colibris se posèrent enfin sur une toute petite branche, croisant leur bec, tout sucre tout miel, irrésistiblement attirés l'un vers l'autre par l'appel de la nature.

Si seulement tout était aussi simple, soupira Rachel en s'arrachant à la fenêtre.

31

Pierre Levac jeta un coup d'œil inquiet en direction de son protégé qui s'avançait vers lui. Racine avait les traits tirés et ne semblait pas de très bonne humeur. «Bien compréhensible, se dit-il, après l'incident de la veille.» Il se tourna vers son collègue qui discutait au téléphone, quelques bureaux plus loin. Celui-là pouvait se vanter d'avoir gâché non seulement la soirée de la famille Racine, mais aussi la soirée de bienvenue, du moins le cocktail au détachement.

Tony était heureusement intervenu et l'avait aidé à convaincre Racine de venir au souper qu'il avait organisé chez lui. La soirée n'avait pas été entièrement ruinée… et Higgins s'était fait dire sans équivoque qu'il n'était plus le bienvenu. Le policier était parti sans demander d'explications, comprenant sans doute qu'il en avait assez fait pour la journée.

— Bonjour, François. Nous avons reçu l'appel que nous craignions. Le corps d'une autre victime a été retrouvé hier soir à Vancouver par la police. Cette fois au bout de l'avenue Heatley, un petit bout de rue qui croise la rue Alexander.

Nicolas, qui venait de raccrocher, s'était joint aux deux hommes. Tout en évitant soigneusement le regard de

236

François, il leur résuma la conversation qu'il venait d'avoir avec Lucy Campbell.

— Le tueur se relâche, apparemment. Il a fait tomber le corps de la jeune femme de l'autre côté de la clôture qui empêche l'accès au chemin de fer sur plusieurs kilomètres dans ce secteur. Donc, pas de mise en scène, le corps a été découvert par des sans-abri qui ont l'habitude de dormir sous l'échangeur, au bout de cette rue, coupée par la voie ferrée. Ils ont alarmé le voisinage et on a reçu l'appel.

— Dans quel état est le corps de la victime? demanda François, en le regardant dans les yeux.

Nicolas soutint son regard pendant quelques secondes, puis se tourna vers Pierre Levac.

— Elle était couchée sur le ventre à environ deux mètres des rails. Comme il n'y a aucun accès au chemin de fer, on en déduit que le tueur s'est rendu avec sa camionnette jusqu'au bout de la rue et a rapidement poussé le corps de la victime de l'autre côté de la clôture, ce qui laisse supposer qu'il est d'assez forte corpulence. Il lui fallait tenir à bout de bras une femme qui fait environ 60 kg... Ce n'est pas lourd, mais ça représente tout de même un poids important... Autre chose, elle était nue comme les autres, mais son corps n'a à peu près pas de marques de violence, cette fois. Il était peut-être pressé d'en finir ou il a été interrompu.

— Et l'identité de la victime?

François revenait à la charge, cherchant l'attention du policier, qui continuait de l'ignorer. Le malaise augmentait au sein du trio.

— On croit qu'il s'agit de la mère des deux enfants, cette Heather, mais il est encore trop tôt pour le confirmer. L'équipe médico-légale est sur les lieux.

— Si c'est le cas, elle a été trouvée à quelques pas de sa résidence, elle habitait rue Alexander, dit Levac, songeur.

« … et elle a peut-être été tuée tout près de l'endroit où elle a été vue pour la dernière fois, ce qui expliquerait l'état du cadavre. Le tueur ne pouvait pas se permettre une séance de torture en pleine ville. »

— Oui et non, reprit Nicolas. Il a tout de même conservé le corps pendant quelques jours. Mais une chose est certaine, si la victime est celle que l'on pense, elle aura été portée disparue moins d'une semaine. Il augmente la cadence et il ne conserve plus les corps aussi longtemps qu'avant. De toute évidence, il a modifié sa façon de procéder.

— Elle portait une bague?

François revenait à la charge.

— Oui, avec un brillant noir.

— Quelqu'un a vu quelque chose, on a interrogé les sans-abri?

Cette fois encore, Nicolas ne regarda pas François lorsqu'il répondit à la question.

— Non, rien vu, rien entendu, dit-il, à l'adresse de Levac qui se sentait pris en sandwich.

Une fois de trop.

— Hey Higgins, je suis juste là devant toi, regarde-moi lorsque je pose une question. Tu préfères sans doute faire la conversation aux femmes mariées.

— Allez, les gars, c'est bientôt fini cette querelle…

Levac, mal à l'aise, regardait autour de lui pour voir si les autres policiers l'avaient entendu.

Nicolas afficha alors un de ces sourires moqueurs dont il avait le secret, provoquant la colère de Racine sans même ouvrir la bouche. Celui-ci se rapprocha de quelques centimètres.

— Écoute-moi bien, je n'aime pas me répéter. On va clarifier les choses entre nous. Je n'aime pas beaucoup les types de ton genre. Si tu t'imagines que ma femme va succomber au charme du premier venu qui l'approche, tu te trompes de cible.

Levac, en voyant se lever Tony et Marshall, qui les observaient du fond de la salle, tenta d'intervenir.

— Messieurs, je vous en prie, nous ne sommes pas dans une taverne, ici, et de tels propos n'ont pas leur place…

Nicolas l'interrompit d'un geste de la main.

— Séduire prend du temps… et j'ai tout mon temps.

François était devenu livide. Les poings serrés le long du corps, le visage dur où ne subsistait plus aucune trace de gentillesse, il toisait Nicolas et semblait sur le point de lui sauter à la figure. Déjà, Tony s'interposait et demandait à chacun de faire une pause, d'aller se rafraîchir les idées dans une autre pièce.

Marshall prit Nicolas par le bras et le pressa de le suivre. Avant de partir, le policier se retourna.

— Racine, en tant que policier, tu vas vite apprendre que tu pourras pas tout contrôler et prendre des décisions à la place des gens, même en étant persuasif…

Hors de lui, François allait s'élancer, mais c'était sans compter sur la poigne solide de Tony, qui en avait maîtrisé bien d'autres avant lui.

— Ignore-le, c'est un salaud, tout le monde ici condamne sa conduite. C'est un idiot, toi et moi on le sait. T'en fais pas, va, le sergent a dit hier soir qu'il allait lui coller une discipline. Une telle attitude est néfaste pour l'ambiance d'un détachement.

François retrouva son calme pendant que le bourdonnement des activités reprenait de plus belle dans la salle. De son bureau, Greg McLeod avait assisté à toute la scène.

Son visage trahissait sa contrariété. Mais que lui arrivait-il, à Higgins? Il ne l'avait jamais vu dans cet état. Il fit signe à Tony de venir le voir.

— Higgins, il est devenu fou ou quoi? C'est quoi ces manières? Mais il va la lâcher la femme de Racine ou il attend que l'autre pète les plombs?

Tony se mit à rire discrètement, pour ne pas indisposer Racine, qui regardait dans leur direction.

— C'est le printemps, la saison des amours… si vous voyez ce que je veux dire…

— Non, je ne vois pas ce que vous voulez dire, j'ai pas envie de faire de la poésie, Adams, je veux rétablir l'ordre dans ma section. Vous direz à Nicolas que je l'attends dans mon bureau.

Tony, voyant que son chef n'avait pas envie de faire de l'humour, se retrancha derrière un «oui, sergent» des plus sérieux. Il allait partir lorsque McLeod lui demanda :

— Et vous êtes prêts pour l'opération Squall demain? À quelle heure aura-t-elle lieu?

— À 4 h du matin, sergent. Simultanément dans une dizaine de résidences du Lower Mainland, dont celle du chef des Red Scorpions.

— Vos hommes sont prêts?

— Ils le sont, sergent. Et Collins, qui ne participera pas à la rafle, est responsable du groupe qui interrogera les familles.

— Ah oui, les femmes et les enfants… Ça ne sera pas facile cette partie de votre boulot, vous y avez songé? Les gars savent ce qu'ils doivent faire?

— Il sera certainement très difficile de limiter l'impact sur les familles. Après avoir vécu l'arrestation de leur conjoint, les femmes devront quitter les lieux immédiatement. Avec leurs enfants. Tout ce qui leur appartient sera mis sous scellé. Il n'y a aucun moyen de diminuer le choc qu'ils vont vivre. Mes hommes le savent.

Greg McLeod eut une pensée pour ces femmes qui vaquaient à leurs occupations, ce matin, sans savoir que leur vie allait être bouleversée à jamais dans moins de 24 heures.

— Les médias seront mis au courant?

— À la dernière minute, sergent. On ne veut pas de bavures. Le chef de gang, Jarod, semblait très nerveux cette semaine. Il se prépare à prendre le large, d'après moi. C'est pourquoi on attaque demain matin. Il n'a pas été vu à son domicile depuis une semaine. Mais hier, contre toute attente, il est rentré et n'est pas ressorti depuis. Il sent que le vent tourne, il prépare sa fuite. Sa résidence est gardée continuellement. Au moindre mouvement, on sera avertis.

— Tony?

— Oui, chef?

— Faites-moi une faveur. Demain matin, lorsque les femmes et les enfants se retrouveront à la rue, faites tout en votre possible pour les protéger de la presse. C'est déjà bien assez de foutre leur vie en l'air…

32

Rachel fit un pas de côté et l'évita de justesse. Quelque chose venait de tomber du toit. Au même instant, un écureuil gris prit la fuite en dérapant sur les briques de la terrasse. Elle leva les yeux et comprit ce qui venait de se passer. L'écureuil avait sans doute escaladé la maison pour atteindre la corniche. Surpris en la voyant sur la terrasse, il avait perdu pied et avait fait une chute, à quelques centimètres de sa tête.

— C'est du beau, grommela Rachel. Voilà que je risque maintenant de recevoir un écureuil enragé sur la tête. J'en ai vraiment marre de cette jungle.

Elle était sortie sur la terrasse pour aller constater les dégâts causés à son pot de géraniums, qu'elle avait imprudemment laissé à la portée des limaces. Il ne restait pratiquement plus une feuille intacte. Seuls les plantes indigènes et les arbustes de lavande, qui contenaient un répulsif naturel, échappaient à leur appétit vorace.

Elle avait aperçu sa pauvre plante en allant voir si des visiteurs indésirables s'y trouvaient. Elle redoutait désormais non seulement les ours, mais aussi un nouveau prédateur.

Le matin, son voisin avait frappé à sa porte et lui avait demandé son adresse courriel. Il souhaitait lui envoyer une photo qu'il avait prise de sa terrasse. Devant son air interrogateur, elle se demandait pour quelle raison il photographiait son terrain, il avait ajouté : « Il va vous falloir être très prudents, en particulier votre fille... Il y a un couguar qui rôde autour de votre maison. »

En recevant l'image qu'il lui avait immédiatement envoyée, elle eut besoin de quelques minutes pour vraiment se rendre compte de ce qu'elle voyait. Son voisin avait photographié l'animal, d'abord en équilibre sur sa clôture de deux mètres de haut, puis sur sa table de patio. Selon lui, il s'agissait d'un jeune adulte. Il devait faire environ un mètre de long et peser 50 kg. Un gros chat sauvage !

Devant l'écran de son portable, Rachel contemplait, fascinée, la tête du fauve, dont les yeux couleur océan semblaient maquillés de noir, comme si on lui avait appliqué une sorte de khôl autour des paupières. Son long corps souple au pelage brun pâle semblait sur le qui-vive, prêt à bondir. Les yeux verts de Rachel rencontrèrent à nouveau le regard féroce de l'animal. Aucun doute sur ses intentions : il chassait sur son terrain.

Pourtant, se dit-elle, en consultant ce que Wikipédia disait sur les couguars d'Amérique, il ne devrait pas être là. Ce sont des animaux timides, qui restent cachés dans les montagnes. Il faut croire que nous sommes en plein dans ces montagnes, justement.

Elle eut un frisson en continuant sa lecture. « Ils se déplacent en silence, peuvent courir jusqu'à 50 km/heure, font des bonds de 12 mètres... griffes longues... puissance des mâchoires... Ils tuent leurs proies en leur brisant le cou... »

Rachel interrompit sa lecture. Décidément, elle n'avait plus aucune envie de prendre un bain de soleil, cet été, étendue sur sa chaise longue. Cette pratique, qu'elle adorait faire au Québec dans ses temps libres et lorsqu'il ne pleuvait pas, était désormais révolue. Elle se demandait si elle ne devrait pas troquer l'huile à bronzer pour une carabine. Elle entendit la porte de la terrasse s'ouvrir.

— Non! Ne sors pas Sophie!

Sophie, interloquée, la main sur la porte, ne fit plus un geste.

« Heu… On a pas le temps, tu seras en retard à l'école… et puis, il faut me demander de venir avec toi chaque fois que tu iras sur la terrasse, à partir d'aujourd'hui. »

Elle reprit, plus doucement, grimaçant un sourire :

« Tu as bien compris ? »

— Pas à cause de l'écureuil qui a failli te tomber sur la tête ?

Sophie la regardait, décontenancée.

« Tu crois que ça va m'arriver, à moi ? »

Elle n'a pas vu le couguar, et je ne vais pas lui montrer. Elle ne voudra plus sortir de la maison, pensa Rachel.

— Non, oui, enfin… À cause de ça et à cause des ours. Vite, va te préparer, on est en retard.

Sophie obtempéra, non sans avoir décoché un regard inquisiteur à sa mère, en passant près d'elle.

* *
*

Elle sortit les poubelles et les boîtes bleues de récupération au bord de la rue. Dans la voiture, Sophie avait déjà attaché sa ceinture et l'attendait. Rachel consulta sa montre et décida qu'elle n'avait pas le temps de défaire chacune des boîtes de carton et de séparer les différentes matières à recycler comme elle aurait dû le faire si elle en croyait le dépliant que le propriétaire de la maison leur avait remis dès le premier jour.

Tant pis… Déjà qu'il ne fallait pas déposer les poubelles dehors la veille, comme ça se faisait pratiquement partout ailleurs au Canada. Pour éviter d'attirer les ours…

En plus, les centres de recyclage de la région ne faisaient pas le tri des matières recyclables… Il fallait tout faire soi-même. Ça prenait un temps fou, rageait Rachel.

— Hé, vous pouvez pas laisser ces boîtes comme ça!

Rachel, qui s'apprêtait à monter dans sa voiture, s'arrêta net. Mais qu'est-ce qu'il me veut, celui-là? Elle reconnut son deuxième voisin, qui n'avait pas même répondu à ses salutations l'autre jour.

— Qu'est-ce qu'elles ont, mes boîtes?

— Vous ne les avez pas défaites, c'est ça le problème. Et les gars du recyclage vont les laisser là. Déjà que vous en avez mis beaucoup sur le bord de la route!

Mais de quoi il se mêle, se dit Rachel, outrée. Un regard à sa montre et elle décida que tant qu'à perdre son temps, elle allait le perdre pour une bonne cause.

Elle avança vers le voisin, qui était pieds nus et ne portait qu'un short. Il semblait avoir couru pour l'avertir. Il allait en avoir pour son argent.

— Oui, j'ai beaucoup de boîtes parce que je viens de déménager et qu'aucun commerce ne veut prendre nos boîtes vides. Je n'ai donc qu'un seul choix, à moins d'accepter de vivre à travers les boîtes, c'est de les mettre au recyclage.

«Voilà. Ma fille commence l'école dans cinq minutes. Malgré le plaisir que j'ai eu à discuter avec vous ce matin, je vais donc devoir vous quitter.»

Surtout, ragea-t-elle intérieurement, que je vais devoir affronter une circulation monstre autour de l'école car il n'y a pas de service d'autobus scolaire ici.

— *My goodness! I don't understand anything... What are you telling me? French Canadian accent is just horrible!*

Rachel, qui s'était élancée vers la voiture, se retourna d'un coup. Ses yeux verts lançant des éclairs, elle répondit, le plus calmement du monde :

— *At least, I speak both official languages in Canada! How about you?*

Elle lui tourna le dos et monta dans sa voiture.

Elle quitta le quartier en laissant derrière elle l'écureuil, les limaces, le couguar et le voisin, tout en se demandant si elle s'était levée du mauvais pied ce matin-là.

* *

*

Sophie courut vers Loren et toutes deux s'alignèrent avec les autres élèves devant la classe de M. Rondpré.

— Elles s'entendent bien, n'est-ce pas ? dit Rachel à Jill, pour entamer la conversation.

La jeune femme avait l'air inquiet et ne répondait que par monosyllabes.

« Il faudra que nous invitions Loren à la maison bientôt. Lorsque j'aurai mis un peu d'ordre dans la maison, je serai vraiment heureuse qu'elle vienne jouer avec Sophie. »

— Oh ! oui, bien sûr. Mais nous ne demeurons pas dans le quartier, et Loren a beaucoup d'activités. Mais enfin, oui, un de ces jours, peut-être...

Rachel était étonnée de ce peu d'enthousiasme, après les rencontres chaleureuses des derniers jours. Elle sentait que quelque chose n'allait pas. Elle n'insista pas, n'étant pas assez intime avec sa nouvelle amie pour se permettre de lui poser des questions.

Jill, les yeux cachés derrière des lunettes de soleil, en cette heure matinale où la pluie menaçait, se disait qu'elle était arrivée à un point décisif de sa vie. Il ne lui servait plus à rien de se faire des illusions. Ses yeux rouges envahis par la terreur, elle faisait l'impossible pour ne pas céder à la panique.

La veille, lorsqu'elle était rentrée à la maison avec Loren, une bombe semblait avoir traversé le salon. Tout était couvert de poussière et un mur complet avait été éventré à coups de hache. La laine de verre qui servait à isoler la maison pendait, sectionnée et du plâtre recouvrait le plancher de bois. Avant qu'elle ne puisse réaliser ce qui s'était passé dans sa maison, elle entendit son chien hurler au sous-sol. Elle se précipita en bas et libéra Zeus, enfermé dans un placard.

La peur au ventre, tenant Loren par la main, elles remontèrent l'escalier, le chien, nerveux, les suivant à distance.

Une fois au rez-de-chaussée, elle demanda à la fillette de rester avec Zeus et de l'attendre devant la porte d'entrée. Pour la première fois depuis des semaines, Loren s'accrocha au bras de sa mère en faisant non de la tête. Elle ne voulait pas la quitter. Jill la serra très fort et lui murmura à l'oreille que tout irait bien, qu'elle n'en avait que pour quelques minutes. Instinctivement, elles se faisaient des signes et parlaient à voix basse, conscientes qu'un danger les menaçait.

Jill regarda en haut de l'escalier, mais aucun bruit ne leur parvenait du 2ᵉ étage. Pourtant, ce ne pouvait être que lui, l'auteur de ce massacre. Pour une raison qu'elle ignorait, il avait décidé de détruire le mur du salon. Son attention fut attirée par un morceau de papier rose qui dépassait d'un tas de résidus amoncelés sur la table japonaise. Elle tira dessus et demeura pétrifiée. Elle avait dans les mains un billet de mille dollars.

Mais que pouvait bien faire un billet de banque de cette importance au milieu de son salon saccagé?

Jill, un doigt sur la bouche en direction de sa fille, monta l'escalier sans bruit. Il était étendu là, sur le lit à baldaquin, dans la chambre des maîtres et dormait à poings fermés. La pièce empestait l'alcool. Il cuvait son vin. Déboussolée, elle redescendit les escaliers, ne sachant plus quoi faire. Elle ne se sentait plus en sécurité dans cette maison.

Jill prit ses clés et son sac à main. Tenant d'une main Loren et de l'autre son chien, elle ouvrit la porte et s'éloigna de cette maison dont l'air était devenu irrespirable.

*

La cloche sonna. Les élèves se bousculaient devant les portes des classes. Devant l'école, Jill se demandait maintenant si elle devait rentrer à la maison pour y chercher quelques affaires. Elles avaient dormi à l'hôtel. Une expérience amusante pour Loren, mais qui ne pourrait pas durer éternellement. Déjà, il avait fallu remettre les mêmes vêtements le matin et acheter des brosses à dents à la réception de l'hôtel. L'employé les avait regardées avec curiosité.

Peut-être aurait-il quitté la maison ? Elle pourrait alors préparer leurs valises, mais elle ne savait pas où aller et elle n'avait pas d'argent, en dehors de ces cartes de crédit qu'il pouvait à tout moment faire annuler. Quelles étaient les intentions de Jarod ? Avait-il finalement décidé de se séparer d'elle ? Que s'était-il passé au salon ? Elle devait savoir. Même si elle avait peur de son mari, même si elle sentait confusément qu'elle avait épousé un homme dangereux.

— Est-ce que je peux t'aider, Jill ? Je ne voudrais pas être indiscrète, mais tu sembles triste, ce matin. Je peux faire quelque chose ?

Rachel observait la jeune femme d'un air compatissant.

« Non, je ne suis pas triste », pensa Jill. Mais comment lui expliquer que je me meurs de peur, que je crains pour ma vie et pour celle de ma fille. J'ai peur de me retrouver à la rue. Je suis complètement dépendante financièrement d'un homme qui n'a pas toute sa tête et qui a défoncé le mur du salon hier soir.

— Merci Rachel, je suis juste un peu fatiguée. Je n'ai pas bien dormi. Je vais y aller, Zeus est dans la voiture. Je dois rentrer chez moi.

Rentrer chez elle… Jill retint un sanglot et marcha rapidement vers sa voiture où l'attendait son chien fidèle.

33

— Edward, pouvez-vous demander au caporal Mike Grant de venir me voir lorsque vous le verrez?

Lucy Campbell nota sur un bout de papier les coordonnées qu'avait pris soin de lui donner l'agent qui s'était rendu à l'hôpital. Elle était désolée pour Mike, la nouvelle allait certainement l'atteindre plus profondément que n'importe qui d'entre eux.

— Bonjour sergent, j'ai appris pour la découverte de la dernière victime, dit Mike en entrant dans son bureau. Je m'en veux tellement… Je crois que j'ai vu une fille embarquer dans une camionnette noire, il y a quelques jours, rue Powell, près de Dunlevy. C'est peut-être la fille qui a été retrouvée… De mémoire, elle faisait bien 1,60 mètre et son poids correspond également.

Mike se passa la main sur la nuque.

« J'étais fatigué, je venais de rendre visite à mon ami Raymond. J'aurais dû être plus vigilant et attendre un peu, coller le gars sur le bord de la route.»

— Mike, il ne s'agit probablement pas de la fille qui a été tuée, mettez-vous cela dans la tête. Tous les soirs, des dizaines d'entre elles se font ramasser sur la route et reviennent en vie. Comment pourriez-vous savoir s'il s'agit bien d'elle? Si ça peut vous rassurer, faites enregistrer votre déclaration, si vous vous souvenez du véhicule ou du conducteur, puis passez à autre chose.

— J'ai vu le gars de dos, il était assez gros, je dirais qu'il fait de l'embonpoint et il était chauve, en fait il portait une couronne de cheveux autour de la tête, comme ceux qui s'entêtent à conserver le peu de cheveux qui leur reste...

Mike sourit en touchant ses propres cheveux qu'il rasait pour diminuer sa calvitie.

— Mike, ce n'est pas pour parler de ça que je vous ai fait venir ici. J'ai une mauvaise nouvelle à vous annoncer. Raymond, le sans-abri, il a été retrouvé inconscient sur le trottoir, à côté de son panier d'épicerie, à quelques rues du bâtiment où il habite.

Lucy parlait lentement, essayant de ménager le plus possible le policier, qui l'écoutait en la regardant fixement.

« Mike, votre protégé a été sauvagement battu. Nos hommes enquêtent en ce moment pour savoir si quelqu'un a été témoin de cet acte barbare. »

— Il est... mort?

Mike, visiblement peiné, gardait un calme impressionnant.

— Non, il a été transporté à l'hôpital Mont Saint-Joseph. Son état est critique. Je dois malheureusement vous dire que nous enquêtons déjà sur un meurtre plutôt que sur une agression.

Mike baissa la tête.

« Si vous voulez aller le voir, il faut le faire tout de suite. Je vous libère. Il est aux soins intensifs. Voici les indications pour vous y rendre. »

— Merci sergent, fit Mike en prenant le papier qu'elle lui tendait.

— Mike?

Sur le pas de la porte, le policier se retourna.

« Je suis vraiment désolée. Raymond, c'est la bonté même. Il ne méritait pas ça. Nous allons tout faire pour mettre la main sur le salaud qui l'a agressé. »

* *

*

Mike s'arrêta devant le comptoir central situé devant les chambres des patients. Trois infirmières surveillaient des moniteurs, tout en inscrivant des notes dans les dossiers. Il avait dû revêtir une combinaison stérile, des pantoufles et un masque avant de pouvoir pénétrer dans l'unité des soins intensifs, soigneusement gardée par une porte coulissante de plexiglas.

— Je suis de la police de Vancouver. J'aimerais voir Raymond, le sans-abri.

— Il est dans cette chambre, dit l'infirmière la plus âgée en se levant pour l'accompagner. Vous ne pourrez rester que 10 minutes. Il a repris conscience il y a une demi-heure, mais il souffrait horriblement, malgré la morphine. Nous avons provoqué un coma artificiel pour ménager ses forces. Son pouls est faible, il a perdu beaucoup de sang. Il est sous transfusion.

— Est-ce qu'il a des chances de s'en sortir ?

Même à travers son masque, Mike sentait que sa voix trahissait son inquiétude.

L'infirmière, le regard soudain aiguisé, fit plus attention à lui.

— Vous êtes de la famille ? Je croyais qu'il n'avait personne...

— En quelque sorte, oui. On se connaît depuis une dizaine d'années. Nous sommes devenus amis avec le temps. Je prenais soin de lui.

L'infirmière hésita l'espace d'une ou deux secondes puis poursuivit.

— Nous ne pouvons pas encore nous prononcer sur ses chances de survie. Il n'est pas très âgé, mais il n'est pas en très bonne santé... c'est un sans-abri, vous comprenez. Et il a été violemment agressé. Ceux qui ont fait ça avaient l'intention de le tuer. Ça nous paraît évident, vu la gravité des blessures. Vous allez faire le saut en le voyant. Comme vous n'êtes pas vraiment ici en tant que policier, mais parce que vous le connaissiez, je vais vous accompagner. Les filles, je suis dans la C.

Les deux infirmières levèrent à peine la tête et poursuivirent leur surveillance pendant que Mike suivait leur collègue.

En entrant dans la chambre, le choc fut plus brutal que Mike s'y attendait.

Étendu dans un lit de réanimation, entouré d'appareils sophistiqués dont un insufflateur de soins intensifs, Raymond, inconscient, était connecté à une perfusion intraveineuse dont les nombreux fils, collés sur sa poitrine maigre, couvraient à peine les ecchymoses bleues qui tournaient au noir.

Des hématomes sur son visage le rendaient méconnaissable. Les yeux et les joues tuméfiés du vieil homme n'étaient plus qu'une plaie gonflée. Ses lèvres étaient fendues et une entaille profonde lacérait son nez. Sa tête, recouverte de pansements, laissait craindre le pire.

Ses bras, placés le long de son corps sur la couverture, présentaient des blessures de défense, songea Mike en l'examinant. Il avait tenté de se protéger des coups.

— L'individu qui l'a frappé a utilisé un objet conton-
dant, une masse ou une matraque, sans doute. C'est vous
qui allez nous le dire, mais il a également reçu des coups
de couteau. On en voit les traces sur ses bras.

— Il a été attaqué par plus d'une personne, à mon avis.

— C'est aussi l'avis de vos collègues qui sont venus
ce matin. Quels sauvages! Faire ça à un pauvre sans-abri,
sans raison.

Mike songea qu'ils devaient avoir un motif pour
agresser Raymond. Et il commençait à se demander si son
enquête n'y était pas pour quelque chose.

L'électrocardiogramme laissait entendre sa sonnerie
régulière. L'infirmière jeta un coup d'œil sur l'écran.

«Son pouls est toujours faible. Je dois vous demander
de partir. Mais vous pourrez revenir à toutes les heures,
si vous le souhaitez. Pour le voir quelques minutes. Ça
va aller?» demanda l'infirmière, en voyant la pâleur du
policier.

— Oui, bien sûr. J'ai l'habitude…

Mike se sentait gêné par son regard compatissant.

— Je sais, mais lorsqu'on connaît la personne agressée,
c'est tout de même différent, dit-elle d'un ton autoritaire.
Je vous conseille d'aller prendre un café à la cafétéria et de
revenir dans une heure.

34

Perplexe, Jill descendit de sa voiture. Elle avait remarqué une voiture noire stationnée devant l'entrée de sa résidence. Sans en être certaine, elle avait l'impression de l'avoir déjà vue auparavant, au même endroit. Et le conducteur lui semblait également familier. Cet homme attendait quelqu'un, sans doute.

Elle marcha vers la porte d'entrée, son boxer à ses côtés, non sans inquiétude : elle venait d'apercevoir la Chrysler noire de son mari, toujours stationnée devant le garage. Elle ouvrit la porte avec précaution et sursauta.

Il se tenait juste devant elle, un sourire sarcastique sur les lèvres.

— Alors, on découche de la maison ? Où étais-tu et où est ma fille ?

Jill laissa volontairement la porte grande ouverte. Elle ne se sentait pas le courage de s'enfermer avec un homme en qui elle n'avait plus du tout confiance. Jarod jeta un œil à l'extérieur. Le plus calmement possible, elle se mit à parler.

— Loren est à l'école, bien sûr, à cette heure. Et nous avons dormi à l'hôtel parce que les travaux que tu as entrepris hier soir ont provoqué une poussière qui empêchait la petite de respirer. Comme tu dormais, je n'ai pas voulu te réveiller. Je suis partie vite et j'ai oublié de te laisser un mot. Mais tu pouvais me joindre en tout temps sur mon cellulaire.

Elle reprit son souffle. Elle avait dit tout cela d'un trait, désireuse de ne pas montrer la terreur qui avait commencé à sourdre en elle au cours des dernières heures.

Après la nuit blanche qu'elle venait de passer à recouper tous les incidents inexpliqués survenus dans leur vie de famille au cours des derniers mois, voire des dernières années, Jill ne savait que penser de l'homme qui était devant elle. Un fou ou un criminel ? Elle en était arrivée à une terrible conclusion : il trempait certainement dans des affaires louches. Il lui fallait gagner du temps. Si le prix pour les sortir de ce guêpier, Loren et elle, était de faire l'idiote, elle la ferait sans hésitation.

Elle le regarda dans les yeux, masquant son esprit combatif par un air des plus soumis, espérant qu'il croirait en sa naïveté.

Jarod se radoucit. Si elle était assez stupide pour imaginer qu'il entreprenait des travaux de rénovation dans le salon, il n'était donc plus nécessaire de l'éliminer. Il suffirait de disparaître. Et sa fuite était prévue dans quelques heures. Mais il ne partirait pas sans sa fille.

— Je suis désolé pour les travaux et toute cette poussière. Comme tu peux voir, j'ai ventilé, et l'air est redevenu respirable. Vous pourrez dormir à la maison ce soir. Il n'y a plus aucun danger.

Il la regardait avec intensité, habile, après des années passées dans le monde cruel des gangs, à déceler le moindre mensonge, le moindre tic qui lui prouverait qu'elle avait finalement tout compris.

Jill soutint son regard et réussit même à lui faire un sourire des plus charmeurs, une facilité qu'elle avait toujours eue devant les caméras lorsqu'elle était top modèle.

— Merveilleux. Bon, alors je vais faire un peu de ménage et tu m'expliqueras les plans que tu as en tête pour le salon. Après tout, la peinture devait être refaite. Et un nouveau revêtement apportera le cachet qui manquait dans cette pièce. Je vais aller chercher Loren dans quelques heures. On a donc pas mal de temps devant nous. Tu veux que je te prépare un sandwich et du café ?

Il se détendit. Elle était redevenue gentille, comme il l'avait connue dans les premiers temps. Après tout, peut-être pourrait-il l'emmener avec lui demain ? Il fallait y songer. Voyager avec un enfant ne serait pas une sinécure, même si Loren était maintenant assez grande. Et il pourrait toujours abandonner la jeune femme, une fois traversée la frontière américaine. Oui, c'était sans doute la meilleure solution : partir en famille.

Il s'approcha de la jeune femme et la plaqua contre son corps. Il avait même le temps pour des caresses. Ses gestes se firent plus tendres. Surmontant sa peur de lui, Jill le suivit dans les escaliers.

* *.

*

Dans la cuisine, Rachel attacha son tablier et se mit au travail. Elle adorait cuisiner. Ce jour-là, elle préparait l'omelette aux pommes de son ami Dany, qui lui avait envoyé la recette via Facebook. Un délice, si on en croyait la photo.

Elle lut les ingrédients de la recette qui n'avait probablement jamais été couchée par écrit. Pour son ami, nul besoin de recette, il cuisinait à l'instinct. Il possédait l'art de marier les épices et les herbes fraîches aux différentes viandes ou aux poissons, ne négligeant aucun détail pour la présentation, nourrissant l'œil comme l'estomac.

Rachel, à genoux sur le plancher, fourrageait dans une armoire et finit par mettre la main sur le bol qu'elle cherchait. Elle mélangea les œufs, la farine, la crème et le lait à l'aide d'un fouet et ajouta à la préparation les morceaux de pommes épluchés, puis mit le plat de côté. Elle fit griller quelques morceaux de lard salé jusqu'à ce qu'elle obtienne des grillades croustillantes, elle versa dessus le mélange aux œufs.

Elle plaça le poêlon au four et regarda sa montre, 30 minutes à 350 degrés puis elle ajouterait le fromage râpé sur l'omelette, qu'elle ferait griller 10 autres minutes. Un repas consistant et goûteux, un rien trop riche, qu'elle dégusterait avec des rôties et des fèves au sirop d'érable.

Son café à la main, elle s'approcha de la fenêtre et regarda le ciel sans nuage qui annonçait une journée magnifique. Elle scruta attentivement la forêt : les prédateurs étaient occupés ailleurs. Une bonne odeur d'omelette grillée commençait à se répandre dans la pièce. Elle prit une profonde inspiration.

Malgré tout, pensa-t-elle, la vie était belle.

35

— Voiture 9 à centrale.

— Centrale, j'écoute.

— Pouvez-vous demander à Tony de me joindre sur mon cellulaire. Il ne répond pas à mes appels. Je dois lui parler.

Dans sa voiture, Marshall Collins, ses jumelles à la main, surveillait la résidence des Falcon. Les soudaines allées et venues du chef de gang commençaient à le rendre nerveux. La sonnerie de son cellulaire retentit, il sursauta et s'empressa de répondre.

— Collins à l'appareil.

— …

— Bon, c'est toi, où étais-tu? (…) Ah! c'est pour ça que je n'arrivais pas à te joindre, ces maudits bâtiments de béton… Écoute, il se passe quelque chose dans sa maison. Tout d'abord, sa femme est finalement rentrée ce matin. Et comme elle a laissé la porte ouverte lorsqu'elle est arrivée, j'ai pu voir que ça ne va pas entre eux. Il avait l'air en colère, et comme elle n'a pas dormi à la maison hier soir, j'imagine qu'ils se sont querellés…

— …

— Oui, bien sûr, mais il semble nous avoir repérés. Mais ça, on s'y attendait, tant que rien de l'opération n'a transpiré, il peut penser qu'on le file et qu'on n'a rien contre lui... Il est habitué, mais il jetait de fréquents coups d'œil dans ma direction. Et il y a autre chose : depuis une heure, il transporte des choses dans sa caravane, comme s'il se préparait à partir en vacances avec sa famille. Si c'est ça, on ne pourra rien faire pour l'en empêcher.

— ...

— Je sais... Il se prépare sans doute à partir au cours des prochaines heures. Avec un peu de chance, on aura investi les lieux avant...

— ...

— Sa fille... elle va la chercher vers 14 h d'habitude et elle est de retour 30 minutes plus tard, si elle n'arrête pas faire des courses...

— ...

— Absolument. Je te fais savoir dès qu'elle sera rentrée. Jarod peut décider de lever les pieds dès le retour de la petite. Ah! j'oubliais. J'ai compté au moins cinq valises dans ses allers-retours entre la maison et la caravane. Ça me semble beaucoup pour un voyage normal de trois personnes.

— ...

— Tu as raison, ça ressemble à un déménagement. Il part pour ne plus revenir. S'il veut mettre son projet à exécution aujourd'hui, il va falloir l'en empêcher.

* *
*

Jill s'était prêtée de son mieux à cette comédie de préparatifs de voyage, faisant semblant d'être d'accord pour ne pas éveiller les soupçons de Jarod. Il voulait qu'elle prépare leurs valises, eh bien! elle allait les faire, mais ce ne serait pas dans l'intention de partir en voyage avec lui.

S'il la croyait idiote au point de croire dans les paroles d'amour murmurées à son oreille pendant qu'elle subissait son contact, il se trompait lourdement sur toute la ligne. Elle avait encore en mémoire la vision de son visage déformé par la haine, lorsqu'il l'avait violentée l'autre soir...

Mais quand il avait parlé de partir dès le retour de Loren, elle avait pris peur. Elle n'avait pas prévu qu'il voudrait s'en aller si vite. Elle sentait qu'il mijotait quelque chose. Elle ne voulait pas le suivre, mais s'en aller quelque part en sécurité avec sa fille. Comment déjouer sa vigilance à quelques heures d'avis? Elle avait bien une idée, mais arriverait-elle à persuader Loren?

La seule façon de retarder leur départ serait un événement incontournable lié à sa fille. Et justement, ce soir, Loren participait à une compétition de ballet à Burnaby, au théâtre Michael J. Fox. Il fallait que la petite le supplie d'assister. Mais elle redoutait l'enfant qui aimait son père plus que tout et qui préférerait abandonner sa classe de danse plutôt que de le décevoir. Il fallait qu'elle puisse la convaincre.

* *
*

Rachel embrassa Sophie et l'entraîna vers la voiture. Elle rencontra Jill et Loren, mais toutes deux étaient occupées à discuter et ne les virent pas. Rachel décida de ne pas les interrompre et continua son chemin.

— Maman, regarde, c'est Loren et sa maman. Tu sais qu'elles ont dormi à l'hôtel hier soir? Loren nous a tout raconté. Et son papa est méchant…

— Quoi? Comment peux-tu dire ça?

Rachel s'arrêta sur le trottoir.

— Parce qu'il a tout brisé le mur du salon et qu'il a enfermé le chien au sous-sol. Et c'est pour ça que Loren et sa maman sont allées à l'hôtel. Elle a dit qu'elle a très peur de son papa. M. Rondpré lui a parlé…

Derrière elles, Jill, penchée, serrait sa fille dans ses bras. Elle leva la tête et les deux femmes se regardèrent un moment. Rachel, comprenant qu'il se passait quelque chose d'anormal, fit un pas vers elle, mais Jill se hâta de quitter les lieux. Ce qu'elle devait affronter, se dit-elle, elle serait seule pour y faire face. Personne ne pouvait l'aider, songea-t-elle, le cœur serré.

36

Dans l'obscurité, elle écoutait le souffle lent de la respiration de son mari, étendu à ses côtés. Il s'était endormi. Et son sommeil serait lourd, avec tous les verres d'alcool qu'il avait ingurgités, les uns après les autres, pendant cette soirée interminable.

Elle n'avait pas eu de mal à convaincre Loren d'aller à sa compétition. L'enfant craignait son père depuis l'incident du salon. Elle n'avait pas cru sa mère à propos des travaux de rénovation et boudait son père pour avoir enfermé le boxer. Et elle ne désirait plus partir en vacances avec lui. D'autant plus qu'elle ne voulait pas quitter sa nouvelle amie, Sophie.

C'est ce qu'elle avait d'abord dit à son père, qui s'était tout de suite énervé, oubliant toute réserve devant l'enfant. Jill était rapidement intervenue. Elle avait parlé de la compétition, invoquant l'importance pour Loren d'être présente, puisqu'elle interprétait un solo dans la chorégraphie. Jarod, fière de sa fille, s'était rengorgé et avait finalement accepté de retarder leur départ jusqu'au matin. Malheureusement pour Jill, il avait tenu à les accompagner à cette soirée.

Une soirée où elle n'avait pas eu une seconde de répit et où elle avait dû improviser sans cesse pour éviter qu'il se méfie.

*

Elle sortit lentement du lit, sans faire de mouvements brusques. La peur au ventre, elle se dirigea vers l'escalier, puis vers la porte d'entrée. Zeus, couché sur son coussin, releva la tête, les oreilles dressées. Elle lui parla doucement en le caressant, pour ne pas qu'il aboie. En passant devant l'horloge, elle vit qu'elle indiquait 3 h.

Il lui fallait maintenant prendre sa valise et celle de Loren, déposées cet après-midi dans la caravane et les mettre dans le coffre de sa voiture. Puis, elle rentrerait et réveillerait la fillette en douceur. Elles quitteraient ensuite cette maison pour ne plus jamais y revenir sans protection.

Et s'il se réveillait?

Elle pourrait toujours dire que la petite avait fait un cauchemar ou prétexter qu'elle avait de la fièvre et qu'il lui fallait aller à l'hôpital.

Elle mit plusieurs minutes à transférer les bagages, plus lourds que dans son souvenir. En particulier sa valise, qu'elle eut du mal à soulever pour la faire entrer dans le coffre. Elle ne s'était pas trompée, pourtant, il s'agissait bien de la sienne… Elle prit quelques secondes pour vérifier. Elle ne croyait pas avoir emporté autant de choses. La malle devait bien peser près de 50 kg. Elle décida de l'ouvrir pour être tout à fait sûre.

À la lueur des lampadaires, près de la maison, elle découvrit avec stupéfaction que des liasses de billets de banque avaient remplacé tous ses vêtements. Elle ouvrit la valise de Loren. Les effets personnels et les vêtements de sa fille étaient toujours là. Elle referma les valises et le coffre. Quelque chose n'était pas encore clair dans son esprit, elle voulait en avoir le cœur net.

Elle pénétra dans le garage, se rendit au fond de la pièce et leva le couvercle de la grosse poubelle noire. Cela lui fit l'effet d'une gifle.

Il n'avait jamais eu l'intention de l'emmener. Au fond, ses affaires étaient là, lancées pêle-mêle, vêtements, souliers, produits de toilette, bijoux…

Elle avait maintenant la preuve qu'elle avait affaire à un homme dangereux. Et il s'apprêtait à enlever la petite.

* *
*

La radio grésilla dans toutes les voitures, postées à une dizaine d'endroits dans le Lower Mainland.

— Opération Squall en cours. Dix minutes avant la bourrasque.

Dans les salles de nouvelles de la région, les journalistes levèrent la tête et se regardèrent les uns les autres en tendant l'oreille. En toute hâte, les caméramans préparèrent leur équipement. Quelque chose allait se passer. Quelque chose de gros.

Dehors, répartis un peu partout dans le Lower Mainland, plus d'une centaine de policiers de la GRC et des corps municipaux d'Abbotsford et de Vancouver, armés jusqu'aux dents, s'apprêtaient à faire irruption dans des habitations. Casqués et vêtus de leurs vestes pare-balles, les policiers attendaient le signal de leur chef, Tony Adams.

Les maîtres-chiens, un peu en retrait, tenaient leur bête en laisse.

3 h 55. Autour de la maison des Falcon, une quinzaine de policiers se tenaient silencieusement à côté des fenêtres et des deux portes d'entrée.

Au 2ᵉ étage, Jill, dans la chambre de sa fille, essayait de réveiller la petite, profondément endormie, qui protestait en gémissant. Zeus, qui avait suivi sa maîtresse, les observait. Il ne fallait surtout pas réveiller Jarod. Il lui faudrait donc la porter jusqu'à la voiture. Elle prit l'enfant dans ses bras et avança vers la porte en vacillant un peu. Mon Dieu ! Comme elle est devenue lourde, pensa Jill angoissée, craignant de faire une chute dans l'escalier.

Au même instant, un vacarme assourdissant se fit entendre au rez-de-chaussée, le bruit du verre qui éclate, du bois qu'on arrache, suivi d'une course dans l'escalier et des cris puissants qui la figèrent sur place.

— POLICE ! Personne ne bouge ! Mains en l'air !

Loren, tout à fait réveillée, regardait sa mère sans comprendre, les yeux agrandis par la peur, puis se mit à pleurer. Jill, cherchant à protéger sa fille, se terra dans un coin de la chambre en l'entourant de ses bras. Son cœur battait à tout rompre tandis qu'elle regardait fixement la porte, s'attendant à la voir s'ouvrir d'une seconde à l'autre. Zeus s'avançait vers la porte, montrant les dents.

Tout se passait au ralenti, comme lorsqu'une situation est trop choquante pour que le cerveau l'enregistre à la même vitesse qu'elle se déroule. La police avait envahi leur maison. Mais que se passait-il donc ? Lorsqu'un policier ouvrit la porte d'un coup de pied, la jeune femme et la fillette, sous le choc, tremblaient sans pouvoir s'arrêter.

— Tenez votre chien, Madame ! Sinon, je devrai l'abattre, cria l'agent, son pistolet braqué sur la tête de l'animal.

Jill se mit à hurler des ordres à son chien et l'agrippa dès qu'il fut à sa portée. L'agent les considéra un instant puis cria, à l'intention des autres policiers :

— Sa femme et sa fille sont ici.

Un peu plus loin dans le corridor, les policiers avaient déjà arrêté et menotté Jarod, qui n'avait même pas tenté de s'enfuir.

Une policière entra et vint s'occuper d'elles. Dans le corridor, des bottes noires s'étaient immobilisées devant la chambre de Loren. Jill releva la tête. Encadré par deux agents, Jarod, vêtu d'un short, était torse et pieds nus. Ses deux tatouages, représentant les lettres R et S, étaient bien visibles sur son bras et sur son cou.

Il la regarda en grimaçant.

— Tu m'as donné aux flics... Tu vas te retrouver à la rue.

— Ça suffit, elle n'a rien à voir là-dedans. C'est plutôt toi qui l'as entraînée dans cette merde. Je te rappelle que tout ce que tu dis pourra être retenu contre toi. Allez, avance !

Le dernier regard que Jarod lança en leur direction fut pour Loren, qui pleurait silencieusement, la tête enfouie dans ses mains. Jill eut mal en voyant la détresse qui traversa le regard de son mari. Elle n'avait jamais douté un seul instant à quel point il aimait sa fille. Dans les yeux du chef de gang passa une tristesse fugitive, vite suivie par une sorte de résignation : il avait toujours été conscient des risques liés à la vie qu'il menait, dont celui de perdre sa fille. Il ne pouvait plus rien changer. Il baissa la tête.

Solidement tenu par les agents, Jarod descendit l'escalier qui menait au rez-de-chaussée. En bas, les chiens avaient été lâchés. Ils s'agitaient dans tous les sens, reniflant les murs, les meubles et les tapis.

Jarod fut emmené vers une voiture de police. Sous le feu des caméramans et des photographes, qui immortalisèrent son visage, un policier appuya sa main sur la tête du chef des Red Scorpions pour le faire asseoir sur la banquette arrière.

Des photographes s'étaient approchés des garages où les enquêteurs avaient saisi des armes d'assaut, plusieurs armes de poing et des explosifs, dissimulés sous le plancher de la caravane. Ils avaient également mis la main sur les valises pleines de billets de banque, y compris celle qui se trouvait dans le coffre de la voiture de Jill.

Jill avait suivi la policière en tenant sa fille contre elle et son chien de sa main libre. Elle regarda la voiture, qui transportait son mari, disparaître en sortant de l'allée.

Un cri de victoire provenant du salon la fit se retourner.

— Les chiens ont trouvé une autre cachette, dit un policier, en sortant un à un des sacs de poudre blanche d'un trou dissimulé dans le bois de sa belle table japonaise.

Jill enfouit le visage de Loren contre sa poitrine pour lui éviter de voir des images qu'elle ne pourrait sans doute jamais oublier. Elles habitaient dans un repaire de bandits…

Sur la porte d'entrée, un policier collait un scellé avec du ruban gommé rouge.

*   *
*

La directrice de l'école regardait la jeune femme assise devant elle, tête basse, qui faisait un effort surhumain pour contenir ses émotions. Elle ressentait de la pitié mêlée de mépris pour cette mère de famille impliquée dans une horrible histoire de gang. Elle examina en silence ses vêtements fripés, sa coiffure négligée et son visage sans maquillage. Jill était visiblement épuisée et les dernières heures passées entre les interrogatoires de la police et son installation dans un centre pour femmes battues avaient dû être très éprouvantes.

Quelle humiliation, pensa-t-elle, pour cette femme qui vivait dans l'aisance, de se retrouver du jour au lendemain sans aucune ressource! Et elle avait une fillette à faire vivre, la petite Loren, qui était de retour en classe, ce matin. Cet enfant allait avoir besoin d'aide. Elle écrivit une note sur un bout de papier... il faudrait demander à la psychologue de lui ménager une entrevue.

— Écoutez, vous connaissez les politiques du district scolaire en matière de drogue et de violence. Nous ne pouvons que nous réjouir de voir la police arrêter en une seule nuit une vingtaine d'individus impliqués dans le trafic de drogue et d'armes à feu. Nous travaillons si fort pour contrer la corruption chez nos jeunes.

Jill, les joues en feu, aurait voulu quitter la pièce tellement elle se sentait honteuse. Elle ne pouvait rien faire pour éviter d'être éclaboussée par les accusations déposées contre son mari. Et pour sa fille, il lui fallait écouter ce discours.

«Cela dit, bien que vous ayez profité, de toute évidence, d'un train de vie lié à ce genre de trafic, cela ne fait pas de vous une criminelle.»

La facture à payer. À quoi s'attendait-elle? Que ces honnêtes citoyennes qui trimaient dur pour gagner leur vie et qui avaient probablement envié sa richesse, ses vêtements à la dernière mode, ses coiffures tendance, ses ongles en gel... que ces femmes se montrent pleines de compassion à son égard ? Non, songea-t-elle, elle ferait face à des juges plus durs que ceux qui allaient décider du sort de son mari.

« Nous comprenons que vous êtes la femme d'un homme considéré comme un chef de gang, le chef des Red Scorpions. La police ne vous cite pas comme suspect et vous a relâchée, ce qui fait de vous… une victime. »

La directrice avait prononcé ses derniers mots comme à regret, à contrecœur.

Elle ne me croit pas innocente. Ils croient tous que je savais, que j'étais consentante, que je soutenais mon mari dans ses activités criminelles, pensa Jill, avant de continuer à voix haute :

— Madame la directrice, avec tout le respect que je vous dois, où voulez-vous en venir ? Je ne suis pas ici pour me faire faire la morale sur des actes criminels que je n'ai pas commis. Je suis ici pour parler de ma fille et trouver une entente afin qu'elle puisse terminer son année scolaire le mieux possible étant donné les circonstances.

« Je suis dans la pire situation dans laquelle une mère puisse se trouver. Je n'ai pas d'argent, pas de logement, nous n'avons plus de vêtements, Loren n'a plus ni effets scolaires, ni jouets, elle n'a plus rien du tout. »

La voix de Jill se brisa. Elle prit une profonde inspiration et poursuivit :

« Ma maison est sous scellés, ma voiture m'a été retirée, mon compte en banque a été gelé, mes cartes de crédit, saisies et nous ne pouvons pas pénétrer chez nous pour aller y chercher nos vêtements ou quoi que ce soit d'autre… Ces choses ne nous appartiennent plus. Nous dormons dans un centre pour femmes violentées parce que nous n'avons nulle part où aller. Ils ont accepté mon chien jusqu'à demain, mais je devrai m'en séparer. »

Jill se tut… rassemblant toute sa volonté, elle continua d'une voix éteinte :

« Cela me brise le cœur de devoir encore imposer une nouvelle peine à Loren, qui est déjà bien assez bouleversée comme ça. Si vous avez du mal à m'innocenter dans cette affaire, songez que ma fille n'a absolument rien à voir dans les accusations dont son père est l'objet. Et je vous demande de l'aider, dans la mesure de vos possibilités, à terminer sa 2ᵉ année. Ce que je veux dire, c'est que je n'ai pas d'argent pour assurer sa scolarité présentement ni pour lui acheter un sac à dos et les livres dont elle a besoin. »

Le visage de la directrice était devenu grave. Elle ne voulait pas se montrer compatissante à l'endroit d'une femme de gangster peut-être plus impliquée que la police voulait bien le dire. Mais elle redoutait également d'être trop dure, d'aggraver la situation. Elle se retrancha finalement derrière sa fonction.

— Nous allons bien entendu fournir ces choses nécessaires à Loren, comme nous le faisons pour les familles indigentes dont les enfants fréquentent notre école. Une aide psychologique lui sera également offerte pour l'aider à faire face à la situation. Dès que vous aurez une adresse, faites-nous la connaître pour que nous puissions l'inscrire dans nos registres. Nous réviserons votre situation en septembre prochain.

Jill se leva et se dirigea vers la sortie de l'école. Dans le corridor, Rachel l'attendait.

Elle ne l'avait pas vue depuis deux jours à l'école. En lisant les journaux, elle avait fait le lien, horrifiée en reconnaissant l'adresse de son amie. Le matin suivant, Sophie et elle s'étaient précipitées vers Loren, qui était entrée dans la classe sans dire un mot. En la voyant assise comme un robot, misérable devant son pupitre, M. Rondpré s'était immédiatement approché de l'enfant et l'avait emmenée dans une autre pièce pour lui parler.

Rachel attendait depuis une heure devant le bureau de la directrice, lorsque son amie était enfin apparue. Jill eut un pauvre sourire crispé.

Sans faire aucun commentaire, Rachel la serra dans ses bras. La jeune femme, qui avait refoulé ses émotions depuis deux jours, se mit à sangloter.

— Jill, c'est un dur moment à passer. Je peux l'imaginer. Mais tu vas te ressaisir, tu vas rebondir et tu verras, tu vas te refaire une vie. Tu vas le faire pour Loren. Elle a besoin de toi. Et puis, nous sommes là, Sophie et moi. Que pouvons-nous faire pour vous aider ?

— Rachel, je n'ai plus rien, plus rien du tout… Je n'ai que ce que tu vois sur moi, ces vêtements et mon sac à main. Nous habitons dans un centre pour femmes battues. Ils sont gentils, mais c'est difficile pour Loren.

— Si tu veux, je peux prendre ta fille chez moi quelques jours, le temps que tu puisses t'organiser, demander l'aide du gouvernement, trouver un logement. Il te faudra un travail.

— Un logement, ici, tu imagines combien ça coûte cher, et je te parle d'un logement minable, dit Jill, en faisant une moue dégoûtée.

La jeune femme, qui avait jusque-là vécu dans le luxe sans jamais devoir travailler, était loin d'être préparée à gravir la pente qui venait de surgir sur sa route.

— Jill, dit Rachel le plus doucement qu'elle put, la vie que tu menais n'était pas une vie normale. Il va falloir te réinsérer dans la société réelle. Et tu y arriveras, si tu repars de zéro et que tu oublies ce que tu crois avoir perdu, car tu n'as rien perdu puisque toutes ces richesses ne t'ont jamais appartenu…

Jill demeura sans répondre pendant quelques minutes. Rachel disait vrai. Sa maison et tout ce qu'elle contenait, sa voiture, ses voyages, tout avait été payé illégalement avec l'argent du crime. Cet argent que son mari récoltait en détruisant les jeunes cerveaux pour en faire des toxicomanes. C'était peut-être pour cela qu'elle se sentait tellement étrangère dans sa belle demeure de la 249ᵉ Rue.

— Tu crois que tu peux prendre Loren pendant quelques jours?

— Oui, bien sûr. Je l'emmènerai cet après-midi si ça te convient. Et Sophie lui prêtera des vêtements et tout ce qui lui manque.

— Je ne veux pas abuser, mais j'aurais une autre faveur à te demander. Je ne sais pas quoi faire avec Zeus. Ils ne veulent pas le garder au centre. Tu pourrais le prendre pendant quelque temps?

— Entendu. Et toi, tu vas me promettre d'être courageuse et de grimper les escaliers une marche à la fois.

De sa fenêtre, la directrice vit Rachel faire monter Jill dans sa voiture. Elle devait la reconduire quelque part. Une main secourable. On jugeait toujours trop vite, se dit-elle en retournant à son bureau. Mais c'était aussi tellement plus confortable que d'imaginer le calvaire d'une innocente.

37

— Mais d'où sort ce chien ?

Le boxer avait sauté sur François dès qu'il avait pénétré dans la résidence. Il agitait sa petite queue en signe de bienvenue.

Chuttt ! Rachel lui fit signe de baisser la voix en jetant un regard au 2ᵉ étage. Ils discutaient en français, mais le ton de son mari était tout, sauf amical. Et la petite, qui jouait dans la chambre de Sophie, n'avait surtout pas besoin de se sentir rejetée.

— C'est le chien des Falcon. Jarod Falcon, ça te dit quelque chose ?

Elle se mit à rire devant l'air ébahi de François qui n'arrivait pas à en croire ses yeux.

— Mais qu'est-ce que le chien de ce criminel fait chez nous ?

Rachel lança un regard inquiet en haut de l'escalier.

— Sa fille est ici, alors si tu veux bien baisser le ton d'un cran, s'il te plaît. Cette enfant a déjà été marquée pour le reste de ces jours. Tu ne te rappelles pas de Jill, mon amie ? Eh bien ! c'est sa maman et c'est aussi la femme de Falcon.

En voyant sa surprise, elle ajouta :

« Tu devrais fermer la bouche avant d'avaler des mouches... »

François n'en revenait pas. Elle était amie avec la femme d'un chef de gang, et pas n'importe quel gang, il s'agissait du groupe le plus violent de la région. Et tout de go, elle lui annonçait, comme ça, que la fille de ce criminel, qui venait d'être arrêté, jouait en haut avec sa fille. Et elle avait aussi accepté de prendre soin de leur chien.

— Mais est-ce que tu te rends compte de ce que tu fais ?

La colère grondait dans sa voix.

— Tout à fait, répondit Rachel que cette petite conversation commençait à fatiguer. J'agis humainement envers mon amie qui a perdu toute sa sécurité en quelques minutes par la magie de l'opération Squall. Son mari a été mis sous les verrous et sa maison, sa voiture, ses vêtements ont été mis sous scellé... Elle avait besoin d'un petit coup de main et je lui ai donné.

— Je te trouve bien ironique dans ta façon de considérer l'opération policière qui a permis d'arrêter les vingt bandits les plus actifs de la région...

— Pas du tout, il suffit de se servir de sa tête pour déceler les faiblesses de l'opération. Les policiers sont entrés comme des chars d'assaut dans les maisons, enfonçant les portes et les fenêtres, terrorisant les femmes et les enfants innocents qui ont eu la peur de leur vie en les voyant débarquer en pleine nuit. Tu crois que cette petite fille de huit ans, là-haut, va jamais pouvoir se remettre de l'opération Squall dont tu es si fier ? Elle a vu son père se faire menotter sans ménagement, elle a cru qu'un policier allait abattre son chien... et la cerise sur le gâteau, c'est qu'elle a perdu ses jouets et ses vêtements dès qu'elle a mis le pied dehors de sa maison. Tu crois qu'elle va aimer les policiers après ça?

C'est Rachel qui parlait fort maintenant, outrée de voir son mari défendre une force policière qui était trop souvent, à son goût, la cible justifiée des critiques.

«Entre toi et moi, tu ne crois pas que la police, puisqu'elle a reconnu l'innocence de Jill, n'aurait pas pu lui laisser prendre ses affaires personnelles?»

— Rachel, ce sont des choses achetées avec l'argent de la drogue.

— Oui, et qu'est-ce qu'ils vont faire avec ces choses, les donner aux pauvres, les détruire? Pendant ce temps, Jill frappe à la porte des organismes pour obtenir de l'aide sociale. Ils vont devoir l'aider de toute manière, alors autant lui laisser prendre ses affaires…

François devait reconnaître que les arguments de Rachel avaient du poids et que la police aurait pu atténuer la misère dans laquelle Jill et sa fille allaient se retrouver. Mais il savait aussi que les opérations policières de cette envergure, qui avaient pour cible de dangereux criminels, ne pouvaient se permettre de faire du sentiment en pensant aux innocents.

Les rires coquins des deux fillettes leur firent relever la tête. Sophie et Loren étaient vêtues de robes anciennes et de souliers à talons hauts que Rachel avait trouvés dans les marchés aux puces. À la hauteur de la poitrine, elles avaient bourré leur robe de foulards, pour se faire des courbes féminines. Et ça les faisait rire aux éclats. Le jeu, c'était ça la force de l'enfance, le remède pour retrouver l'équilibre et oublier la peur. Loren allait s'en tirer, pensa Rachel, mais il lui faudrait beaucoup s'amuser.

Sophie attrapa son amie par le bras et elles se poussèrent, en riant, jusqu'au grand coffre aux déguisements où elles reprirent leurs fouilles.

— Combien de temps allons-nous la garder ? demanda François, sur un ton plus doux.

— Je ne sais pas. Tant que Jill n'aura pas trouvé un appartement où habiter, j'imagine. Bon, je vais aller préparer le repas.

— Rachel, tu as bien fait de l'accueillir. De mon côté, je vais voir ce que je peux faire pour qu'elles puissent aller chercher leurs effets personnels. Il doit bien y avoir une clause le permettant dans ce type d'affaires. Je vais me renseigner.

Rachel, repoussant nerveusement sa crinière rousse d'une main, lui fit un grand sourire. Il était droit, elle savait qu'elle pouvait compter sur lui lorsqu'il s'agissait d'injustices.

* *
*

— François, tu peux allumer le poêle barbecue, s'il te plaît ? La viande est prête, elle a mariné tout l'après-midi.

François sortit sur la terrasse et ouvrit le gaz avant d'appuyer sur l'allume-feu. Il entreprit de frotter la grille du poêle avec la brosse en acier. Un mouvement dans le salon lui fit lever la tête, croyant qu'il s'agissait des fillettes. Personne.

Il continua de gratter les grilles consciencieusement en laissant son esprit se détendre peu à peu avec les gazouillis des oiseaux de la forêt et le bruit du vent dans les arbres.

Son voisin, qui faisait également cuire des steaks sur le barbecue lui fit un signe amical de la main. Il ferma le couvercle de son poêle et s'amena jusqu'à François, pour un brin de causette.

— Alors, vous aimez la Colombie-Britannique?

— Ah oui, vraiment, on adore ça ici.

— Pour apprécier la province, il faut faire du sport. Moi, je suis né ici mais j'en connais qui n'aiment pas. Mais ils ne vont jamais dans les parcs, ils ne profitent pas de la température douce qui permet de faire tous les sports pendant les quatre saisons ou presque. Par exemple le ski... Vous skiez? Eh bien, la saison commence en novembre et se termine à la fin avril. Dans la même journée, vous pouvez aller skier le matin, vous étendre sur la plage l'après-midi et aller jouer au golf en fin de journée. Moi, je fais des courses de moto...

Le voisin était sympathique, avenant, pas le type de gars qui vous parle de la température ou vous prête un outil à l'occasion. Mieux que ça, pensa François. Le voisin qui vient vous donner un coup de main parce qu'il s'y connaît en réparation de moteur et qu'il vous voit en difficulté. Le voisin à qui Rachel serait trop heureuse d'envoyer une belle assiette de biscuits frais pour le remercier.

— Ah! dit-il en s'interrompant. Je croyais que vous n'aviez qu'une petite fille... mais je vois que vous avez aussi la grand-mère avec vous... c'est votre mère à vous?

François suivit le regard du voisin. Il avait vu quelqu'un à travers la fenêtre du salon. Sur le coup, il fut pris d'un fou rire. Si Rachel apprend qu'il l'a prise pour ma mère, elle va nous tuer. Je vais tenir ça mort.

— Non, il n'y a que ma femme et moi, et Sophie notre fille de huit ans.

François se retenait de rire.

Mais le voisin resta sérieux.

— Ahhhh… j'ai pourtant cru voir une vieille dame en robe de chambre blanche… Mais maintenant que vous me dites ça, c'était peut-être bien juste une ombre…

Il sembla soudain pressé de partir et retourna vite à son barbecue.

En retournant chercher la viande, François vit que Rachel portait la robe brune qu'elle avait lorsqu'il était rentré.

— Tu t'es changée? Je veux dire, tu n'as jamais enlevé cette robe, n'est-ce pas?

Rachel regarda son mari d'un air curieux.

— Pourquoi voudrais-tu que je me sois changée? Bien sûr que non, je n'ai pas eu le temps. J'ai porté cette robe toute la journée.

— Parce que le voisin a cru voir une dame.. il se mordit les lèvres pour ne pas dire âgée… en robe blanche dans le salon.

— Vraiment?

François fut surpris de ne pas la voir réagir davantage, comme si le sujet ne l'intéressait absolument pas. Rachel continua de couper des tranches d'oignons, qui seraient délicieuses saisies dans l'huile d'olive et disposées sur le filet de sauce dont elle comptait recouvrir les steaks.

— Bon, je vais aller faire cuire la viande. Je te préviendrai lorsqu'il restera environ deux minutes de cuisson.

Rachel, qui n'avait pas quitté son couteau des yeux, se dit que le moment était bien mal choisi pour parler des fantômes. Cette ombre, qu'elle avait bel et bien vue passer, attendrait son tour.

38

Il avait plu toute la nuit et l'air du matin était chargé d'humidité. La forêt dégageait l'odeur fraîche du bois en décomposition, de la mousse et du lichen. Rachel marchait dans le parc qui longeait le Kanaka Creek.

Le sous-bois était parsemé de crosses de fougères qui sortaient timidement leurs têtes vertes entre les feuilles brunies des fougères de l'année précédente. Sous son pied, le sol s'enfonçait un peu, sensation agréable pour son corps courbaturé.

Les arbres, très hauts dans le ciel, empêchaient les rayons du soleil d'atteindre le sentier. L'endroit s'assombrissait, au fur et à mesure qu'elle s'enfonçait sous le couvert de la forêt.

C'est plutôt frais, songea Rachel, en serrant les pans de son chandail contre elle. Elle augmenta la cadence, désirant se rendre jusqu'au petit pont qu'elle apercevait un peu plus loin. Là-bas, une éclaircie laissait passer la lumière.

Elle savait qu'elle n'aurait pas dû se promener seule. Au moins, aurait-elle dû faire du bruit, mais elle n'avait pas emporté sa cloche à ours, recommandée aux randonneurs. Elle était partie sur un coup de tête, après avoir reconduit les filles à l'école, ne résistant pas à l'appel de cette nature sauvage.

Tant pis, elle avait toujours aimé prendre des risques. Et ici, en Colombie-Britannique, aller prendre l'air en forêt signifiait vivre dangereusement.

Elle arrivait au pont. Le Kanaka Creek passait juste en dessous. L'été, les saumons rouges venaient y frayer en grand nombre. Les gens d'ici avaient cette expression qu'elle aimait bien : on pouvait marcher sur le saumon.

Elle ne manquerait pas de revenir à cette source de vie, alors que des millions d'œufs étaient fécondés dans ces eaux, source de vie également pour les aigles et les ours, qui se régalaient des carcasses des saumons.

Car les saumons rouges, contrairement à leurs cousins de l'Atlantique, ne retournaient pas à la mer. Leur mort en sacrifice était, au bout de leur course, une source de nutriments pour le fleuve dans lequel leurs alevins devraient se battre pour survivre et à leur tour donner leur vie pour leurs enfants.

Rachel songea que ce cycle décrivait l'essentiel même de la présence de l'homme sur terre : perpétuer son espèce en protégeant ses petits, les guider jusqu'à ce qu'ils puissent à leur tour assumer le rôle qui leur avait été attribué, puis disparaître en ayant fait les choix qui convenaient pour sa descendance. Un sacrifice sans échappatoire.

Le craquement d'une branche la fit sursauter. Elle se retourna. Penchée sur la rampe du pont, elle ne l'avait pas vu approcher. Elle ne le reconnut pas tout de suite.

— Rachel, je suis désolé, je ne voulais pas vous faire peur.

Il se tenait à l'entrée du pont, la surplombant de sa taille imposante, les mains enfoncées dans les poches de son jeans. Il portait un chandail à cagoule noir où des inscriptions en japonais soulignaient un mouvement de karaté, réalisé en quelques traits blancs. Il la regardait en souriant, de petites rides encadrant ses yeux bruns pleins de douceur, des fossettes creusant ses lèvres.

Appuyée au garde du pont, Rachel ne se sentait pas rassurée. Elle regarda autour d'elle. Ils étaient seuls, en pleine forêt, à au moins un kilomètre de marche de chez elle. Les cris familiers des geais de Steller déchirant le ciel qui, en d'autre temps, l'apaisaient, semblaient la prévenir d'une menace.

Après tout, se dit-elle, en considérant le jeune homme, elle le connaissait très peu et elle avait compris qu'il ne lâchait pas facilement prise. Sa présence devant elle lui rappela la promesse qu'il lui avait faite, l'autre jour. Il l'avait retrouvée. Et cette fois, il n'y avait pas de témoins.

— Je dois partir.

Elle allait faire un mouvement de côté pour passer devant lui, mais il ne lui en laissa pas le temps. Il était déjà plus près d'elle, son torse effleurant sa poitrine. Elle leva la tête pour protester et s'arrêta net lorsqu'elle vit son regard de vainqueur.

Lentement, il établissait son emprise, l'enfermant dans ses bras, pressant fermement son corps qui résistait contre le sien. Il appuya ses lèvres contre ses cheveux et ne bougea plus. Elle respirait à petits coups, oppressée et engourdie par son odeur d'homme qui lui montait à la tête.

Puis, dans la visible intention de faire durer le plaisir pendant de longues minutes, il remonta sa main le long de sa colonne vertébrale, glissant le long de son cou, relevant sa chevelure, effleurant son oreille et sa joue d'une caresse qui devenait insupportable. Elle eut un long frisson qui le fit rire. Il se pencha et embrassa fiévreusement ses lèvres, ses mains contre son dos la retenant de moins en moins captive. Elle lui rendait son baiser, avec toute la fougue retenue en elle depuis des mois, des années.

Les eaux du ruisseau coulaient doucement sous le pont, laissant entendre le clapotis des remous contre les rochers. Le vent faisait voler les grains de pollen qui retombaient comme autant de petits parachutes blancs autour d'eux sur le pont. Le pouls de la vie s'accélérait.

Combien de temps demeura-t-elle ainsi, la tête serrée entre les deux mains du jeune homme, complètement abandonnée à ses caresses, happée dans un tourbillon de jeux sensuels dont il maniait le rythme avec la précision d'un conquérant, l'enflammant sans la consumer. Il voulait la posséder entièrement, il la voulait toute à lui, complètement, son corps, son cœur, son esprit. Il n'avait jamais autant désiré une femme de toute sa vie. Et il n'allait pas brusquer le processus naturel de cet appel de la nature.

Il trébucha un peu en se reculant. Le souffle court, les lèvres entrouvertes, il la regardait. Tremblante, la chevelure en bataille, ses yeux verts brillants, elle n'avait jamais été plus belle.

— Je m'appelle Nicolas. Et nous allons nous revoir. C'est inévitable. Ne sentez-vous pas ce champ magnétique… qui vous a menée jusqu'à moi ?

Reprenant son souffle, elle le regarda partir le long du sentier. Sous le pont, l'eau douce coulait vers le Pacifique, attendant l'heure du grand sacrifice.

39

Mackenzie, tenant ses clés, s'approcha de la porte de l'unité et l'ouvrit. Elle laissa passer le détenu qui avançait à petits pas, encadré par deux agents correctionnels.

Le chef des Red Scorpions, dans toute sa splendeur déchue, pensa Mackenzie, en détaillant l'homme qui se tenait devant elle. Vêtu de l'uniforme en coton des prisonniers, il avait perdu de sa superbe, les pieds enchaînés et les menottes aux poignets. L'air ironique, immortalisé sur sa photo de détenu prise à son arrivée, avait disparu pour faire place au regard inquiet du père de la mafia qui sait que les dés sont jetés.

Les accusations très lourdes qui pesaient contre lui venaient de lui être expliquées par son avocat. Il sortait de l'entrevue. À voir son visage défait, les preuves devaient être accablantes.

Il n'allait donc pas demeurer très longtemps au North Fraser Pretrial Center. Son procès pourrait être expédié plus vite que prévu.

Le détenu arriva devant la grille de sa cellule. Mackenzie introduisit la clé dans l'ouverture automatique. Avant d'entrer, il leva la tête et la regarda.

— Est-ce qu'il est possible de joindre ma fille ? J'aimerais lui parler, entendre sa voix.

Mackenzie regarda les deux autres gardiens, puis ses yeux se posèrent à nouveau sur Jarod Falcon.

Il avait maigri depuis son arrivée. Il avait perdu cette allure de motard essayant de contenir son embonpoint naissant dans des jeans trop serrés et des vestes de cuir ajustées. Il faut dire qu'il avait subitement changé de régime. Les repas bien arrosés ne faisaient pas partie du menu de la prison.

Il avait aussi perdu son arrogance en perdant sa richesse et le train de vie auquel il était habitué.

Il n'était plus qu'un père dont la fillette venait de lui être enlevée.

— Je vais essayer. Mais elle n'a que huit ans. Il va nous falloir l'approbation de sa mère. Et des autorités.

Le plaisir gratuit que tous les papas du monde obtenaient sur demande, même les plus pauvres, celui de serrer leur enfant dans leurs bras, lui était désormais refusé.

* *
*

Sylvia, assise sur le lit, regardait une dernière fois la chambre qui avait été à la fois un refuge et un lieu de détention. Elle avait tressé ses longs cheveux noirs en deux nattes et ne portait pas de maquillage. Elle avait chaussé des *runnings* appartenant à une autre époque, celle de son arrivée dans le quartier. Son sac à dos, à ses pieds, rempli des quelques objets lui appartenant, portait tous les espoirs jamais violés par qui que ce soit. Elle s'en allait enfin.

Inga, assise en face d'elle sur l'autre lit, enviait son amie. Sylvia, contrairement à elle, avait profité de ses rares moments de lucidité pour envisager de changer de vie. Et elle avait fait le premier geste pour pouvoir quitter le monde de la prostitution. Elle avait choisi entre deux souffrances, optant pour la plus intense, le prix à payer pour être libre.

Deux coups discrets frappés à la porte. Elles étaient venues, comme promis. Sylvia se leva et prit son sac.

Inga s'essuya les yeux et serra la jeune fille dans ses bras. Elle ne savait plus si elle pleurait sur elle-même ou sur la perte de celle qui était devenue sa petite sœur et qu'elle ne reverrait sans doute jamais plus.

La porte s'ouvrit et deux femmes sourirent à Sylvia, qui se dégageait déjà des bras d'Inga, pressée d'entamer la prochaine étape de sa vie, comme si elle risquait de perdre son nouveau courage.

Elle sortit sans se retourner.

En descendant les escaliers une dernière fois, elle ne put s'empêcher de penser à Sarah, qui avait essayé maintes fois de changer de vie, sans succès. Elle était toujours retournée à ses anciennes habitudes… et le tueur avait finalement décidé de son sort. Comme il semblait vouloir en décider du sien. Mais là où elle serait, il ne la trouverait pas.

Une pluie fine arrosait la rue Cordova lorsqu'elle sortit de l'édifice. La jeune fille, qui avait revêtu ses anciens jeans et un t-shirt trop grand pour elle, offrit son visage à la pluie, goûtant intensément ce premier instant de liberté.

Un groupe de prostituées qu'elle connaissait, rangées sous le muret d'un toit, ne reconnurent pas la frêle adolescente lorsqu'elle passa près d'elles.

40

Le West Coast Express apparut dans le détour menant à la gare de Maple Meadows où plusieurs voyageurs frileux attendaient sur le quai. Ses phares surgirent dans l'aube et éclairèrent la voie ferrée, chassant pendant quelques secondes les ténèbres de la nuit. La sirène de la locomotive hurla dans le silence de cette heure matinale.

Rachel, passionnée des trains, admira les lignes aérodynamiques du train de banlieue. Ses couleurs vives jaune soleil et bleu violet sur fond blanc, qui ondulaient entre les wagons, représentaient bien les montagnes et le fleuve que le train longeait sur sa route, entre Mission et Vancouver.

Le train ralentit et passa devant le quai où il finit par s'arrêter, alors que la foule se dirigeait vers les portes. La plupart des gens, des employés de bureau, leur portable à la main, se rendaient à Vancouver. Rachel pénétra dans un wagon et monta au 2ᵉ étage où elle s'installa sur une banquette derrière une table. Elle pourrait y prendre le petit déjeuner qu'elle avait emporté.

L'arrêt fut de courte durée. Le train s'ébranla rapidement et augmenta sa vitesse. Il devait atteindre Vancouver en 40 minutes, avec des arrêts à Pitt Meadows, Port Coquitlam, Coquitlam et Port Moody. La destination finale était Waterfront, la station ferroviaire du centre-ville de Vancouver.

Rachel se détendit et prit une gorgée de café, s'enfonça confortablement dans son fauteuil et se laissa bercer par les mouvements du train. Seule dans son compartiment, elle regardait le paysage qui défilait devant ses yeux, sans y prêter attention. Le train traversait Maple Ridge. Son visage se reflétait dans la fenêtre, devant la ligne de forêt continue qui n'était plus qu'un long trait vert foncé sans substance. Ses traits, par contre, exprimaient clairement les sentiments qui la torturaient depuis sa rencontre sur le pont du Kanaka Creek.

Rachel avait affronté beaucoup de difficultés et de changements au cours des dernières années, mais jamais aussi sournois que ceux auxquels elle faisait face depuis son arrivée dans l'Ouest canadien. Les ennemis qu'elle avait combattus étaient toujours apparus dans un périmètre qu'elle pouvait contrôler. Mais cette fois, l'attaque venait de l'intérieur.

En quittant son Québec, en s'arrachant au monde qui la définissait, en laissant son emploi, en s'éloignant de tous ceux qui l'aimaient et qui la connaissaient, elle avait perdu son identité. Peu à peu, kilomètre par kilomètre, l'essence même de ce qu'elle était s'était résorbée dans un monde qui ne la reconnaissait pas. C'est une femme inconnue qui avait mis le pied sur cette nouvelle terre. Et cette quête de son identité, cette urgence de rétablir le pont entre sa vie passée et sa vie actuelle la rendait vulnérable. Et il lui avait écrit précisément ce qu'elle avait besoin d'entendre.

Rachel ouvrit son sac et prit le mot qu'elle avait trouvé sur le pas de sa porte, dans une enveloppe à son attention. Il ne comportait que quelques lignes, mais c'était amplement suffisant pour déstabiliser la pierre angulaire de la construction.

Nicolas disait qu'il l'attendait depuis des années. Il parlait d'elle comme s'il pouvait la lire et elle se reconnaissait dans ces mots passionnés : combative, sensuelle, racée. Une femme d'exception, ajoutait-il. Personne ne lui avait jamais parlé ainsi. Rachel était comme hypnotisée par les paroles de cet homme qu'elle n'avait rencontré que deux fois. L'éclat de vos yeux me hante, avait-il écrit. Il lui parlait de sa beauté sans aucune retenue. Elle ressentait l'impatience du jeune homme, sa détermination à ne laisser aucun obstacle intervenir entre elle et lui. Comme si tout était déjà écrit et qu'ils n'étaient que les acteurs d'une scène qui les dépassait. Il patienterait, disait-il, aussi longtemps qu'il le faudrait.

Rachel inspira longuement. Ses doigts effleurèrent doucement la signature tracée à la hâte à la fin du billet. Elle percevait sa force, sa passion, et aussi cette grande solitude dans laquelle il semblait s'être enfermé.

Une date, une heure et un lieu avaient été inscrits au bas du message. Elle replia le billet, qu'elle tint un moment entre ses doigts puis le jeta dans son sac, comme s'il la brûlait, sachant parfaitement qu'elle risquait son intégrité en se rendant à ce rendez-vous. Mais c'était pourtant ce qu'elle était en train de faire.

* *
*

Greg McLeod s'approcha de François, qui discutait avec Tony de l'opération Squall. Ils semblaient ne pas être

d'accord sur la saisie des biens des membres de gang et sur les conséquences de ces arrestations sur leurs femmes et leurs enfants.

— Mais pourquoi les en empêcher ? Que ferez-vous de tous les objets personnels leur appartenant ? Il me semble que vous pourriez raisonnablement envisager de leur laisser prendre des objets de première nécessité. Il faudra bien que quelqu'un les aide. Si ce n'est pas par vous, l'aide leur viendra d'ailleurs.

— Mais pourquoi les aider, alors que ces femmes ont profité pendant des années d'une richesse malsaine ?

McLeod intervint.

— Peut-être Tony parce que nous n'avons aucune accusation à déposer contre ces femmes et que nous ne pourrons jamais prouver jusqu'à quel point elles étaient au courant des activités criminelles de leurs maris. Quant aux enfants, la réponse me semble évidente. Ce sont tous des innocents...

Tony considéra tour à tour Greg et François.

— Nous allons voir ce que nous pouvons faire. Effectivement, elles pourraient se rendre à leur ancien domicile en compagnie d'un agent pour prendre quelques affaires. Il va falloir déterminer ce qu'elles peuvent emporter et ce qui doit rester là-bas. Il va falloir que je parle aux huissiers...

— Bon, j'apprécierais si vous pouvez me tenir au courant, Tony. François, j'aimerais vous parler en privé, si vous n'y voyez pas d'inconvénient.

François et Greg s'éloignèrent, laissant Tony à sa réflexion.

« Alors, ça va ce déménagement, vous vous en sortez ? »

Le sergent McLeod observait avec empathie le visage fatigué du policier, sachant qu'il traversait une période difficile entre son adaptation au détachement et sa vie de famille passablement bousculée ces derniers temps.

— Oui, ça va.

François, avec sa retenue habituelle, se gardait d'une trop grande familiarité avec son supérieur, qu'il connaissait depuis très peu de temps. Son sourire cachait cependant une profonde inquiétude pour les siens. Et Greg, avec sa perspicacité, sentait qu'il avait besoin d'un peu d'encouragements. Il tapa sur l'épaule du policier.

— Vous allez y arriver, j'en suis certain. Nous avons pratiquement tous connu ici, au sein de l'équipe, les bouleversements dus à un transfert. C'est toujours la vie de famille qui écope au départ. Ne vous en faites pas trop, surtout pour votre fille. Les enfants sont plus solides qu'on l'imagine. Elle va traverser cette transition en devenant encore plus forte qu'elle ne l'a jamais été. Et votre épouse, elle tient le coup ?

— Oh ! Elle a pas mal de travail à faire avec notre installation dans la nouvelle maison. Et elle doit aussi soutenir Sophie à l'école, mais elle a beaucoup de caractère. Je ne m'en fais pas pour elle, enfin pas trop.

Greg nota son hésitation.

— J'ai pu voir qu'elle se débrouillait bien en anglais. Elle va pouvoir chercher du travail. Que faisait-elle au Québec ?

— Elle est journaliste à la télé. Mais elle souhaite faire autre chose. Changer de profession. Elle aimerait écrire des téléromans ou des scénarios de films.

— Elle a beaucoup d'ambition. Mais elle est à la bonne place, si elle arrive à faire traduire ses manuscrits. Car beaucoup de films sont tournés dans la région vancouvéroise. Même chez vous, à Maple Ridge, vos montagnes sont très recherchées par les entreprises cinématographiques américaines. Elle peut réussir, c'est certain.

Greg se racla la gorge et prudemment, s'avança sur un terrain plus délicat.

« Et Nicolas, il vous laisse tranquille ? Je n'ai pas encore pu parler avec lui au sujet de ce qui s'est passé lors de la soirée de bienvenue. Je n'approuve pas son comportement. »

Il s'interrompit, sentant le malaise du policier, qui se balançait d'un pied sur l'autre et regardant au fond de la salle. Il noya le sujet.

« Bon, si vous avez des problèmes à nouveau, faites-le-moi savoir. De toute façon, je lui parlerai. Pas aujourd'hui, il a pris congé. Il est à Vancouver. Mais sans doute au cours des prochains jours. Et maintenant, dites-moi, avez-vous pu signer ces documents que je vous ai fait parvenir ? »

François l'écoutait distraitement. Rachel était partie à Vancouver le matin. Une coïncidence, sans doute. Des milliers de personnes se rendaient à Vancouver tous les jours.

Mais pourquoi avait-elle subitement décidé de se rendre dans la métropole en train ? Que lui avait-elle dit déjà ? Ah oui ! Elle devait passer au bureau du gouvernement fédéral, le centre Sinclair, situé rue West Hasting. Elle en profiterait également pour faire les boutiques de la rue Water, dans le quartier Gastown, une zone touristique très fréquentée.

François retourna à son bureau, mais le mal était fait. Sournoisement, un doute s'était infiltré dans son esprit, qu'il tenta de chasser, mais une évidence le tenaillait : Rachel était une femme ordonnée. Des dizaines de boîtes attendaient d'être vidées partout dans la maison. Elle n'aurait pas tout laissé en plan pour chercher un emploi ou faire du magasinage. Elle aurait attendu que tout soit rentré dans l'ordre avant de se rendre à Vancouver. Ça ne collait pas.

François avait blêmi. Sentant son pouls battre plus vite dans sa poitrine, il se força au calme. Puis, lentement, il prit son cellulaire et composa le numéro de sa femme. Aucune réponse. Il allait donc lui envoyer un message.

*   *
*

Greg se rendit à la centrale des répartiteurs où une dizaine d'employés civils recevaient les appels 911 pour la ville de Burnaby. À cette heure matinale, le calme régnait dans la salle. Il aperçut sa femme qui avait enfilé le casque d'écoute au poste avancé de traitement des appels avec les policiers. Avec son expérience de répartiteur de niveau 3, c'est elle qui devait diriger les policiers sur les événements. Le degré de responsabilités était élevé, mais elle avait la tête de l'emploi, se dit-il, en la regardant avec admiration. Elle leva ses grands yeux noirs sur lui et il se sentit inondé de fierté.

— Ah! Voilà le patron. Hé! faites semblant de travailler, dit une collègue de sa femme avec amusement.

Il lui sourit gentiment.

— Comment va ma merveilleuse princesse italienne?

Un *Wow* excité retentit dans la pièce où les femmes étaient majoritaires.

Greg McLeod avait toujours eu la cote auprès du personnel féminin, grâce à son charme, mais surtout à son style de gentleman qui leur faisait une forte impression.

— Il est toujours comme ça, s'empressa de dire Debby à leur intention, tout sourire. Puis, en baissant la voix, alors que son mari s'approchait d'elle : Je vais bien ce matin. Un peu nerveuse, mais c'est mon premier jour, je vais me donner du temps. J'en avais assez d'être à la maison. De toute façon, Emily passe la journée à l'école. Et la directrice m'a dit qu'elle était bien entourée, que je n'avais pas à me faire du souci pour elle. J'avais donc envie de me sentir utile à quelque chose…

— Mais tu as été très utile, ma chérie. J'étais content des travaux de jardinage que tu as faits sur le terrain. En particulier cette zone que tu as défrichée, au fond, près de la clôture. J'en avais marre d'y voir des couleuvres s'y glisser dès qu'on approchait. Tu as mis des bottes et des gants, comme je t'avais dit ?

Elle le regarda avec tendresse. Il s'en faisait tellement pour elle.

— C'est toi qui a peur des bestioles, pas moi. Mais oui, j'ai mis des gants et des bottes, mais pas pour les couleuvres, pour les veuves noires que je risque de rencontrer dans mon jardin.

— Pas sérieuse, on a ça aussi ?

Debby éclata de rire en rejetant ses longs cheveux noirs en arrière. C'était bon de la voir rire, après le dur épisode qui s'était déroulé dans leur vie et qui avait failli leur coûter leur petite fille. Autour d'elle, ses collègues semblaient penser comme lui, souriant de la voir aussi joyeuse.

— Greg, on a pas de veuves noires sur notre terrain.

— Je ne serais pas si formelle, si j'étais toi ma chère, énonça une collègue âgée qui arrivait dans la salle. J'en ai trouvé une, l'année dernière, qui sortait de la fente d'un rocher, sous un bosquet de rhododendrons. Bien sûr, je l'ai immédiatement écrasée. Heureusement, j'avais mes gants. On doit toujours travailler dans le jardin avec des gants…

— C'est quoi cette veuve noire? demanda une petite blonde avec des taches de rousseur, nouvellement engagée au détachement.

— C'est une horrible araignée noire, très reconnaissable avec sa petite tache rouge sur l'abdomen, en forme de boucle, tu sais comme les boucles que les stars d'Hollywood portent au cou lors de cérémonies?

— Je dirais plutôt en forme de sablier, ce serait plus précis, répliqua Debby.

— Bon, va pour le sablier… et la morsure de cette araignée est venimeuse et peut causer la mort.

— Pour quelle raison on l'appelle la veuve noire? demanda à nouveau la petite blonde.

— Ah, ça c'est le meilleur de l'histoire, fit Debby, un clin d'œil en direction de Greg. Tu imagines bien qu'avec un caractère comme elle a, cette araignée ne garde pas ses maris longtemps. Après l'accouplement, elle les mord et leur injecte son venin mortel. Voilà le prix à payer pour avoir profité de ses charmes!

Greg secoua la tête et sortit sous les rires bruyants du groupe de femmes. Il était rassuré. Debby avait retrouvé toute sa verve et son équilibre.

Son téléphone sonna.

— McLeod à l'appareil.

— …

— Depuis trois jours, dites-vous… Et à quel endroit a-t-elle été vue pour la dernière fois?

— …

— Bon, préparez le rapport, Pierre, je suis à mon bureau dans deux minutes. Au fait, il s'agit d'une prostituée, comme les autres?

— …

— Je vois, ça s'annonce mal. Une victime de plus, mais il doit bien avoir un moyen d'arrêter ce débile. Convoquez une réunion pour demain.

Greg McLeod ferma son cellulaire d'un geste rageur.

* *
*

Le train venait de quitter la gare de Port Moody et entamait sa course le long de l'Anse Burrard, un bras de mer dont les eaux coulent tranquillement jusqu'à Vancouver.

Rachel ne pouvait détacher ses yeux des North Shore, ces montagnes aux sommets enneigés qu'elle apercevait au loin, aux contreforts de la chaîne côtière.

Elle se laissait aller au plaisir de découvrir ce nouveau territoire, au rythme des balancements du train, en s'appropriant peu à peu cette terre sauvage qui était la sienne désormais.

La vibration de son cellulaire la tira de sa rêverie. Elle avait un message.

> *Rachel, profite bien de ta journée à Vancouver et repose-toi bien. On y retournera bientôt en famille. Pense à nous. Je passerai prendre la petite à l'école. On se revoit ce soir. Je t'aime, François.*

Le visage décomposé, elle rangea son cellulaire dans son sac. Elle ne s'était jamais sentie aussi mal de toute sa vie. Honteuse, elle songea qu'elle lui avait toujours dit la vérité depuis qu'elle le connaissait. Parce que ses sentiments étaient honorables et transparents. Parce que son bonheur simple, sans lui suffire, lui paraissait acceptable. Parce qu'elle n'avait pas encore connu autre chose.

Rachel ferma les yeux, pour ne plus voir ces gens, assis près d'elle, qui la dévisageaient et semblaient deviner ses intentions.

Elle se sentit coupable à l'idée qu'elle ne serait pas à la sortie des classes pour attendre sa fille. Non, car à cette heure-là, elle reprendrait le train pour revenir dans l'est, après avoir passé des heures en compagnie d'un homme plus jeune qu'elle dont l'unique intention était de la séduire.

Elle ressentit comme une morsure le remords qui l'envahissait peu à peu. Ces pages de sa vie n'étaient pas encore écrites. Elle avait encore le pouvoir de tout arrêter, de faire demi-tour et de garder intacte l'histoire ordinaire de la famille Racine. Une histoire comme tant d'autres, qui ne payait pas de mine, mais qu'elle avait bâtie avec son cœur, avec son corps. Une histoire ancienne où l'héroïne ne lâchait pas la main de son enfant pour prendre celle d'un homme inconnu qui la désirait. Une histoire d'une autre époque, où l'héroïne échangeait son désir de volupté contre la loyauté.

* *

*

Mackenzie ferma la grande porte en acier derrière elle et avança à pas décidés dans le corridor qui menait aux vestiaires. Elle ouvrit son armoire, prit ses objets personnels qu'elle fourra dans un grand sac, puis enfila sa veste. Elle détacha son cadenas et le mit dans une pochette du sac.

Elle sortit et se dirigea vers le poste de surveillance. Sans un mot aux gardiens dont les yeux étaient rivés aux écrans, elle prit son trousseau de clés et le suspendit au crochet sur le mur d'entrée.

Lorsque la porte d'entrée de l'édifice se ferma derrière elle, elle sourit en regardant le ciel sans nuages. Elle n'avait aucun regret. Elle avait posé le geste que plusieurs de ses collègues rêvaient de faire sans jamais aller jusque-là. Mais elle l'avait fait. Elle venait de quitter sa prison pour de bon.

* *

*

Les gratte-ciels du centre-ville de Vancouver apparaissaient à l'horizon. Le train allait entrer en gare dans quelques minutes.

Rachel fut impressionnée par la beauté de la ville portuaire, dont les immeubles éblouissants, au loin, semblaient protégés dans une alcôve, entre les montagnes et la mer.

Le Shangri-la surmontait, de sa structure de 201 mètres et de 62 étages, les autres édifices massés autour de lui. Rachel reconnut les tours Bell et Scotia Bank et le non moins fameux Centre Harbour qui avait été longtemps le plus haut bâtiment de la ville. Un peu à gauche, la boule de verre du Science World brillait sous le soleil.

Le train ralentissait. Ils étaient arrivés au terminus Waterfront. Rachel rassembla nerveusement ses affaires. Il était certainement dans la gare à l'attendre. Même sans savoir si elle viendrait. Elle n'en doutait pas un seul instant.

Les mains tremblantes, elle se leva et descendit du wagon. Poussée par le flot humain qui fonçait vers la ville, elle emprunta l'escalier mécanique qui remontait vers la surface, vers la gare. Elle n'était plus qu'à quelques mètres du hall d'entrée de la gare lorsqu'elle s'immobilisa derrière une grosse colonne, d'où elle pouvait voir les voyageurs entrer et sortir dans la rue Cordova.

Elle balaya des yeux l'immense salle dont les planchers de marbre brillaient sous la lumière abondante qui provenait de hautes fenêtres. Et elle le vit. Il était là, jambes écartées, mains derrière le dos, sa haute stature se détachant de la foule pressée qui circulait autour de lui. Une douleur sourde monta du fond de son ventre, faisant jaillir un flot de souvenirs. Son cœur battait à tout rompre. Elle pouvait presque sentir son parfum boisé, entendre son rire à peine moqueur, percevoir sa respiration courte, sentir ses doigts sur son visage.

Il avait fait sa marque en elle, y avait laissé quelque chose d'intime, une partie de lui-même qui semblait s'incruster davantage en elle à chaque rencontre. Si elle le rejoignait maintenant, elle ne pourrait plus jamais revenir en arrière.

La foule devenait moins dense autour d'elle. Au fur et à mesure que le brouhaha diminuait, l'inquiétude et la déception apparaissaient sur le visage de Nicolas. Elle ne viendrait pas.

Appuyée contre la colonne, Rachel se laissa glisser par terre, faisant appel à toute sa volonté pour ne pas courir vers lui, espérant qu'un miracle pourrait encore l'aider.

* *
*

Il s'était habitué au bruit de fond de la pompe et de l'électrocardiogramme et aux allées et venues des infirmières et des médecins, qui surveillaient continuellement le blessé, dont l'état ne s'était pas beaucoup amélioré au cours des derniers jours.

Mike avait tenu à rendre visite au sans-abri le plus souvent possible, dès qu'il avait une minute pendant son quart de travail et dans ses moments de liberté. Le personnel médical le connaissait et il n'avait plus à se présenter au comptoir. Il pouvait même demeurer auprès de son ami un peu plus longtemps que les dix minutes réglementaires permises habituellement.

Le fait qu'il ne fasse pas partie de la famille du blessé avait d'abord intrigué les employés de l'hôpital. Puis rapidement, ses liens avec le sans-abri défrayaient les conversations et il s'était rallié tant les médecins que les infirmières, impressionnés par cette histoire hors du commun.

Ce matin, jour 6 de l'agression, Raymond était toujours branché à des appareils qui le maintenaient en vie. Ses blessures externes étaient en bonne voie de guérison, selon les infirmières, bien qu'elles soient passées du bleu au noir et au jaune, ce qui n'améliorait pas l'apparence du vieil homme étendu sur le lit.

Ce qui inquiétait les médecins, par contre, c'étaient les traumatismes qu'il avait subis au cerveau. Depuis le jour de son arrivée, il n'avait plus repris connaissance.

Mike, assis près du lit, posa sa main sur le bras du blessé. Il lui parla doucement, comme il le faisait chaque fois qu'il était en sa présence. Il avait lu quelque part que les personnes inconscientes, si elles ne peuvent réagir, entendent parfois les voix des personnes autour d'elles. Qui sait, se dit Mike, ses paroles d'encouragement pouvaient faire une différence et peut-être aider son vieil ami dans son dur combat?

Une infirmière entra et salua le policier. Elle fit les vérifications de routine et Mike l'observa sans la déranger. Elle s'apprêtait à changer le bandage sur la tête du blessé lorsqu'elle interrompit son geste, le bras en l'air. Raymond, les yeux grands ouverts, fixait l'infirmière.

— Raymond, vous êtes de retour avec nous. Comment vous sentez-vous? Pouvez-vous parler?

Tout en parlant, elle activait le bouton d'urgence pour que ses collègues puissent prévenir le médecin.

Le sans-abri semblait totalement perdu. Il essaya d'articuler quelques mots, mais un son rauque, incompréhensible, sortit de sa gorge. Il regarda Mike et ferma les yeux, comme si l'effort lui avait demandé toute son énergie. L'infirmière vint à sa rescousse.

— Ne vous fatiguez pas, surtout. Vous parlerez lorsque vous vous en sentirez capable. Votre ami Mike est avec vous, en fait il ne vous a pas quitté depuis près d'une semaine. Vous avez subi une agression, mais vous êtes entre bonnes mains. Nous allons vous aider à guérir de ces vilaines blessures. Vous m'entendez toujours Raymond?

Le vieil homme hocha lentement la tête en gardant les yeux fermés. Le médecin entra en coup de vent. Mike recula sa chaise pour qu'il puisse examiner son malade.

— Raymond, je suis le docteur Smith. Je suis content de voir que vous avez repris conscience. Tout va très bien aller maintenant. Je vais soulever vos paupières pour regarder la pupille de vos yeux. Voilà! Votre pouls s'est accéléré, c'est bien.

Le médecin s'activait autour du blessé en prenant des notes. Il dit quelques mots à voix basse à l'infirmière, puis quitta la chambre aussi rapidement qu'il était venu.

L'infirmière ajusta certains appareils. Mike se rapprocha du lit. Il mit sa main sur le frêle poignet du vieil homme, sans savoir s'il devait s'en aller ou rester.

Au bout d'un moment, Raymond ouvrit à nouveau les yeux. D'une voix à peine audible, il prononça quelque chose. Mike tendit l'oreille.

— Est-ce qu'ils ont volé mon panier ?

Mike s'empressa de le rassurer. Le panier était intact, de même que ses objets personnels. Le policier sourit à l'infirmière. Le Raymond qu'il connaissait était bien de retour. Et il sortirait de cet hôpital sur ses deux pieds... pour pousser, comme il l'avait toujours fait, son panier d'épicerie dans les rues du Downtown Eastside.

* *

*

Le West Coast Express venait de traverser le Barnet Marine Park, à Burnaby. La plupart des voyageurs, fatigués après une longue journée de travail, n'avaient même pas ouvert leur portable. Plusieurs, les yeux fermés, la tête appuyée au dossier de leur siège, se permettaient une petite sieste avant d'arriver chez eux où d'autres tâches les attendaient.

Rachel, bien éveillée, fixait la fenêtre avec un visage sans expression. Un immense vide l'habitait. Elle était partagée entre le soulagement et le regret.

Elle se disait que tout aurait pu être différent, si elle avait suivi son premier mouvement. Mais voilà, elle ne l'avait pas fait. Elle ne saurait donc jamais ce qui était inscrit sur cette page de son destin dont elle s'était joué. Mais elle n'arrivait pas à ne pas en être désolée.

Comment avait-elle pris la décision de ne pas entrer dans le hall, mais de tourner à gauche et de se diriger vers le Seabus qui traversait l'Anse Burrard jusqu'à North Vancouver ? Pourquoi s'était-elle mise à courir, mettant ainsi une distance entre elle et Nicolas, qui venait de l'apercevoir ?

La réponse était sans doute située du côté de sa maternité et du sacrifice qui en résultait. Elle se souvint que l'image de sa fille avait surgi dans son esprit alors qu'elle était accroupie contre la colonne. Sa fille, son unique, qui méritait certainement qu'elle réfléchisse à deux fois avant de se lancer tête première dans une aventure explosive, remplie de conséquences pour son enfant…

Rachel ferma les yeux. Elle se sentait épuisée. Et cette guerre ne faisait que commencer. Comment oublier ses yeux lorsqu'il l'avait regardée, à travers les vitres du bateau, debout sur le quai ?

Il souriait à pleines dents, visiblement heureux de constater qu'elle s'était finalement rendue à son rendez-vous. Elle n'avait pas le courage d'aller jusqu'au bout ? Qu'à cela ne tienne, disaient ses yeux moqueurs, il ne la poursuivrait pas, car il y aurait d'autres rendez-vous, et elle finirait bien par le rejoindre. Il avait gagné.

Il ne la laisserait jamais tranquille, cela elle l'avait bien compris. Lorsque le bateau s'éloigna, elle le vit faire un signe avec ses mains, sans comprendre ce que cela signifiait. Puis le sens de ses gestes lui apparut clairement. Ses deux mains, attirées l'une vers l'autre, se rejoignaient pour devenir un cœur qui battait à l'unisson. La force magnétique dont il avait parlé, elle y avait échappé cette fois.

Le train ralentit devant la gare de Maple Meadows. Rachel prit son sac et sortit sur le quai. Elle huma l'air

brumeux des montagnes. Ses montagnes. Elle aimerait ce pays, elle le savait. Même si bien des combats s'y
préparaient.

Le crépuscule jetait doucement son écharpe brune aux
reflets rosés sur les Golden Ears. Elle vit au loin Sophie
courir vers l'entrée de la gare. François marchait derrière
elle à grandes enjambées. Sa famille l'attendait. Les siens.
Ceux qui avaient traversé avec elle les années, les épreuves,
le Canada.

Rachel se composa un sourire. Elle était de retour.

41

Le dernier train du West Coast Express venait de passer devant lui et son souffle bruyant résonnait encore le long de la voie ferrée pendant que le dernier wagon disparaissait dans un détour, le long du fleuve.

Il n'y aurait pas d'autre train avant le lendemain matin. Il aurait donc tout son temps pour disposer du corps de sa dernière fiancée. Il se retourna nerveusement. Le sac était toujours là, sous les buissons, contre le grand arbre. Il devait attendre que la nuit tombe.

Il s'installa le plus confortablement possible sur le bord du talus pour reprendre son souffle et regarda autour de lui encore une fois. Il était seul. Qui songerait à venir se promener par ici. Il lui avait fallu escalader une clôture et marcher près d'un kilomètre dans une forêt maréca-geuse, en traînant ce grand sac de hockey, pour atteindre la voie ferrée.

Il se sentait nauséeux après la nuit éprouvante qu'il avait traversée. Il ne s'était pas rendu au travail ce matin. Il s'absentait d'ailleurs de plus en plus souvent. Il allait falloir retrouver un rythme normal. Il ne pourrait pas continuer comme ça pendant encore très longtemps. Il avait besoin de repos.

Un aigle à tête blanche, posté sur un arbre, attira son attention. Les aigles étaient de plus en plus nombreux à remonter vers l'est. Pénurie de nourriture, avaient expliqué les médias. Ici, ces prédateurs pouvaient trouver des proies en quantité : la forêt grouillait de rats et d'autres animaux infâmes du genre, se dit-il.

Il eut un sourire idiot. C'était curieux, il se déplaçait vers l'ouest pour les mêmes raisons. Son visage s'assombrit.

La dernière ne lui avait pas apporté ce qu'il cherchait. L'autre avant non plus. En fait, depuis Sarah, il n'avait pas réussi à se purger et les faire expier suffisamment pour retrouver la paix. Ses cauchemars éveillés survenaient de plus en plus souvent, parfois même sur son lieu de travail. Ou lorsqu'il conduisait. Cela devenait franchement dangereux. Il allait peut-être devoir consulter un médecin, un psychiatre, comme sa mère lui avait maintes fois suggéré.

Elle n'aurait pas dû tant insister. Elle avait fini par le mettre en colère. Et ce soir-là, lorsqu'il lui avait préparé son médicament, il avait fait en sorte qu'elle dorme plus longtemps. Elle ne s'était pas réveillée. Et les médecins, sachant qu'elle souffrait de la maladie d'Alzheimer, avaient conclu à une surdose accidentelle.

Mais tout compte fait, elle avait eu raison. Il lui fallait consulter. Peut-être qu'une pilule lui procurerait la même excitation que lorsqu'il détenait le pouvoir absolu de vie ou de mort sur ses fiancées.

Il revit les yeux de la brunette, celle qu'il avait transportée dans le sac, lorsqu'elle avait compris ce qu'il s'apprêtait à faire. Il ouvrait et fermait la housse, rapidement, juste pour la voir suffoquer un peu à travers le plastique, juste pour sentir sa puissance sur cette vie sur laquelle il avait toute autorité. Une vie qui ne dépendait plus que de son désir, sa décision. Son plaisir était décuplé lorsqu'elles se débattaient, comme cette Sarah, qui lui avait donné du fil à retordre. Mais quel sommet il avait atteint avec elle.

Et ça finissait toujours de la même façon. À regret, d'une voix lente, il faisait bien comprendre à la jeune mariée que c'était dommage, mais que le jeu était terminé, qu'elle n'avait pas été assez gentille et que cela demandait un sacrifice. Il plongeait son regard dans les yeux qui le suppliaient, avant de refermer la housse pour la dernière fois.

La lumière baissait régulièrement. Il se leva et se dirigea vers la forêt. La mariée s'apprêtait à faire son entrée. Il ne fallait pas la faire attendre. Comme elle serait belle, au lever du jour, pensa-t-il, lorsque les premières lueurs feraient briller sa peau nue et le diamant qu'elle portait au doigt. Grâce à lui, songea-t-il en remontant la pente, elle avait enfin quitté son triste quartier pour revêtir la pureté dans une demeure éternelle.

VOIX NARRATIVES
Collection dirigée par Marie-Anne Blaquière

BÉLANGER, Gaétan. *Le jeu ultime*, 2001. Épuisé.

BLAQUIÈRE, Nathalie. *Boules d'ambiance et kalachnikovs. Chronique d'une journaliste au Congo*, 2013.

BOULÉ, Claire. *Sortir du cadre*, 2010.

BRUNET, Jacques. *Messe grise* ou *La fesse cachée du Bon Dieu*, 2000.

BRUNET, Jacques. *Ah...sh*t! Agaceries*, 1996. Épuisé.

CANCIANI, Katia. *178 secondes*, 2009.

CANCIANI, Katia. *Un jardin en Espagne. Retour au Généralife*, 2006.

CHICOINE, Francine. *Carnets du minuscule*, 2005.

CHRISTENSEN, Andrée. *La mémoire de l'aile*, 2010.

CHRISTENSEN, Andrée. *Depuis toujours, j'entendais la mer*, 2007.

COUTURIER, Anne-Marie. *Le clan Plourde. De Kamouraska à Madoueskak*, 2012.

COUTURIER, Anne-Marie. *L'étonnant destin de René Plourde. Pionnier de la Nouvelle-France*, 2008.

COUTURIER, Gracia. *Chacal, mon frère*, 2010.

CRÉPEAU, Pierre. *Madame Iris et autres dérives de la raison*, 2007.

CRÉPEAU, Pierre et Mgr Aloys BIGIRUMWAMI, *Paroles du soir. Contes du Rwanda*, 2000. Épuisé.

CRÉPEAU, Pierre. *Kami. Mémoires d'une bergère teutonne*, 1999.

DONOVAN, Marie-Andrée. *Fantômier*, 2005.

DONOVAN, Marie-Andrée. *Les soleils incendiés*, 2004.

DONOVAN, Marie-Andrée. *Mademoiselle Cassie*, 2ᵉ éd., 2003.

DONOVAN, Marie-Andrée. *Les bernaches en voyage*, 2001.

DONOVAN, Marie-Andrée. *L'harmonica*, 2000.

DONOVAN, Marie-Andrée. *Mademoiselle Cassie*, 1999. Épuisé.

DONOVAN, Marie-Andrée. *L'envers de toi*, 1997.

DONOVAN, Marie-Andrée. *Nouvelles volantes*, 1994. Épuisé.

DUBOIS, Gilles. *L'homme aux yeux de loup*, 2005.

DUCASSE, Claudine. *Cloître d'octobre*, 2005.

DUHAIME, André. *Pour quelques rêves*, 1995. Épuisé.

FAUQUET, Ginette. *La chaîne d'alliance*, en coédition avec les Éditions La Vouivre (France), 2004.

FLAMAND, Jacques. *Mezzo tinto*, 2001.

FLUTSZTEJN-GRUDA, Ilona. *L'aïeule*, 2004.

FORAND, Claude. *R.I.P. Histoires mourantes*, 2009.

FORAND, Claude. *Ainsi parle le Saigneur*, 2006.

GAGNON, Suzanne. *Passeport rouge*, 2009.

GRAVEL, Claudette. *Fruits de la passion*, 2002.

HARBEC, Hélène. *Chambre 503*, 2009.

HAUY, Monique. *C'est fou ce que les gens peuvent perdre*, 2007.

HENRIE, Maurice. *Petites pierres blanches*, 2012.

JEANSONNE, Lorraine M. M. *L'occasion rêvée… Cette course de chevaux sur le lac Témiscamingue*, 2001. Épuisé.

LAMONTAGNE, André. *Les fossoyeurs. Dans la mémoire de Québec*, 2010.

LAMONTAGNE, André. *Le tribunal parallèle*, 2006.

LANDRY, Jacqueline. *Terreur dans le Downtown Eastside. Le cri du West Coast Express*, 2013.

LEPAGE, Françoise. *Soudain l'étrangeté*, 2010.

MALLET-PARENT, Jocelyne. *Celle qui reste*, 2011.

MALLET-PARENT, Jocelyne. *Dans la tourmente afghane*, 2009.

MARCHILDON, Daniel. *L'eau de vie (Uisge beatha)*, 2008.

MARTIN, Marie-Josée. *Un jour, ils entendront mes silences*, 2012.

MUIR, Michel. *Carnets intimes. 1993-1994*, 1995. Épuisé.

PIUZE, Simone. *La femme-homme*, 2006.

RESCH, Aurélie. *Pars, Ntangu!*, 2011.

RESCH, Aurélie. *La dernière allumette*, 2011.

RICHARD, Martine. *Les sept vies de François Olivier*, 2006.

ROBITAILLE, Patrice. *Le cartel des volcans*, 2013.

Rossignol, Dany. *Impostures. Le journal de Boris*, 2007.

Rossignol, Dany. *L'angélus*, 2004.

Thériault, Annie-Claude. *Quelque chose comme une odeur de printemps*, 2012.

Tremblay, Micheline. *La fille du concierge*, 2008.

Tremblay, Rose-Hélène. *Les trois sœurs*, 2012.

Vickers, Nancy. *La petite vieille aux poupées*, 2002.

Younes, Mila. *Nomade*, 2008.

Younes, Mila. *Ma mère, ma fille, ma sœur*, 2003.

Imprimé sur papier Silva Enviro
100 % postconsommation
traité sans chlore, accrédité Éco-Logo
et fait à partir de biogaz.

Couverture 30 % de fibres postconsommation
Certifié FSC®
Fabriqué à l'aide d'énergie renouvelable,
sans chlore élémentaire, sans acide.

Couverture : *Prostituée du Downtown Eastside*, 2013
© Lyssia Baldini / www.lyssiabaldini.com
Photographie de l'auteure : Lyssia Baldini
Maquette et mise en pages : Anne-Marie Berthiaume
Révision : Frèdelin Leroux

Achevé d'imprimer en octobre 2013
sur les presses de Marquis Imprimeur
Montmagny (Québec) Canada